Catherine Bybee

Ab Montag verheiratet

Aus der Reihe:
Eine Braut für jeden Tag

Das Buch

Zweiter Band aus der Reihe »Eine Braut für jeden Tag« von Catherine Bybee nach Band eins, dem New-York-Times-Bestseller »Bis Mittwoch unter der Haube«.
Der rotblonde Carter Billings lässt mit seinem hollywoodtauglichen guten Ausse-hen Frauenherzen höher schlagen. Doch nur ein solider Familienmensch kann die Wahl zum Gouverneur von Kalifornien gewinnen. Als Wahlkampfhelferin holt er sich die Partnervermittlerin Eliza Havens ins Bett.

Eliza freut sich für ihre beste Freundin, die einen wohlhabenden, liebevollen Ehe-mann gefunden hat. Aber dessen bester Freund, Carter Billings, bringt sie um den Verstand. Noch nie hat Eliza sich mit einem Mann so gefetzt wie mit dem gut aussehenden und unglaublich heißen Wahlkämpfer. Noch nie hatte sie solches Herzklopfen. Ihren Lebensunterhalt verdient sie mit einem Eheanbahnungsinstitut. Aber ein lange gehütetes Geheimnis sorgt dafür, dass sie selbst nie gewagt hat, ans Heiraten zu denken. Bis jetzt.

Die Autorin

New-York-Times-Bestsellerautorin, USA-Today-Bestsellerautorin, Wall-Street-Journal-Bestsellerautorin, Amazon-Bestsellerautorin, Indie-Reader-Bestsellerautorin …

Catherine Bybee sagt über sich selbst: Zuerst und vor allem bin ich Ehefrau und Mutter. Danach kommt das Schreiben – über alles, was prickelnd und romantisch ist. Wenn es kein Happy End hat, will ich nichts damit zu tun haben. Seien wir ehrlich: Das Leben ist voller … na ja … Leben.

Nach einem Jahrzehnt als Krankenschwester in städtischen Notaufnahmen möchte sie in eine schönere Welt abtauchen, wenn sie ein Buch in die Hand nimmt. Inzwi-schen erschafft sie selbst solche Welten, solche kleinen Fluchten vom Alltag.

Catherine Bybee

Ab Montag verheiratet

Aus der Reihe:
Eine Braut für jeden Tag

Übersetzt von Teresa Hein

Die Originalausgabe erschien 2013 unter dem Titel »Married by Monday«
bei Montlake Romance, Las Vegas.

Deutsche Erstveröffentlichung bei
Montlake Romance, Amazon Media E.U. S.á r.l.
5 Rue Plaetis, L-2338, Luxemburg
Mai 2014
Copyright © der Originalausgabe 2013
By Catherine Bybee
All rights reserved.
Copyright © der deutschsprachigen Ausgabe 2014
By Teresa Hein

Die Übersetzung dieses Buches wurde durch AmazonCrossing ermöglicht.

Umschlaggestaltung: bürosüd° München, www.buerosued.de
Lektorat: Daphne Grossmann
Satz: Judith Zimmer, Hamburg
Gedruckt durch
Amazon Distribution GmbH
Amazonstraße 1
04347 Leipzig, Deutschland

ISBN: 978-1477-82460-3

www.montlake-romance.de

*Für meine Mutter, die ihre Begeisterung für Liebesromane
an mich weitergegeben hat.
Ich liebe dich!*

Eins

Alljährlich Hochzeit zu feiern, wurde langsam mehr als lästig. Vor allem für die Trauzeugin.

»Als er sagte, er würde das nun jedes Jahr machen, dachte ich, er veräppelt uns.« Eliza Havens zupfte an ihrem gelben Chiffonkleid. Ein paar Quadratmeter weniger Stoff pro Brautjungfer hätten es ruhig sein dürfen. Dieses Gebilde passte zu einer Südstaatenschönheit mit Sonnenschirmchen und weißen Haarbändern. Aber nicht zu ihr, wenn sie als Trauzeugin neben ihrer besten Freundin stand. Mal wieder.

»Ich finde es romantisch«, sagte Gwen.

»Und ich bescheuert.«

Samantha und Blake waren seit fast zwei Jahren verheiratet und hatten einen kleinen Sohn namens Eddie. Als Blake erklärt hatte, er würde sein Eheversprechen jedes Jahr am Hochzeitstag in einem anderen Bundesstaat wiederholen, war Eliza zunächst ganz gerührt gewesen. Doch nach einer Woche voller hektischer Vorbereitungen im schwülheißen San Antonio schwitzte sie der großen texanischen Hochzeit eher entnervt entgegen. Blakes Schwester Gwen hatte die Regie übernommen, war aber mit völlig falschen Vorstellungen aus England angereist: Cowboyhüte und Western-Look? Fehlanzeige. Gwen setzte auf Südstaatenpomp aus dem vorvorigen Jahrhundert. Anstatt *Dallas* spielten sie nun *Vom Winde verweht.*

»Gräm dich nicht, Eliza«, sagte sie. »Es wird sicher ganz bezaubernd werden.«

Inzwischen hatte Eliza sich an Gwens britische Ausdrucksweise gewöhnt. »Ich gräme mich nicht, ich bin gereizt und ich

7

stänkere. Hast du mal daran gedacht, wie wir in diesen Klamotten erst draußen in der Bruthitze schmoren werden?«

Mit einem perfekten Zahnpastalächeln drehte Gwen eine Pirouette, griff in eine große Einkaufstasche aus dem Brautausstattungsgeschäft, das sie am Vortag entdeckt hatten, und zog zwei Spitzenfächer in Weiß und Gold heraus. »Ich habe vorgesorgt.«

Okay. Besser ein Fächer als ein Sonnenschirm.

Gwen reichte Eliza einen der Fächer und griff noch einmal in die Tasche. Zum Vorschein kamen zwei identische, rüschenbesetzte Sonnenschirmchen.

»Argh! Zu früh gefreut.«

»Wie bitte?«

Eliza schaffte es, nach einem Schirm zu greifen, ohne dabei die Augen zu verdrehen.

Wieso ausgerechnet Gelb? Gelb trägt doch heute keiner mehr!

»Sie gefallen dir nicht.« Gwen ließ die Schultern hängen und machte ein langes Gesicht.

Sie sind grauenhaft. »Sie passen gut … hierher in den Süden.«

Ja, auf eine Plantage von vor dem Bürgerkrieg. Aber das konnte Eliza Gwen natürlich nicht sagen. Gwen war reich, verwöhnt und komplett ahnungslos. Aber sie meinte es gut. Vielleicht stellte sie sich dabei nicht immer sehr glücklich an, doch sie gab sich große Mühe.

»Ist das denn nicht der Land-Look, den wir haben wollen?«

Eliza öffnete den sonnengelben Schirm und rang sich zu einem Lächeln durch. »Nach Landpartie sehen die Dinger wirklich aus.«

»Fantastisch. Dann brauchen wir nur noch ein paar Kleinigkeiten.« Völlig unbeeindruckt von Elizas schlechter Laune fischte Gwen weitere Accessoires aus der Tüte: identische Ohrringe, Halsketten und – tatsächlich – weiße Haarbänder. Wenn das so weiterging, würden sie aussehen wie zwei Butterblumen aus Zuckerguss. »Ach herrje! Schon so spät. Jetzt müssen wir uns aber beeilen«, sagte Gwen.

»Ich dachte, wir sind so gut wie fertig.«

»Wir müssen uns noch mal auf der Ranch umschauen und Neil überzeugen, dass für unsere Sicherheit gesorgt ist.« Neil war Sams und Blakes persönlicher Leibwächter. Ein Mann wie eine Felswand. Wenn er sich irgendwo postierte, brachte ihn nichts ins Wanken. Er lächelte so selten, dass Eliza erst ein halbes Jahr nach ihrer ersten Begegnung festgestellt hatte, dass er mit Zähnen ausgestattet war.

»Kann Neil sich nicht selbst darum kümmern?« Eliza hatte auf einen Cocktail an der Hotelbar gehofft, gefolgt von einem wohltuenden Bad in der Penthouse-Suite. Und wenn sie schon mal in Texas waren, wollte sie auch neue Kunden für Alliance werben. Männer und Frauen. Samantha hatte die Elite-Partnervermittlungsagentur gegründet. Nach ihrer Hochzeit mit Blake hatte sie Eliza angeboten, als Partnerin in die Firma einzusteigen. In den vergangenen zwei Jahren hatte Eliza über ein Dutzend Frauen rekrutiert und drei Paare zusammengebracht. Im Gegensatz zu gewöhnlichen Agenturen ging es bei Alliance nicht um die große Liebe und das ewige Glück. Im Vordergrund standen andere Ziele. Es gab Männer, für die eine Frau ein Statussymbol war, und solche, die eine Partnerin auf Zeit brauchten, weil sie auf einen bestimmten Job oder eine Beförderung aus waren. Samantha und Blake hatten wegen einer Klausel im Testament von Blakes Vater geheiratet. Doch dann hatten die beiden sich hoffnungslos ineinander verliebt. Der kleine Eddie war noch vor dem ersten Hochzeitstag zur Welt gekommen.

Eliza war immer auf der Suche nach neuen Kunden. Und nirgends war das erfolgversprechender als in Texas mit seinen reichen Männern und perfekt geeigneten, manchmal sogar ungebundenen Frauen aus bestem Hause.

»Du weißt, wie pingelig Neil sein kann. Ich muss ihn davon überzeugen, dass kein Paparazzo es durchs Tor schaffen wird.«

Der Cocktail rückte in unerreichbare Ferne. Eliza steckte sich mit einem Clip aus ihrer Handtasche das schulterlange Haar zusammen. Wegen der schwülheißen Luft hing es ihr schlaff um den Kopf. Vor dieser Art Hitze kapitulierte jede Frisur.

»Okay, dann los. Aber ich fahre.«

Gwen ließ sich normalerweise von einem Fahrer des Hotels chauffieren. In den Staaten setzte sie sich ungern selbst ans Steuer, weil man hier ihrer Meinung nach auf der falschen Seite fuhr. Aber Eliza wollte unabhängig sein und hatte sich ein Auto gemietet.

Eine halbe Stunde später tuckerten sie in dem kompakten Mietwagen über einen texanischen Highway. Selbst die voll aufgedrehte Klimaanlage linderte die bedrückende Hitze kaum. Eliza drosch mit der Faust auf das Armaturenbrett. »Ich glaube, das Gebläse funktioniert nicht.«

Gwen saß gelassen auf dem Beifahrersitz und fächelte sich mit ihrem Rüschenfächer Luft zu. »Es ist ja nicht weit. Wir werden schon lebend dort ankommen.«

Sicher. Aber die Hitze zerrte an Elizas Nerven und ihr Shirt klebte an der Sitzlehne. Sie war überrascht, dass Gwen, die ja normalerweise in England lebte, die Hitze so stoisch ertrug.

Mehr noch: Seit sie das Hotel verlassen hatten, lächelte Gwen versonnen vor sich hin.

Hmmm. Der Sache musste sie auf den Grund gehen.

Das Tor der Ranch war bewacht. Als Eliza dem Cowboy ihre Namen nannte, winkte er sie durch. »Willkommen, Ladys. Mrs Hawthorn erwartet Sie bereits«, sagte er. Dabei tippte er an seinen Hut.

»Ist der texanische Akzent nicht süß?«, fragte Gwen.

»Man gewöhnt sich daran.«

»Ich finde ihn bezaubernd. Und alle sind so höflich.«

Eliza steuerte die lange, von hohen Bäumen beschattete Einfahrt zu dem ausladenden Farmhaus hinunter. »Und wir Amis halten jeden mit einem britischen Akzent für intelligent. Dabei sind das nur Klischees. Ein einziger Abend in einer Honky-Tonk-Bar und dir wäre klar, dass nicht alle Cowboys höflich sind.« Eliza hatte das Gefühl, Gwen wie eine ältere, erfahrenere Schwester ein wenig unter die Fittiche nehmen zu müssen.

»Ich bin nicht so naiv, wie du denkst«, protestierte Gwen.

»Hmmm.« *Ja klar.*

»Wirklich.«

Eliza schaute in Gwens erbostes Gesicht. Mit ihrem Porzellanteint, dem perfekten Make-up und der vornehmen Ausdrucksweise wirkte sie tatsächlich wie eine ahnungslose Unschuld aus der Alten Welt.

»Schön, vielleicht war ich im Internat und habe einen Großteil meines Lebens hinter den Mauern von Albany verbracht. Aber ich bin auch gereist.«

»Lass mich raten: mit einem Bodyguard wie Neil als Babysitter?«

»Hans ist kein solcher Kasten wie Neil.«

Eliza verdrehte die Augen. »Hans? Heißt er so?«

»Er ist aus Schweden. Seine Spezialität sind Kampfsportarten.«

Weil Gwen so ernst guckte, unterdrückte Eliza ein Lachen. »Und wo ist Hans jetzt?«

»Zu Hause. Ich fand es unnötig, ihn mitzunehmen. Schließlich bin ich meistens mit dir unterwegs, und Samantha und Blake sind immer für mich da. Du kommst ja auch ohne Babysitter klar.«

Weil ich gelernt habe, auf mich selbst aufzupassen. »Du kannst dich nicht mit mir vergleichen.«

»Stimmt. Aber ich komme auch ohne Bodyguard nicht gleich unter die Räder.«

Unbegründetes Selbstvertrauen bei gleichzeitiger Ahnungslosigkeit konnte verhängnisvoll sein. »Du weißt, dass ich am Tag nach der Hochzeit abreise.«

»Ja.«

Eliza parkte den Wagen, ließ die Zündung aber an, damit das Gebläse weiterlief. »Wann fliegst du denn nach Hause?«

»Weiß ich noch nicht. Meine Mutter möchte, dass ich mit ihr zurückreise. Aber ich glaube, ich bleibe noch ein bisschen.«

»Vielleicht solltest du lieber auf deine Mutter hören.«

»Ich bin kein kleines Kind mehr.«

»Das habe ich auch nicht behauptet.«

»Es hörte sich aber so an.«

Gwen war sauer. Eliza legte ihre Hand auf die der anderen Frau. »Wie alt bist du? Fünfundzwanzig?«

Gwen blieb der Mund offen stehen. »Ich bin einunddreißig.«

Zu alt für einen Babysitter. »Pass auf, heute Abend steigen wir in coole Jeans, organisieren uns zwei Hüte und dann ab in eine Honky-Tonk-Bar. Das ist sicher eine nette Abwechslung und ich gebe dir ein paar Tipps, wie man die Typen dort auf Abstand hält.« Neue Kunden würde sie in einer Cowboykneipe nicht finden. Aber sie konnte Gwen unmöglich alleine losziehen lassen. Man steckte ein Kätzchen nicht in einen Zwinger voller Pitbulls.

»Und wenn ich gar keinen Wert auf allzu großen Abstand lege?«

»Dann sollte erst recht jemand auf dich aufpassen, damit alles im grünen Bereich bleibt. Hans wäre jetzt ganz praktisch.«

»Schön, dann eben doch mit Abstand. Ich will keine Probleme, nur ein bisschen Spaß. Und anschließend unbelästigt nach Hause gehen.«

»Klingt gut.«

Gwen öffnete lächelnd die Wagentür.

Die drückende Hitze saugte Eliza die Energie aus den Poren. Vielleicht würde ein Bier in einer kühlen Bar sie wiederbeleben.

Eliza hängte sich die Handtasche über die Schulter und stieg aus.

»O Carter! Schön, dass du da bist!« Gwens erfreuter Ausruf durchdrang die Hitzeschleier.

Eliza machte eine Vollbremsung. *Carter?*

Gwen küsste Carter auf der Treppe des Ranchhauses nach europäischer Art auf beide Wangen. Carter Billings trug lässige Slacks, ein Baumwollhemd und ein entspanntes Lächeln. Wie immer sagte er genau das Richtige. »Du siehst großartig aus. Wie schaffst du das bloß bei der Bruthitze?«

Elizas Herz schlug schneller. Da stand der wahre Grund für ihre miese Laune. Carter Billings war der Mann ihrer Träume, aber leider unerreichbar. Jedes Mal, wenn sie ihn sah, wurde ihr abwechselnd heiß und kalt. Aber immer endete die Begegnung mit einer schnippischen Bemerkung oder einem Rückzugsgefecht. Er bewegte sich selbstbewusst wie ein Straßenkater, der durch Brooklyns dunkelste Gassen spazierte, verzauberte jeden mit seinem Lächeln und triefte vor Sex-Appeal wie ein Berg Pfannkuchen vor Ahornsirup.

Als Gwen an ihm vorbei ins Haus ging, fing Carter Elizas Blick auf. Sie sah, wie er einmal tief durchatmete, bevor er die Stufen hinunter stieg, um auch sie zu begrüßen.

»Hallo Eliza.«

»Hey Carter. Was machst du denn hier?« Verdammt, schon wieder der verkehrte Text. Die Hitze schrumpfte ihr Gehirn.

»Freust du dich gar nicht, mich zu sehen?«

»Das habe ich nicht gesagt. Ich habe nur nicht mit dir gerechnet, Fremder.« *Fremder?* Seit sie in Texas war, redete sie wie die Kerle in einem Western.

Er verschränkte die Arme und hängte die Daumen in den Achselhöhlen ein. »Gwen hat Neil herbeordert und Blake hat mich gebeten, ein Auge auf Gwen zu haben.«

»Ist das nicht Neils Job?«

»Neils Berichte beschränken sich auf dürre Fakten ohne Klatsch und Tratsch. Aber Auskünfte wie ›alles bestens‹ bringen Blake nicht weiter.« Fast gegen ihren Willen musste Eliza über die Art, wie Carter Neils tiefe Stimme nachahmte, grinsen.

»Es ist wirklich alles bestens.« Warum weckten gewisse Frauen in sämtlichen Männern Beschützerinstinkte?

»Davon überzeuge ich mich lieber selbst.«

Eliza strich sich eine Haarsträhne aus dem Gesicht, die sich aus ihrem lockeren Knoten gelöst hatte. Carter sah ihr dabei zu. »Überlassen wir also dem Richter das Urteil.«

»Ich bin kein Richter mehr.«

»Stimmt. Jetzt bist du *Politiker*.«

»Du sagst das, als wäre es etwas Unanständiges.«

»Politiker werden beinahe so leidenschaftlich gehasst wie Anwälte und Juristen aller Art.« So etwas war Carter ja von Haus aus. Oder zumindest gewesen. Mit seinen siebenunddreißig hatte er mehr Leitern erklommen und mehr Ziele erreicht als viele doppelt so alte Männer. Inzwischen peilte er das höchste Amt in Sacramento an und wenn man den Umfragen glauben durfte, standen seine Chancen gut.

»Autsch.«

»Ich nehme eben kein Blatt vor den Mund.«

Carter trat zur Seite. Das Lächeln lag noch immer auf seinen vollen Lippen. »Vielleicht solltest du das drinnen fortsetzen. Hier draußen in der Hitze kann ich meinen Schützling nicht im Auge behalten.«

»Sie ist nicht dein Schützling«, schnaubte Eliza im Vorbeigehen. Ein Hauch seines Moschusdufts stieg ihr in die Nase. Sie erschauerte, versuchte aber, nicht auf das wohlige Kribbeln zu achten, das sein Geruch in ihr auslöste.

»Deiner auch nicht. Und trotzdem ist sie nicht alleine hergefahren.«

»Musst du nicht irgendwelche Gesetze verabschieden?«

Er lachte. »Ich bin ja nicht der Gouverneur. Noch nicht.«

Eliza schob sich an ihm vorbei in den Flur. »Ich hätte nicht gedacht, dass es zu deinen Pflichten gehört, eine erwachsene Frau zu bewachen.« Die Kühle im Inneren des Hauses war eine Wohltat.

»Das ist keine Pflicht, sondern ein Freundschaftsdienst. Und gib's zu – du würdest für Sam dasselbe tun.«

Ohne Frage. Aber das musste Carter ja nicht wissen. »Wenn du meinst.«

Carter folgte mit den Augen dem beneidenswerten Schweiß-tropfen, der Eliza über den Hals in den Ausschnitt rann. Der Gedanke daran, wohin die kleine Perle verschwunden war, machte ihn ganz kribbelig. Eliza war etwa eins achtundsechzig groß, hatte eine Haut wie von der Sonne geküsst und sinnliche braune Augen. Einfach unwiderstehlich.

Als hätte sie Carters Blick gespürt, fixierte sie ihn mit schief gelegtem Kopf. Er war gezwungen, ihr anstatt auf die Brüste ins Gesicht zu schauen. Sie hatte ihn ertappt, aber er hatte nicht einmal den Anstand, verlegen auszusehen. Eigentlich sollte er sich schämen. Aber es gelang ihm nicht. Carter machte einen Schritt auf ihre Gastgeberin zu, die bei Gwen und Neil stand, und hörte ihnen höflich zu.

Kurze Zeit später spazierten sie über eine großzügige, von Koppelzäunen begrenzte Rasenfläche. Pferdegeruch lag in der Luft.

»Wir haben über zweihundert Hektar Land«, erklärte Mrs Hawthorn.

»Und wie halten Sie ungebetene Gäste fern?«, fragte Neil.

»Unsere Leute wissen Bescheid. Sie halten Ausschau nach neugierigen Spaziergängern. Aber die hätten es ziemlich weit bis zu uns heraus. Und falls jemand in einem Wagen kommt, sehen wir ihn, lange bevor er sich aufs Grundstück schleichen kann.«

Mrs Hawthorn spazierte zu einem einladenden Picknickplatz mit Feuerstellen und rustikalen Holztischen und Bänken. Die Strohballen, die den Platz begrenzten, unterstrichen den zünftigen texanischen Ranch-Look des Gartens.

Eliza entfernte sich von der Gruppe und ging zu einem der Rancharbeiter, einem Cowboy in Jeans, Stiefeln und Stetson. Der Mann tippte zur Begrüßung lächelnd an seinen Hut. Carter folgte Eliza ein Stück weit, konnte aber nicht hören, was sie sagte. Der junge Cowboy schaute hinüber zu Gwen und machte ein paar Gesten. Eliza schien dem Mann zu danken, dann kam sie zurück.

Gwen hatte bereits einen Auftrag für sie: »Zeig du doch Carter die Räumlichkeiten im Haus. Ich rede solange mit dem Mann, der hier für die Sicherheit zuständig ist.«

»Herzlich gerne. Nichts wie weg aus dieser Hitzehölle.« Eliza machte auf dem Absatz kehrt und stapfte Richtung Haus. »Kommst du?«

Carter holte sie an der Tür ein und hielt sie für sie auf.

»Mrs Hawthorn stellt uns für die Nacht nach der Hochzeit sechs Zimmer zur Verfügung. Für Gäste, die etwas getrunken haben oder die kurzfristig auftauchen und nicht ins Hotel wollen.« Eliza ging weiter und zeigte auf eine Treppe. »Da oben ist ein Balkon mit Blick auf den Garten. Blake kann dort jemanden postieren, der die Umgebung im Auge behält. Ungebetene Gäste sieht man von dort aus schon von Weitem.«

Die Augen an ihr Hinterteil geheftet, folgte Carter ihr durchs Haus. Er bewunderte den Hüftschwung, mit dem sie um die Ecke bog und den langen Flur entlangging.

»Hier könnt ihr Jungs auf Sam warten.«

Sie setzte den Rundgang fort und erklärte ihm die Räumlichkeiten. Carter bekam kaum ein Wort davon mit. Wie fast immer in Elizas Gegenwart war sein Gehirn komplett benebelt. Sobald sie im selben Raum war wie er, knisterte die Luft. Er vermutete, dass sie ihn genauso anziehend fand wie er sie. Aber keiner von ihnen ließ sich etwas anmerken.

Jedenfalls meistens.

Letztes Jahr an Weihnachten hatten sie sich bei einer Feier mit Blake, Samantha und fünfzig anderen Bekannten beinahe unter dem Mistelzweig geküsst. Ganz nüchtern waren sie beide nicht mehr gewesen und sie hatten sich schon den ganzen Abend gegenseitig mit sarkastischen Sticheleien bedacht. Eliza hatte ein hautenges rotes Kleid mit einem Schlitz bis zum Oberschenkel getragen und ihr dunkles Haar aufgesteckt. Nur ein paar Strähnchen tanzten um ihren grazilen Hals. Tausend Mal war ihm während der Feier ihr Parfum in die Nase gestiegen und jedes Mal hatte er sich gefühlt, als würde sie ihn an der Gurgel packen und zudrücken. Er war ihr gefolgt wie eine Motte dem Licht.

Dann hatte sie sich unerwartet umgedreht und sie waren zusammengeprallt. Einen Moment lang hatten sie einander gemustert. Plötzlich hatte Eliza zur Zimmerdecke geschaut und etwas gemurmelt. Carter war ihrem Blick gefolgt. *Ein Mistelzweig zur rechten Zeit.* Er hatte ihr die Hand auf die Wange gelegt, mit den Fingerspitzen ihren Hals berührt und sich darauf gefreut, sie ganz genüsslich zu küssen.

So weit die Planung.

Gerade, als er sich vorgebeugt hatte, hatte jemand seinen Namen gerufen. Eliza war zurückgezuckt und regelrecht geflohen.

Darüber gesprochen hatten sie nie. Sie hatten einfach so getan, als wäre nichts passiert.

Carter vermutete, dass ihre enge Freundschaft mit Sam und Blake sie beide zurückhielt. Sie wollten nichts aus dem Lot bringen.

Er verabredete sich weiterhin mit anderen Frauen. Jedenfalls wurde er hin und wieder mit einer Begleiterin gesehen. Und Eliza kümmerte sich um die Agentur, die sie gemeinsam mit Samantha betrieb.

»Und? Wie findest du es?« Er hatte keinen Schimmer, wovon Eliza sprach.

»Wie bitte?«

»Das Haus?«

»Was?«

»Du hast mir überhaupt nicht zugehört.«

»Nein. Doch. Du hast mir erklärt, wo wir warten sollen, und mir die Treppe zum Balkon gezeigt.«

Sie stemmte die Fäuste in die Hüfte und maß ihn mit einem herablassenden Blick. »Das war vor einer Viertelstunde. Ich frage mich, warum ich hier mit dir meine Zeit vergeude.« Sie wandte sich ab.

»Okay, zugegeben. Ich bin nicht ganz bei der Sache«, räumte er ein. »Ich habe grade zu viel im Kopf.«

»Und ich habe auch etwas Besseres zu tun. Weißt du was? Sag Neil doch einfach, dass alles in Ordnung ist. Dann sind wir hier fertig.«

Carter grinste. »Willst du mich loswerden?«

Ihre Augen schossen zu seinen wie ein Blitz zur Erde. »Das würde voraussetzen, dass es mir wichtig ist, ob du hier bist oder sonst wo.«

Sie gab sich cool. Aber sie brach den Blickkontakt ab und fing an, an ihrem Fingernagel zu knabbern. *Es ist dir wichtig. Vielleicht willst du es nicht wahrhaben. Aber es ist trotzdem so.*

»Autsch.«

Sie betrachtete ihre Fingernägel, dann ballte sie die Hände zu Fäusten.

»Ach, lassen wir das. Und jetzt weg hier, bevor ich schmelze.«

»Gute Idee.« Hier herumzutappen und seinen Fantasien über sie nachzuhängen, führte zu nichts. Außerdem hatte er für die Hochzeitsfeier schon ein Date. Und zwar nicht mit der Frau, die vor ihm stand.

Eliza marschierte davon. Er folgte ihr in einigem Abstand. Eigentlich hätten ihn die texanischen Millionäre, die zu dem Fest eingeladen waren, viel mehr beschäftigen müssen als die Trauzeugin.

»Alles erledigt, Neil. Du kannst meinem Bruder sagen, dass er hier vollkommen sicher ist. Pressefotos wird nur der eine Reporter machen, den er selbst eingeladen hat.« Gwen winkte Carter zu sich. »Bitte sei so lieb und beruhige diesen Mann.«

Carter sah Neil an und zuckte die Schultern.

»Vielen Dank für Ihre Zeit, Mrs Hawthorn. Wir sehen Sie dann in ein paar Tagen.«

Mrs Hawthorn ließ Gwens Wangenküsse gelassen über sich ergehen und winkte den Frauen hinterher. »Viel Spaß, Mädels!«

Carter schaute zu, wie die beiden wegfuhren. Eliza warf nicht einmal einen Blick in den Rückspiegel.

»Die hatten es ganz schön eilig«, stellte Neil fest.

»Ist mir auch aufgefallen.«

Mrs Hawthorn stützte die Hand in die Hüfte. »Eine Hochzeit zu planen, ist keine Kleinigkeit. Die beiden haben hart gearbeitet. Sie sollen heute Abend ruhig losziehen und ein bisschen Spaß haben, bevor es hier feierlich wird. Das haben sie sich verdient.«

»Heute Abend? Spaß haben?«, fragte Neil.

Carter betrachtete die Staubwolke, in der Elizas Wagen verschwand.

»Von Billy weiß ich, dass Eliza ihn nach einer Country-Bar in der Gegend gefragt hat. Die Ladys wollen tanzen – ein bisschen Dampf ablassen.«

Carter verdrehte die Augen. »Country-Bar?«

»Ich kann mir Miss Gwen nicht in einer Cowboykneipe vorstellen«, schnaufte Neil.

Eliza vielleicht. Aber Gwen? »Sieht aus, als würdest du heute Abend noch nicht nach Hause fliegen«, sagte Carter zu Neil. Die Gelegenheit, Eliza und Gwen ein wenig hinterherzuspionieren, konnte man sich nicht entgehen lassen.

Zwei

Im Souvenirshop des Hotels fanden sie das perfekte Outfit: hautenge Jeans, Cowboystiefel und -hüte. Gwen wollte nicht wie eine Herzogtochter gekleidet in eine Bar in Texas stelzen. Und Eliza fand es lustig, sich im Cowboy-Look einzukleiden. Das war tausendmal besser, als gelbe Brautjungfernkleider anzuprobieren.

Laute Musik mit herrlich schmalzigen Texten über Liebe und gebrochene Herzen schallte durch die Bar. Auf der Tanzfläche drängten sich etliche Paare. Ihre Körper klebten aneinander, sie bewegten sich wie aus einem Guss.

Eliza ging voraus. Sie bahnte sich einen Weg durch die Menge zu ein paar freien Plätzen an der Bar. Unterwegs ernteten sie bewundernde Blicke und das eine oder andere Lächeln.

»Unfassbar, wie voll es hier ist«, sagte Gwen über den Lärm hinweg.

»Wenn viel los ist, macht es mehr Spaß.«

Der Barmann legte zwei Bierdeckel vor sie hin. »Ladys.« Er tippte an seinen Hut.

Eliza hob zwei Finger. »Zwei Bier.«

Gwen wollte protestieren. »Aber …«

»Hier kannst du unmöglich Wein trinken, Gwen.« Eliza wusste genau, was ihre Freundin nach dem herablassenden »Aber« sagen wollte. Anders als sonst verzichtete Gwen auf jede weitere Widerrede.

Sie behielt ihre Handtasche im Schoß, setzte sich kerzengerade hin und riss die Rehaugen weit auf. Ihre Finger zuckten im Takt der Musik, ein Lächeln umspielte ihre Lippen. Was sah Gwen hier? Für sie war dieser Abend ein Abenteuer, ein Ausflug in die Welt der Nichtadeligen. Die Leute auf der Tanzfläche hatten viel Spaß. Aber allem Anschein nach war noch niemand völlig hinüber. Später würden die Biertrinker vermutlich ein bisschen ungehobelt werden.

»Bitteschön, Ma'am.« Der Barmann stellte die Flaschen vor sie hin. Eliza wollte den Geldbeutel aus der Tasche ziehen. »Schon erledigt.« Der Cowboy nickte zum Ende der Bar. Dort saßen zwei Männer in Westernhemden und Stetsons. Eliza suchte Blickkontakt mit demjenigen, der ihr am nächsten saß. Dunkles Haar und ein gepflegter Schnauzer umrahmten ein markantes attraktives Gesicht. Sie hob ihre Flasche mit einem leichten Nicken.

»Haben die unser Bier bezahlt?«, fragte Gwen.

»Sieht so aus.«

»Sollen wir hingehen und uns bedanken?«

Eliza drehte den Männern den Rücken zu und trank einen Schluck von ihrem Bier. »Nicht nötig. In fünf Minuten sitzen sie sowieso bei uns.«

Gwen griff nach ihrer Flasche und lächelte die beiden Cowboys an. »Woher weißt du das?«

»Weil du sie immer noch anstarrst. Das werden sie als Einladung betrachten.«

Erschrocken schlug Gwen die Augen nieder und drehte sich weg.

»Mein Gott, du hast tatsächlich keine Ahnung.«

»Ich bin ein hoffnungsloser Fall.« Gwen wurde rot.

»Du bist eben sehr behütet aufgewachsen. Dafür kannst du nichts.«

Gwen nahm einen Schluck Bier und schaffte es tatsächlich, nicht das Gesicht zu verziehen. »Behütet aufgewachsen und ahnungslos.«

Wie ahnungslos denn genau? »Bitte sag mir, dass du schon mal einen Freund hattest.«

Gwen sah sie ungläubig an. »Ich war schon mit Männern zusammen. Ich bin keine Jungfrau, falls es das ist, was du wissen wolltest.«

»Jo, das überrascht mich, Süße. Ich hätt' schwören können, dass du so unschuldig bist wie ein neugeborenes Kälbchen.«

Eliza und Gwen fuhren beide zu dem kernigen Typen herum. Der Cowboy hatte keine zwei Minuten gebraucht, um sich zu ihnen zu gesellen.

Gwens Wangen färbten sich noch einen Ton dunkler.

»Danke für das Bier.« Eliza versuchte, von Gwen abzulenken.

»Ich heiß' Rick und das hier ist Jimmy.« Jimmy war ein paar Zentimeter kleiner als Rick und etliche Kilo leichter. Beide Männer boten einen durchaus erträglichen Anblick.

»Eliza«, antwortete sie. »Und das ist meine nicht mehr komplett jungfräuliche Freundin Gwen.«

Gwen stieß ihr den Ellbogen in die Seite und Eliza lachte.

Rick und Jimmy verzichteten freundlicherweise darauf, das Thema zu vertiefen. »Sind die Plätze hier noch frei?«

Eliza nickte in Richtung des leeren Barhockers an ihrer rechten Seite. Rick setzte sich und Jimmy sagte: »Ich halt' schon mal Ausschau nach 'nem freien Tisch.«

Als Jimmy sich neben Gwen stellte, rückte sie ein wenig näher an Eliza heran. Eliza hatte keine Lust auf krampfhafte Konversation. »Komm, gib her …« Sie wand Gwen die Bierflasche regelrecht aus den Fingern. »Dann könnt ihr beide tanzen.«

Gwen beugte sich zu ihr und versuchte zu flüstern. »Aber ich kenne ihn doch gar nicht.«

Eliza schob sie lächelnd von ihrem Hocker. »Mach schon. Sei keine Spaßbremse.«

Jimmy griff bereits nach Gwens Ellbogen.

»Aber ich weiß nicht, wie man zu dieser Musik tanzt.«

Jimmy half Gwen vom Hocker. »Woher bist du denn?«

»Aus der Nähe von London.« Gwen stellte ihre Handtasche neben Eliza.

Jimmy zwinkerte Gwen zu. »Eine Engländerin! Macht nichts. Ich hab' den Twostepp schon mit fünf gelernt. Das kriegen wir hin.«

»Sicher?«

»Komm.«

Eliza folgte Gwen mit den Augen zur Tanzfläche. Als Jimmy die Arme um sie legte und sie an sich zog, machte sie sich steif. Aber schon nach wenigen unsicheren Schritten bewegte sie sich mit ihm im Takt der Musik und lernte schnell ein paar Figuren.

»Lässt du deine Freundin nie aus den Augen?«, fragte Rick.

»Ich mache alles streng nach dem Mädels-Handbuch: Wir gehen gemeinsam zur Toilette, achten darauf, dass uns nicht die Etiketten aus den Klamotten hängen, und passen gut aufeinander auf.«

»Du auf sie – aber sie nicht auf dich.«

Eliza lächelte den Cowboy an. »Sie will deinem Freund nicht auf die Zehen treten und kann nicht gleichzeitig auf seine Füße und zu mir rüberschauen.« Rick war ein Schnittchen und sein texanischer Akzent passte zu seiner lässigen Art. Aber er löste bei Eliza keinerlei Reaktion aus. Die Chemie ließ sich nicht überlisten. Dass zwei Leute äußerlich zusammenpassten, bedeutete noch lange nicht, dass sie auch ansonsten harmonierten. Bei manchen flogen sogar regelrecht die Fetzen. Wie bei Carter und ihr.

Rick empfand das offenbar nicht so. Er machte es sich auf dem Hocker bequem und hielt das Gespräch in Gang.

Carter schob Neil in eine dunkle Ecke der Bar, weit weg von Eliza und Gwen.

Gwens unsichere Schritte deuteten darauf hin, dass sie schon eine Weile hier war. Ihre Frisur war ein wenig aus der Form geraten und hin und wieder drang ihre Stimme schrill durch den Lärm. Seit Neils und Carters Ankunft hatte sie mit mindestens drei verschiedenen Männern getanzt. Das einzig Beruhigende war, dass Eliza einen Großteil von Gwens Drinks in herrenlose leere Gläser kippte.

Neil packte seine Bierflasche viel fester als nötig. Er ließ Gwen nicht aus den Augen. »Sie ist betrunken«, zischte er zwischen zusammengebissenen Zähnen hervor.

»Sieht ganz so aus.« Carter nahm einen Schluck Bier. Sein Blick hing an Eliza. Sie unterhielt sich mit zwei Männern bei ihr am Tisch. Einer von ihnen stand auf und streckte ihr die Hand hin. Nach einem kurzen Zögern ließ sie sich von ihm zur Tanzfläche führen.

Ihr knackiger kleiner Hintern bewegte sich im Takt der Musik, als wäre sie für das Tanzen im Country-Stil geboren. Die Hände ihres Partners lagen dreißig Sekunden lang auf ihren Hüften, dann fingen sie an zu wandern.

Wie viel Druck hält ein Bierglas aus, bevor es zerbricht? Carter versuchte, seinen Griff zu lockern. Ein anderes Paar verdeckte die Sicht auf Eliza. Er reckte den Hals, konnte sie aber nicht entdecken. Dann sah er sie plötzlich wieder am Tisch sitzen. Sie hatte den Tanz vorzeitig beendet und redete jetzt mit einem anderen Mann. Als Kuhhirte Nummer zwei die Hand auf Elizas Schulter legte, hatte Carter genug. »Behalte du Gwen im Auge.«

»Worauf du dich verlassen kannst.«

Gerade als er Elizas Tisch erreichte, wechselte die Musik. Ein ruhiger, langsamer Song tönte aus den Lautsprechern. Nicht gerade sanft löste er die Finger des Kuhhirten von Elizas Rücken und nahm sie am Ellbogen.

Erschrocken sah sie ihn an. Der Cowboy sprang auf. »Kann ich etwas für dich tun?«

Ein tätowiertes Kreuz schmückte die Hand von Elizas Verehrer. Das Tattoo war ziemlich unauffällig, aber Carter wusste, was es bedeutete. »Du schuldest mir einen Tanz«, sagte er, ohne auf den Mann zu achten.

Vielleicht war sie einfach zu überrascht, um ihn abblitzen zu lassen. Jedenfalls rappelte sie sich hoch und ließ sich von ihm zur Tanzfläche ziehen. Dort legte er die Arme um sie. Als ihre Körper sich berührten, fuhr ihm ihre Wärme direkt in die Lenden.

»Was zum Teufel tust du hier?«

Carter schoss einen Blick in Richtung der Männer, die sie beobachteten. »Ich rette eine Frau vor einer Horde Hinterwäldler, die sicher ganz eigene Vorstellungen von einem netten Abend haben.«

Er wirbelte Eliza herum, sie drehte ihn wieder in die Gegenrichtung. »Die sind harmlos.«

»Ach?«

»Die sehen nur ein bisschen verwegen aus.«

»Du meinst also, sie bezahlen euch die Drinks ohne jeden Hintergedanken und wollen nur mal testen, wie viel ihr so vertragt?«

Sie trat ihm auf den Fuß. Er fing sich schnell wieder und wiegte sie im Takt. »Wie lange bist du schon hier und beobachtest uns?«

Sein Bein drängte sich beim Tanzen zwischen ihre Schenkel. »Lang genug.«

»Wie lange, Carter?«

»Neil war um Gwen besorgt.« Er schaute sich nach der Schwester seines besten Freundes um und sah gerade noch, wie die zierliche Gestalt mit dem blonden Schopf einem Mann durch die Tür folgte. »Verdammt.«

Carter zerrte Eliza hinter sich her, aber Neil war Gwen bereits auf den Fersen.

Mühsam bahnten sie sich einen Weg zwischen den verschwitzten Leibern hindurch, die dicht gedrängt die Bar bevölkerten. Carter hatte beobachtet, dass mindestens einer der Männer von Elizas Tisch ebenfalls auf dem Weg nach draußen war.

»Was soll das?«, fragte Eliza.

»Los komm.« Endlich waren sie am Ausgang zum Parkplatz. Draußen packte Neil gerade den Kerl, mit dem Gwen getanzt hatte, drückte ihn auf die Motorhaube eines Pick-ups und holte mit der Faust aus.

»Nicht!«, kreischte Gwen.

Neil zögerte einen Sekundenbruchteil lang, dann schlug er zu. Der Mann auf der Motorhaube war kein Gegner für ihn. Nach zwei Fausthieben ließ der Leibwächter die Hand sinken. »Die Lady hat *Nein* gesagt.«

»Verdammt, wo kommt der denn plötzlich her?« Ein weiterer Cowboy aus der Bar drängte sich an ihnen vorbei.

Etliche Barbesucher gesellten sich hinzu, um nur ja nichts zu verpassen. Carter war sicher, dass mindestens eine Person eine Handykamera auf ihn richtete. Mit einer Schlägerei auf einem texanischen Kneipenparkplatz sicherte er sich garantiert keine Wählerstimmen.

»Die Sache ist schon erledigt, Kumpel. Mister Universum beschützt nur eine unschuldige Frau.« Carter gab sich Mühe, die Situation zu entschärfen.

»Für mich sah es so aus, als wäre sie einverstanden«, blaffte der Kerl. Dann traf die Faust des Fremden Carter ins Gesicht.

Er fuhr herum, duckte sich, warf sich gegen die Hüfte des Angreifers und drückte ihn gegen das nächststehende Auto. Carter bekam einen weiteren Schlag gegen den Oberkörper ab, dann ließ er selbst die Fäuste fliegen. Das Adrenalin pulsierte durch seine Adern wie flüssiges Feuer und verlieh seinen Schlägen zusätzlich Schwung und Kraft. Es dauerte keine zwanzig Sekunden, bis Carter den Mann neben dessen Kumpan auf die Motorhaube drückte. »Nein bedeutet ganz einfach Nein!«

Der Mann unter ihm gab seine Gegenwehr auf. Ein paar Kerle aus der Bar pflügten sich durch die Schaulustigen wie Verteidiger beim American Football.

»Verdammt, Jimmy. Was ist denn in euch gefahren?«, schrie jemand.

Carter ließ seinen Gegner los und trat so weit zurück, dass dessen Fäuste ihn nicht erreichen konnten. Er starrte den Kerl an und wartete, dass er sich irgendwie beeindruckt zeigte.

Er tat es nicht.

»Neil«, rief Carter. »Bring Lady Gwen hier weg. Ich kümmere mich um Eliza.«

Eliza tätschelte Gwens Rücken. »Bis gleich im Hotel.«

Eliza hakte Gwen unter. Ihnen war nicht wohl in ihrer Haut. Gwen nickte.

Mit einer Geste forderte Carter Eliza auf, zu ihrem Wagen zu gehen.

»Meine Handtasche ist noch in der Bar«, sagte sie.

Neil brachte die beiden Frauen von den betrunkenen Männern weg und Carter ging noch einmal in die Kneipe, um die Handtasche zu holen.

Erst griff er sich Gwens Designertasche, dann Elizas. Als er die Hand auf Elizas Tasche legte, spürte er darin einen harten Gegenstand, der ihn beunruhigte. Er konnte nicht anders, er öffnete die Tasche und sah genau das, was er vermutet hatte.

Warum schleppte Eliza eine Schusswaffe mit sich herum?

Drei

Eliza schnappte sich die Tasche, nahm die Wagenschlüssel heraus und reichte sie Carter.

Sie hatte es vermasselt. Anstatt Gwen zu beschützen, hatte sie sie in Gefahr gebracht. Es war ihr nicht gelungen, der Engländerin die fremden Kerle vom Leib zu halten. Auf dem Weg zu Neils Wagen wirkte Gwen ziemlich zittrig. Sie behauptete, es ginge ihr prächtig, aber Eliza glaubte ihr nicht. Sie funkelte Neil böse an. Dabei hatte er ihren Zorn am wenigsten verdient.

Im Hotel würde sie ihm ein paar Fragen stellen. Aber erst mal war Carter an der Reihe.

Was hatten die beiden eigentlich in der Bar zu suchen? Vielleicht hätte sie froh sein sollen, dass die Männer eingegriffen hatten. Aber Eliza war sich ziemlich sicher, dass sie ohne die Ablenkung durch Carter die Lage selbst unter Kontrolle behalten hätte.

Carter fuhr wortlos bis zur Interstate. Und Eliza gab sich alle Mühe, sein markantes Profil nicht schamlos anzustarren – das energische Kinn und den sexy Mund mit der leicht angeschwollenen Lippe.

Das tat sicher weh. Eliza erschauerte.

»Warum?«

Sie atmete tief ein und dann langsam wieder aus. Seine Frage musste er ihr nicht erklären. Warum waren sie in die Bar gegangen? Warum hatte sie die behütete Lady Gwen, die sonst nur elegante Empfänge besuchte, mit in eine solche Kaschemme genommen? »Wir wollten ein bisschen Dampf ablassen.«

»Hat das Hotel keine Bar?«

»Doch, hat es. Aber die ist komplett harmlos und einfach nur zum Gähnen. Gwen wollte mal was anderes sehen.«

»Gwen hat keine Ahnung. Die Sache hätte schiefgehen können.«

Eliza starrte auf ihre Hände, die ihre Handtasche umklammert hielten. »Gwen denkt, alle Cowboys wären Gentlemen, nur weil sie sie mit Ma'am ansprechen und ihr den Stuhl zurechtrücken. Wenn ich nicht mit ihr gegangen wäre, wäre sie vielleicht allein losgezogen.«

»Und inwiefern warst du ihr eine Hilfe?«

»Wenn du nicht aufgetaucht wärst und mich zur Tanzfläche geschleppt hättest, hätte ich sie nie mit dem Kerl rausgehen lassen.« Elizas Stimme wurde lauter, sie war stinksauer.

Carter setzte schnaubend den Blinker.

»Und aus welchem Grund wart ihr in der Bar?«, fragte sie.

»Wir wollten dafür sorgen, dass ihr beide nicht als Zeitungsschlagzeile endet. Sieht aus, als wären Neil und ich gerade noch rechtzeitig gekommen.« Carters Hände krallten sich ans Steuer. Er fuhr am Einparkservice vorbei und stellte den Wagen selbst auf dem Hotelparkplatz ab.

»So schlimm war es doch gar nicht.«

»Der Kerl, der die Hände nicht von dir lassen konnte, war ein Dealer. Ist dir das klar?«

Eliza kannte die Bedeutung gewisser Tätowierungen. »Ein kleiner Fisch.« Außerdem hatte sie gerade Kaffee bestellen wollen, als der Mann zu ihnen an den Tisch gekommen war. Nach dem Kaffee wäre sie mit Gwen ins Hotel zurückgefahren. Den Typen war wohl langsam klar geworden, dass sie an diesem Abend nicht zum Zug kommen würden und die Stimmung war gekippt. Doch bevor Eliza mit Gwen hatte verschwinden können, war Carter aufgetaucht und hatte sie zum Tanzen genötigt.

»Ein kleiner Fisch? Mehr fällt dir dazu nicht ein?« Ein gereizter Carter sah zum Fürchten aus. Seine Kiefermuskeln waren angespannt, seine Augen wurden so schmal, dass seine Blicke die Schärfe von Rasierklingen bekamen.

Eliza schwang sich aus dem Wagen und knallte die Tür zu.

Sie war noch keine zwei Schritte weit gekommen, als Carter sie zum zweiten Mal an diesem Abend am Arm packte. »Gib zu, dass du einen Fehler gemacht hast. Dann ist die Sache für mich erledigt.«

Sonst noch was?

Sie standen sich Zehe an Zehe gegenüber und starrten einander ins Gesicht.

Eliza atmete tief durch. Sie würde auf keinen Fall klein beigeben. Falls er glaubte, sie würde vor seinem strengen Blick kapitulieren, hatte er sich getäuscht. Feindseliges Schweigen war ihre Spezialität.

»Gott, bist du stur.«

»Vergiss das nie!«, gab sie zurück.

Carters Griff lockerte sich, sein Blick wurde weich, seine Stimme sanfter. »Das hätte übel ausgehen können.«

»Du meinst für Gwen.«

Sein Blick wanderte von ihren Augen zu ihren Lippen. »Für sie auch.« Er flüsterte beinahe.

Seine Augen sagten ihr, dass seine Hauptsorge nicht Gwen gegolten hatte.

Carters Finger strichen über ihren Arm und ließen Funken stieben. Er hatte so unvermittelt von Wut auf Besorgnis umgeschaltet, dass ihr die Luft wegblieb. Plötzlich fühlte sie sich benommen. Seine Lippen bewegten sich, als würde er mit sich selbst sprechen. Er rückte näher an sie heran. Offenbar, um sie zu küssen. Sicher würde sie es bereuen, aber sie konnte ihn nicht aufhalten und sie wollte es auch nicht. Sie blieb ganz ruhig stehen und wartete auf seine Berührung.

Der Klingelton aus seiner Tasche wirkte wie ein Glas Eiswasser mitten ins Gesicht. »Verdammt«, schimpfte er.

Eliza wich kopfschüttelnd zurück. Er zog sein Handy heraus.

»Was ist?«, bellte er ins Telefon. »Ja … Nein … So ein Mist!«

Carter wurde blass. Er fuhr sich mit der freien Hand durchs rotblonde Haar und sah dabei unglaublich sexy aus.

»Ja. Tu, was du kannst.« Er beendete das Gespräch.

»Was ist passiert?«

»Anscheinend geht die kleine Party auf dem Parkplatz bereits durch die sozialen Netzwerke. Das war mein Wahlkampfmanager.«

»O nein.« Das klang gar nicht gut. Es waren schon Kandidaten aus nichtigeren Gründen aus dem Rennen geworfen worden.

»›O nein‹ trifft es nicht wirklich. Komm. Ich bringe dich rein. Dann muss ich Schadensbegrenzung betreiben.«

Elizas Gewissensbisse wurden mit jedem Schritt ins Hotel heftiger. Was war aus den Mauern geworden, die sie so sorgsam um sich errichtet hatte? Sie versuchte, sich nichts anmerken zu lassen, und hoffte, dass Carter nicht hinter die bröckelige Fassade sehen konnte.

Wortlos schob er sie in die Penthouse-Suite. Er warf Gwen einen langen Blick zu, zeigte mit dem Finger auf sie und sagte: »Wenn du mal wieder um die Häuser ziehen möchtest, nimm Neil mit.« Dann machte er auf dem Absatz kehrt und knallte die Tür hinter sich zu.

Es ist alles meine Schuld.

*G*wen sprang auf. »Ich habe noch nie im Leben so viel Spaß gehabt.«

Eliza starrte sie mit offenem Mund an. »Wie bitte?«

»Erst die Cowboys. Richtige Schnittchen! Dann das Bier. Ich hätte nie gedacht, dass ich das Zeug mögen würde. Meine Mutter meint immer, es würde schmecken wie schmutziges Badewasser und Damen würden so etwas nicht trinken. Und dann das Tanzen … Grundgütiger. So wie heute habe ich noch nie getanzt.« Gwen marschierte auf und ab, ihre Stimme kletterte von Oktave zu Oktave, ihre Worte überschlugen sich beinahe.

Eliza schüttelte den Kopf. »Bist du von allen guten Geistern verlassen? Neil hat auf dem Parkplatz deinen nicht mehr ganz jungfräulichen Hintern vor diesem Idioten gerettet.«

»Dass Neil da war, wusste ich schon lange, bevor er dem Typen an den Kragen ging. Mir konnte doch gar nichts passieren.«

Elizas Mund wurde trocken. »Was?«

»Hast du Carter und Neil nicht in die Bar kommen sehen? Na schön, Carter fällt nicht besonders auf. Aber Neil? Der Mann ist gebaut wie die Trucks auf der Interstate. Er ist eine Naturgewalt.« Gwen hob die linke Augenbraue. Ihre Augen glänzten nun nicht mehr nur vom Bier.

»Du stehst auf Neil?«

»Das habe ich nicht gesagt.«

Aber du streitest es auch nicht ab. Interessant.

Eliza rieb sich das Gesicht und verschmierte damit den kläglichen Rest ihres Make-ups. »Der heutige Abend war ein Riesenfehler.«

»Finde ich gar nicht.«

»Carter ist mitten im Wahlkampf und war wegen uns in eine Kneipenschlägerei verwickelt. Die ersten Fotos stehen bereits im Netz.« Eliza hoffte inständig, dass sie darauf nicht zu sehen war.

»O-o!« Anscheinend wurde Lady Gwen nun doch langsam klar, dass es ein Problem gab.

Eliza ließ sich auf die Couch fallen. »Es ist alles meine Schuld.«

Gwen setzte sich zu ihr und legte ihr die Hand aufs Knie. »Nein. Ich bin mindestens genauso schuld wie du.«

Die Last der Verantwortung drückte Eliza nieder. Blieb die Frage, wie sie die Sache wieder gutmachen konnte.

*D*en Kopf in den Händen vergraben saß Carter vor seinem Laptop. Sein Wahlkampfmanager Jay musterte ihn via Skype.

»… und weil Gwen Harrison auch dabei war, hast du es sogar in die Londoner Zeitungen und in die britischen Klatschblätter geschafft. Wir sind erledigt.«

Ich muss es wieder hinbiegen.

»Einen Junggesellen, der nachts durch die Kneipen zieht, wählt niemand zum Gouverneur. Ehebruch oder Drogenkonsum stecken die Wähler vielleicht noch weg. Aber eine Schlägerei auf einem Parkplatz – das geht gar nicht.«

»Irgendwas muss doch zu machen sein.« Eigentlich hatte Carter in knapp zwei Wochen seine Kandidatur bekannt geben wollen. Aber ein kurzer Faustkampf für die Ehre einer Frau hatte seine lange gehegten, ehrgeizigen Pläne durchkreuzt. »Wie schnell sollte ich eine Pressekonferenz veranstalten?«

»Um den Journalisten was genau zu sagen? Dass du in einer Bar getrunken hast …«

»Ich habe nichts getrunken.«

»Wie lange warst du in dem Laden?«

»Eine Stunde.«

»Und kein einziger Schluck?« Jays Stimme triefte vor Sarkasmus.

»Doch. Ein halbes Glas Bier.« Sonst wäre sofort aufgefallen, dass er nur herumstand und Eliza beobachtete.

Jay schnaubte. »Wie ich schon sagte: Du warst in der Bar, hast getrunken und Frauen angegraben …«

»Habe ich nicht.«

»Und die Bilder, auf denen du neben der dunkelhaarigen Sexist-mein-zweiter-Vorname-Schönheit stehst?«

»Das ist Eliza. Samanthas beste Freundin. Nach der Schlägerei habe ich sie zum Hotel gefahren. Neil hat Gwen zurückgebracht.«

»Ich glaube, der Presse wird es egal sein, wessen Freundin sie ist. Pass auf, Carter: Die werden schreiben, dass du getrunken, Frauen angebaggert und einem Cowboy die Nase blutig geschlagen hast. Nichts davon ist gelogen.«

Carter hätte beinahe gesagt: *Aber er hat angefangen.* Wie früher in der Grundschule.

»Wann steigt denn Blakes Hochzeitsfeier?«

»In zwei Tagen.«

»Okay. Bis dahin verhältst du dich unauffällig und überlegst dir genau, mit wem du sprichst. Vielleicht glätten sich die Wogen und wir können das Ruder noch mal rumreißen.«

Carter rieb sich den verspannten Nacken. »So zu tun, als wäre nichts passiert, bringt uns nicht weiter.«

»Stimmt. Aber fällt dir etwas Besseres ein? Ich habe keine Ahnung, wie wir dich auf die Schnelle in einen soliden Familienmenschen verwandeln sollen. Es sei denn, du trittst gleich morgen vor den Traualtar. Oder wenigstens im Lauf der nächsten Woche. Die Geschichte mit der Kneipenschlägerei wird an dir kleben. Wenn wir sie schon nicht vertuschen können, müssen wir wenigstens eine Heldentat daraus machen. Aber selbst dann kann dir die Sache das Genick brechen.«

Carter musste unwillkürlich an Kathleen denken, sein Date für die Hochzeitsfeier.

Heiraten? Auf gar keinen Fall.

»Wir müssen doch irgendwas unternehmen können.«

»Ich rede mit ein paar Freunden in D. C. Die haben andauernd solche Geschichten am Hals.«

»Ruf mich an.«

»Mach ich. Ach, und Carter?«

»Ja?«

»Keine Cowboy-Kaschemmen mehr, okay?«

Carter kappte die Skype-Verbindung und raufte sich das Haar. Er war so gut wie erledigt.

Vier

In dem Kleid schwitzte sie noch mehr als befürchtet. Und das Gelb machte sie noch blasser, als sie es seit dem Abend in der Kneipe sowieso schon war.

»Ihr seht … süß aus.« Sams Augen wanderten zwischen Eliza und Gwen hin und her.

»Wie der Zuckerguss auf einer Torte.« Nur dass diese Torte innen bitter war. Bei dem Gedanken, auf dem Weg zum Altar neben Carter herzugehen, wurde Eliza ganz flau. Wo war ihre forsche Art, wo ihre Schlagfertigkeit, wenn sie sie brauchte?

»Wenigstens ist es nicht mehr ganz so heiß.« Gwen – optimistisch wie eh und je.

»Stimmt. Es muss einen halben Grad kühler geworden sein.« Eliza klappte den albernen Fächer auf und begann, damit zu wedeln.

Jemand klopfte an die Tür.

»Herein.«

Mrs Hawthorn steckte den Kopf ins Zimmer. »Oh! Ihr Mädchen seht bezaubernd aus.«

Eliza unterdrückte ein Schnauben. Sams Kleid war genauso scheußlich wie ihres. Aber wenigstens war es weiß. Mrs Hawthorne musste dringend zum Augenarzt. Nur Gwen schien sich in dem grausigen Rüschenberg wohlzufühlen. Nicht einmal das Gelb konnte ihr etwas anhaben.

»Sind die Männer fertig?«

»Sind sie! Können wir mit der Musik anfangen?«

»Bitte!«, flehte Eliza. Je früher sie loslegten, desto eher hatten sie die Sache hinter sich. Dann konnte sie sich vielleicht in irgendeine dunkle Ecke verkrümeln. Gleichzeitig wollte sie ihre Schuld bei Carter unbedingt wieder gutmachen. Die Medien hatten sich genüsslich auf seine »Kneipenschlägerei« gestürzt und ihn als unberechenbaren Heißsporn dargestellt. Carter redete nicht mit den Reportern, obwohl sie die Hotelstufen belagerten und nach einem Kommentar gierten.

Sam hob den schweren Rock ihres Kleides, damit sie nicht auf den Saum trat.

Die Frauen stiegen die Treppe hinunter. Unten standen Carter und Neil in Smokings und gelben Krawatten. Carter grinste über irgendeine Bemerkung von Neil. Dann schaute Neil zu ihnen hinauf. Auch Carter drehte den Kopf. Als er Eliza sah, fiel sein Lächeln in sich zusammen.

Eliza schluckte. Sie versuchte, nicht auf das Rumoren in ihrem Magen zu achten.

Carter wartete am Fuß der Treppe auf sie. Sein Blick glitt über sie hinweg, dann streckte er ihr den Arm hin, damit sie sich einhängen konnte. Er wirkte steif und abweisend.

Das kann ja heiter werden.

»Hey«, brachte sie gerade noch, ohne zu stottern, hervor.

Er gab das »Hey« zurück, schaute aber nicht sie, sondern Neil an. »Dann mal los.«

Gwen schenkte Neil ein strahlendes Lächeln. Sie hakte sich bei ihm unter und schmiegte sich an seine Seite.

Neil zerrte an seinem Kragen und nickte Carter zu. Draußen setzte die Musik ein. Eliza ließ sich von Carter den Flur entlangführen. Als sie den Mittelgang zwischen den Stuhlreihen betraten, knipste er sein charmantes Lächeln an und zog Eliza etwas näher zu sich.

Endlich schaute er sie richtig an, aber ganz offenbar gefiel ihm nicht, was er sah. »Hübsches Kleid.«

»Du musst blind sein«, flüsterte sie und lächelte dabei so strahlend wie er.

Zwei Fotografen machten Bilder. Einen hatte Samantha bestellt, der andere war der einzige eingeladene Reporter. Viel zu häufig richteten sich die Kameras auf Eliza und Carter. Nur gut, dass Neil die Genehmigung hatte, alle Bilder zu löschen, die ihm unpassend erschienen.

»Du siehst aus wie Daisy aus ›Ein Duke kommt selten allein‹. Mehr Texas geht nicht«, raunte Carter aus dem hochgezogenen Mundwinkel.

»Daisy Duke würde abgeschnittene Jeans tragen. So kurz, dass man ihre Pobacken sieht.« Eliza nickte freundlich nach rechts. Dort saß eine Kundin der Agentur.

Carter lachte leise auf und löste damit ein mehrfaches Klicken der Kameras aus.

Er führte Eliza nach vorn. Bevor er sich neben Blake setzte, hielt er ihre Hand kurz fest.

Die Zeremonie dauerte nicht lange. Das Eheversprechen wurde erneuert, Sam und Blake sagten ein paar Worte, mit denen sie ihre Zuneigung ausdrückten.

Trotz des Kleides, das unangenehm an ihr klebte, wurde Eliza vor Rührung die Kehle eng. Samantha und Blake waren so unheimlich verliebt. Vielleicht war die Menschheit ja doch noch nicht verloren.

Eliza nahm ein Glas Champagner vom Tablett eines Kellners. Carters Hände wurden feucht, als er sah, wie sie sich die goldene Flüssigkeit durch die Kehle rinnen ließ. Er leckte sich die Lippen. Das Verlangen nach ihr packte ihn und ließ ihn nicht mehr los.

Kathleen zupfte ihn am Arm. »Ist sie das Mädchen auf den Zeitungsbildern?«

Kathleen hatte ihn dabei ertappt, wie er eine andere Frau anstarrte. Lüstern anstarrte. Verlegen wandte er sich seiner Begleiterin zu. »Die Dunkelhaarige?« Er gab sich unschuldig.

Kathleen lächelte schief. »Ich bin nicht auf den Kopf gefallen.«

Nein, das konnte man von Kathleen tatsächlich nicht behaupten. »Ja, das ist sie.«

Sein Date starrte einen Moment lang über den Rand ihres Glases hinweg. »Sie ist sehr schön. Nicht mal das schreckliche Kleid kann ihr etwas anhaben.«

Er musste beinahe lachen und schaute sich noch einmal nach Eliza um. Bei dem Gedanken an ihren Kommentar über die Jeans und die Pobacken spürte er, wie die Anspannung der letzten Tage ein wenig nachließ. »Ja, kann sein.«

»Ja, kann sein? Carter! Du kannst kaum die Augen von ihr lassen.«

Verdammt. »Die Geschichte mit der Bar ist noch nicht ausgestanden. Wenn ich sie und Gwen sehe, muss ich dauernd daran denken.« Das war nicht gelogen. Nur dass Gwen ihn eher weniger beschäftigte.

Kathleen legte ihm die Hand auf den Arm und sagte mit dem Anflug eines Lächelns: »Ich denke, es steckt noch etwas anderes dahinter.«

Er wollte den Kopf schütteln, doch sie fragte: »Meinst du, du hast heute noch dieselben Siegchancen für November wie vor einer Woche?«

»Ab morgen kümmern wir uns um die Schadensbegrenzung.«

Kathleens blaue Augen bohrten sich in seine.

»Ich weiß es nicht.« Vielleicht würde er an seinem Image arbeiten und sein Glück in vier Jahren noch einmal versuchen müssen.

Kathleen legte seufzend den Kopf schief. »Weißt du, was du brauchst?«

»Sag es mir.«

»Du brauchst einen neuen Skandal, damit der alte verblasst. Oder irgendetwas Edles, Großes. Etwas, was die Leute mindestens so rührt wie die Heimkehr eines Soldaten aus dem Krieg.«

Vielleicht.

Carters Nacken prickelte. Er fühlte sich beobachtet. Als er sich umwandte, sah er gerade noch, wie Eliza schnell beiseiteschaute.

Kathleen schüttelte den Kopf. »Ich glaube, aus uns beiden kann nichts werden, Carter.«

Er starrte sie einen unendlichen Moment lang an. Keiner von ihnen sagte etwas. Erinnerungen an ihre kurze gemeinsame Zeit blitzten auf und erschöpften sich nach kaum einer Minute. Er wollte bei ihrer Erklärung etwas empfinden und er tat es auch. Sie hatte ihm gerade gesagt, dass es aus war, und er war erleichtert.

»Es tut mir leid.« Mehr fiel ihm nicht ein.

Kathleen hob das Kinn, beugte sich zu ihm und küsste ihn auf die Wange. »Leb wohl, Carter.« Sie drehte sich um und ging davon.

Es ging sie nichts an.

Es war ihr egal.

Eliza hatte gesehen, wie Carters vollendet gestylte Begleiterin weggegangen war. Die Frau war von der anhänglichen Sorte. Eliza hätte nicht gedacht, dass Carter auf diesen Typ stand. Aber offenbar hatte sie sich getäuscht.

Plötzlich wedelte Sams Hand vor ihrem Gesicht. »Erde an Eliza.«

Sie hatten über irgendetwas geredet. Aber Eliza konnte sich beim besten Willen nicht erinnern, worüber. »Entschuldige bitte. Was hast du gesagt?«

»Macht es dir wirklich nichts aus, dass Gwen zu dir zieht?«

Eliza war schlagartig hellwach. »Zu mir?« Hatte sie irgendeine Zusage gemacht, während sie Carter und sein Date angestarrt hatte?

»Du hast kein Wort von dem mitbekommen, was ich gesagt habe. Oder?«

»Nein. Ja. Du hast gesagt, dass Gwen in Malibu bleibt, während du dich mit Blake mal wieder in die Flitterwochen aufmachst. Für mich ist das übrigens der einzige Grund, weshalb sich die alljährliche Heiraterei lohnt. Und was war das mit Gwen? Sie soll bei mir wohnen?«

»Wir sind nur fünf Tage weg. Gwen bleibt mit Eddie und den Angestellten in unserem Haus. Aber wenn wir zurückkommen, will sie zu dir ziehen. Sie meinte, es würde dir nichts ausmachen.«

Ach.

»Es macht dir etwas aus«, sagte Samantha.

»Nein, es ist nur ... Wir haben nie darüber gesprochen.«

Sam zuckte die Schultern. »Anscheinend glaubt sie, das sei kein Problem.« Sam rieb die Handflächen aneinander. Ein sicheres Zeichen, dass sie etwas auf dem Herzen hatte.

»Los, raus damit.«

Es gab nicht viel, was sie einander nicht erzählten. Wieso also um den Brei herum reden? »Los, Sam. Du willst doch etwas sagen.«

»Gwen will bei Alliance arbeiten.«

»Arbeiten? Hat Gwen überhaupt eine Ahnung, was das ist?«

Sam kniff die Augen zusammen. »Vermutlich nicht. Aber ...«

»Das ist keine gute Idee.« Eine Woche mit Gwen und Carter verlor eine Wahl, während überall auf der Welt die Zeitungen Fotos von Eliza druckten.

»Lass mich bitte ausreden. Ich glaube nicht, dass Gwen Talent für die Büroarbeit hat. Aber mit ihren guten Verbindungen findet sie sicher Frauen für unsere Kartei. Und wer weiß, vielleicht kennt sie sogar ein paar passende Männer.«

Sam hatte nicht ganz unrecht.

»Aber wenn du wirklich absolut dagegen bist ...«

»Bin ich nicht.« Eliza atmete tief durch. Genau genommen war Samantha der Boss, doch Elizas Meinung war ihr wichtig.

Noch nie hatten sie jemanden in ihre Kartei aufgenommen, bei dem eine von ihnen ein ungutes Gefühl hatte. Aber das hier war etwas anderes. Hinzu kam, dass Gwen Samanthas Schwägerin war. Das ließ sich nicht einfach beiseitewischen. »Ich schwitze hier in einem Kleid, das aussieht, wie von der gelben Zahnfee ausgekotzt. Und das nur, weil man Gwen nichts abschlagen kann.«

»Deshalb glaube ich ja, dass sie uns neue Kunden bringen könnte.«

Sams Augen sagten ›Bittebitte‹.

»Okay. Sie kriegt ihre Chance. Wahrscheinlich hängt ihr das Vorstadtleben nach einer Woche zum Hals raus und sie will nach Hause.«

»Gut möglich.« Sam lächelte. »Danke.«

Sie umarmte Eliza und ging davon. Eliza versuchte, den Stoff des Kleides von ihrer Brust zu schälen. Sie hasste diese Hitze. Seufzend öffnete sie den Fächer und wedelte sich Luft auf die feuchte Haut. Wenigstens eine kleine Erleichterung.

»Träumst du von ultrakurzen abgeschnittenen Jeans?«

Carters Stimme streichelte ihren Nacken. Die Erinnerung daran, wie er sie beinahe geküsst hatte, flutete ihre Sinne. Sie schluckte, wandte sich aber nicht zu ihm um. »Hättest du denn welche für mich?«

»Ich kann dir ein Paar besorgen.« Warum klangen seine Worte wie ein verführerisches Angebot?

»Versuchst du, mich aus diesem Kleid zu kriegen?«

»Ich hatte schon dümmere Ideen.«

Sie wandte sich um. Er lächelte sie herausfordernd an. »Hast du denn kein Date?«

»Doch.«

»Und warum stehst du dann hier und flirtest mit mir?« Eliza war kein Moralapostel, aber im Revier einer anderen Frau zu wildern, war nicht ihr Stil. Sie kannte Carters Begleiterin zwar nicht, aber er war mit ihr auf das Fest gekommen und deshalb für sie tabu.

»Tue ich das?«

»Man könnte es meinen. Vielleicht ist das ja eine von deinen dümmeren Ideen.«

»Was soll denn daran dumm sein?«

»Wenn wir zwei flirten ... dann knallt es. Erinnerst du dich an Weihnachten? Da haben wir einander beim Christmaspudding angeschrien.«

»Es ging um Green Bay gegen Carolina. Der Schiedsrichter war derselben Meinung wie ich.«

»Der Kerl ist blind.« Elizas Stimme wurde lauter. Der Gedanke an einen Flirt mit Carter verflüchtigte sich wie eine Schar Mücken nach einem Sprühstoß aus der Moskitosprayflasche.

Carter grinste.

»Was ist denn so lustig?«

»Wenn du jetzt noch ein paar schwarze Streifen hättest, würdest du in dem Kleid aussehen wie eine wütende Hornisse.«

Leider hatte er absolut recht. Sonst hätte sie ihm eine Beleidigung an den Kopf geworfen. Stattdessen schaute sie mit einem sarkastischen Auflachen an dem Kleid hinunter. »Es ist scheußlich. Aber damit du es weißt: Dieses Rüschengebilde hat Gwen ausgesucht.«

Carter sah sich um. »An Gwen sieht es gar nicht so übel aus. Nicht grade ein Modestatement, aber ...«

»Ich vermute, Gwen würde auch in einem Eimer Schlagsahne gut aussehen.« Sie war eine klassische Schönheit, hatte die perfekte Größe und lachende Augen. Einfach umwerfend. Und im Moment von drei Männern umringt.

»Schlagsahne. Soso.«

Eliza musterte Carter und spürte eine versengende Hitze auf der Haut.

Schlagsahne auf deiner breiten Brust – mit ein bisschen Schokoladensoße beträufelt. Eliza knabberte an ihrer Unterlippe, bis das Klicken einer Kamera sie aus ihrem Tagtraum riss.

Sie und Carter starrten den Fotografen an. Dem Mann war es offenbar egal, dass er störte. Er begutachtete das Kameradisplay und sagte: »Verdammt heiß heute Abend.« Dann suchte er sich neue Opfer.

»Muss das sein?«

Carter zuckte die Schultern. »Besser als Bilder von einer Kneipenschlägerei.«

Die hatte Eliza kurzfristig verdrängt. »Wie läuft denn dein Wahlkampf?«

Er zögerte mit der Antwort. »Nicht gut«, sagte er schließlich. *Meine Schuld.*

»Ich habe ein furchtbar schlechtes Gewissen deswegen«, gestand sie.

»Wirklich?«

»Irgendwie schon. Wenn ich nicht mit Gwen den Ausflug in die Bar gemacht hätte, wärt ihr Jungs uns nicht gefolgt. Dann wäre die Welt jetzt noch in Ordnung. Falls ich dir also irgendwie helfen kann …«

Eliza überlegte, ob sie ihre Worte noch einmal wiederholen sollte, denn Carter starrte sie unverwandt an. Die Rädchen in seinem Kopf schienen auf Hochtouren zu rattern.

»Carter? Alles in Ordnung?«

»Hmhm. Ich überlege mir nur grade, ob du vielleicht tatsächlich etwas für mich tun kannst.« Er sprach langsam und bedächtig.

»Ich war schließlich dabei. Ich weiß, dass du die Schlägerei nicht angefangen hast. Das könnte ich einem Reporter erzählen.«

»Hmhm.« Sein Blick war immer noch starr. »Ich weiß nicht.«

»Was weißt du nicht?«

»Was soll ich nicht wissen?«

»Du redest wirres Zeug.«

Anscheinend war er nun wieder auf der Erde gelandet. »Wann fliegst du morgen?«

»Am Nachmittag. Zusammen mit Sam und Blake.«

»Und dann bist du in L. A.?«

»Ich wohne dort, Hollywood. Und nicht jeder von uns hat die nötigen Mittel, ein Privatflugzeug zu chartern.« Eliza verwendete den Spitznamen, den Samantha ihm verpasst hatte. Sein hollywoodtaugliches gutes Aussehen war der schwüle Traum jedes Produzenten. Aber anstatt nach Filmruhm zu trachten, hatte er sich für ein Jurastudium entschieden. *Gähn!*

»Prima«, sagte er grinsend. »In zwei Tagen gebe ich im Beverly Hilton eine Pressekonferenz. Kannst du da hinkommen?«

Sie schluckte. Ihre Handflächen wurden noch feuchter. »Um der Presse zu erklären, was passiert ist?«

»Wenn es sein muss.«

Was sollte sie sagen? Dass es ihre Schuld war, dass er nun eine Pressekonferenz geben musste? Sie musste versuchen, die Sache wieder gutzumachen. »Ja. Ich kann kommen.«

Das Lächeln, das Carter ihr schenkte, hätte ganz Hollywood in Ekstase versetzt.

»Du solltest dich jetzt wieder um dein Date kümmern. Ich wette, sie vermisst dich schon.«

Carter riss die Augen von Eliza los und ließ den Blick durch den Raum schweifen. Eliza sah, wie Carters Date über den Witz eines anderen Mannes lachte. »Sieht so aus, als hättest du Konkurrenz bekommen.«

»Sie hat mir den Laufpass gegeben. Die Konkurrenz hat freies Spiel.«

Eliza starrte ihn an. »Sie hat dich abserviert?«

Er nickte, aber sein Gesichtsausdruck blieb derselbe. Kathleen war ihm offenbar nicht wirklich wichtig. Oder das Zerwürfnis hatte einen ganz bestimmten Grund.

»Moment mal. Sie hat dich doch nicht etwa in die Wüste geschickt, weil es im Wahlkampf gerade nicht gut läuft?«

Er zuckte die Schultern.

Eliza fiel seltsamerweise ein dicker Stein vom Herzen. Carter war nicht mehr in festen Händen. Aber wie oberflächlich musste Kathleen sein, wenn sie ihn aus einem solchen Grund fallen ließ. Wenn Kathleen ihn auch nur ein kleines bisschen kannte, dann wusste sie, dass er trotz seiner manchmal zur Schau getragenen Arroganz alles tun würde, um eine Frau zu beschützen. Ganz egal, was die Medien dann daraus machten. Männer wie Carter gab es sonst nur in Romanen.

»Sie hat dich sowieso nicht verdient«, murmelte Eliza.

»Wie bitte?«

»Auf eine Frau, die nur mit dir zusammen ist, weil sie die First Lady von Kalifornien werden möchte, kannst du verzichten.« Kathleen flirtete mit einem texanischen Cowboy in einem Fünfhundert-Dollar-Anzug. *Besitzt wahrscheinlich ein paar Ölquellen.*

»Findest du?«, fragte Carter.

»Ja, finde ich.«

Die Musik brach ab und der Moderator, der durch den Abend führte, griff zum Mikrofon. »Also, Leute. Sieht aus, als müssten wir langsam die Torte anschneiden, damit unsere Gastgeber sich aus dem Staub machen und ihre dritte Hochzeitsreise antreten können.«

Eliza spürte Carters Blick. Lächelnd hielt er ihr den Arm hin, damit sie sich einhängen konnte. Am Kuchentisch wurde ihre Hilfe gebraucht.

Als Eliza den Arm durch seinen schob, stand sie sofort unter Strom. Ihr Herz flatterte, sie bekam eine Ganzkörpergänsehaut. Ihr war vorher schon heiß gewesen, aber jetzt wurde ihr noch heißer. Sie spürte ein Kribbeln an allen wichtigen Stellen.

Fünf

Ich brauche deine Hilfe.« Eliza stand in Samanthas und Blakes Wohnzimmer und schaute Gwen flehentlich an.

»Du brauchst *meine* Hilfe?« Gwen setzte sich ein wenig aufrechter hin und hob eine fein geschwungene Augenbraue. Die Bitte schien sie genauso zu überraschen wie Eliza selbst.

»Schockierend, ich weiß. Aber du hast in solchen Dingen Erfahrung und ich bin komplett ahnungslos.« Eliza bat nur ungern um Rat, aber ihr blieb nichts anderes übrig.

»Erfahrung? Womit denn?«

Eliza knabberte an ihrem Fingernagel. »Carter möchte, dass ich morgen bei der Pressekonferenz dabei bin. Aber ich weiß weder, was ich anziehen, noch was ich sagen soll. Ich will nicht dastehen wie ein Trottel. Die Bilder vom Parkplatz sind alles andere als schmeichelhaft.«

»Ich fand sie toll«, sagte Gwen.

»Für eine Jeans- oder Bierwerbung vielleicht. Aber Carter will eine Wahl gewinnen. Ich muss … gediegen aussehen. Mit Abendgarderobe kenne ich mich aus und ein lässiger Freizeit-Look ist auch kein Problem. Aber eine Pressekonferenz? Davon habe ich keinen Schimmer.«

Gwen legte sich die Hand auf die Brust. »Ich bin stolz, dass du damit zu mir kommst.«

Dann ist es ja gut. »Du kannst mir also helfen?«

»Wenn mir meine Mutter eins beigebracht hat, dann den Umgang mit den Medien.« Gwen stand auf. »Komm. Als Erstes kümmern wir uns ums perfekte Outfit.«

Eine halbe Stunde später standen sie in dem Designerladen, den Gwen bei einer Erkundungstour durch die nähere Umgebung entdeckt hatte. Schon in der Tür wurden sie freundlich begrüßt.

Jemand drückte Eliza ein Glas Wein in die Hand, während Gwen Nadine, der Inhaberin, erklärte, was sie suchten.

An dem Wein zu nippen, hielt Eliza davon ab, an den Fingernägeln zu knabbern.

Sie hörte den beiden Frauen zu, die gemeinsam durch den Verkaufsraum gingen. Gwen zog ein paar Rock-Bluse-Kombinationen von den Ständern. »Dunkle Farben unterstreichen ihren Hautton und sehen auf den Fotos sicher gut aus.«

»Ja, aber kein Schwarz. Eine Pressekonferenz ist schließlich keine Beerdigung«, meinte Nadine.

Eliza lachte. Sie hatte tatsächlich das Gefühl, zu ihrer eigenen Beerdigung zu gehen. Die Kameras machten ihr Angst. Fast ihr ganzes Leben lang hatte sie sich vor ihnen versteckt und jetzt würde sie plötzlich im Rampenlicht stehen.

»Wie wäre es denn mit einem Hut?«, fragte Gwen. »Ich weiß, das ist sehr britisch. Aber ein Hut kann geheimnisvoll wirken. Außerdem kann man sich ein bisschen darunter verstecken, wenn man nervös ist.«

Eliza blickte auf. »Gute Idee.«

Nadine legte die Kleider, die sie über dem Arm hatte, auf ein Sofa. Dann holte sie ein paar Hutschachteln und nahm die Hüte vorsichtig heraus. »Geheimnisvoll wollen Sie es haben, nicht schrill. Also nichts zu Kleines und nichts mit Federn.«

»Ich finde Federn schön«, widersprach Gwen.

»Gut, dann vielleicht eine sehr dezente an der Krempe«, sagte Nadine.

Eliza probierte die Hüte nacheinander kurz auf. Normalerweise kannte sie nur Baseballmützen, unter denen sie ihr Haar versteckte, wenn es einen schlechten Tag hatte. Die breiten Krempen waren gewöhnungsbedürftig. Aber ein Blick in den Spiegel zeigte ihr, wie verändert die Hüte ihr Gesicht wirken ließen.

»Der zweite hat mir am besten gefallen«, sagte Gwen.

Die Krempe verdeckte Elizas Gesicht ein gutes Stück weit. Wenn sie den Kopf ein wenig neigte, würde sie auf den Bildern fast nicht zu erkennen sein. »Ja, der ist gut.«

»Prima. Dann weiter mit dem Kleid. Klare Linien, nicht zu weit ausgeschnitten. Es wird warm sein. Also ein kurzärmeliges Oberteil und am besten aus Seide. So ein Kleid gibt dir Selbstbewusstsein, auch wenn dir das Herz bis zum Hals schlägt. Niemals Nervosität zeigen. Das ist wichtig«, sagte Gwen.

Nadine nahm ein paar Kleider von den Ständern und hängte sie hinter einen Wandschirm.

Nach einer kurzen Diskussion über die Farbe fiel die Wahl auf ein dunkles Marineblau, das gut mit dem Hut harmonierte. Die Schuhe hatten eine praktische Absatzhöhe: fünf Zentimeter. Eliza musste zugeben, dass sie fast bequemer waren als ihre geliebten Laufschuhe. Erstaunlich, was ein so teurer Laden alles zu bieten hatte.

Der Gedanke an den Preis des Outfits holte sie schlagartig zurück auf den Boden der Tatsachen. Lady Gwen und Samantha konnten die Kreditkarten des Herzogs benutzen. Eliza leider nicht.

Das Kleid wurde eingepackt, der Hut in eine große runde Schachtel gelegt. Dann gab Nadine Eliza die Rechnung.

Eliza schnappte nach Luft. Drei Riesen. Das war eine bittere Pille.

»Nehmen Sie Kreditkarten?«

»Selbstverständlich.«

»Lass mich das machen«, bot Gwen an.

»Ich habe dich zwar um deine Hilfe gebeten, Gwen. Geld war damit aber nicht gemeint.« Eliza zog eine Plastikkarte aus dem Geldbeutel und gab sie Nadine.

»Nächste Woche ziehe ich bei dir ein. Dafür bin ich dir etwas schuldig.«

Eliza konnte sich das Kleid nicht leisten. Aber es sich von einer anderen Frau bezahlen zu lassen, kam nicht infrage. »Darüber reden wir, wenn es so weit ist.«

Als Gwen Elizas entschlossenen Blick sah, sparte sie sich jegliche Widerrede.

Die Türklingel des Hauses in Tarzana schrillte. Vor Sams Hochzeit hatten Eliza und Sam hier gemeinsam gewohnt. Carter war fünf Minuten zu früh dran.

»Bin gleich fertig!«, rief Eliza nach unten, ohne zu wissen, ob er sie hören konnte. Sie schlüpfte in die Schuhe, schaute zum tausendsten Mal in den Spiegel und fragte sich, wohin Eliza Havens verschwunden war. Die Frau, die ihr entgegenblickte, war eine Fremde. Eine geheimnisvolle und − ja − durchaus attraktive Fremde. »Du kriegst das hin«, sagte sie zu sich selbst und hoffte, dass ihre Nerven sich beruhigen würden. Wenn sie an den Nägeln kaute oder herumzappelte, war die ganze Verkleidung für die Katz.

Gwen hatte sie bis spätnachts mit allerhand Tipps versorgt.

Steh still. Schultern zurück, Kinn hoch. Nicht zu hoch. Jetzt den Kopf ein wenig neigen und die Mundwinkel ein wenig heben. Kein Lächeln, kein Grinsen. Perfekt.

Stundenlang war das so gegangen.

Gwen war ein echtes Kunststück gelungen: Sie hatte Eliza über Nacht in eine perfekte Lady verwandelt. *Anscheinend ist doch nichts unmöglich.*

Es klingelte noch einmal. Eliza atmete tief durch. »Also los.«

Sie zupfte noch ein letztes Mal ihren Rock zurecht, dann öffnete sie die Tür und wollte Carter begrüßen.

Draußen stand ein Unbekannter.

»Ms Havens?« Der kurz gewachsene Mann trug einen dreiteiligen Anzug und hatte ein freundliches Gesicht. In der Einfahrt wartete ein Wagen mit Fahrer.

»Ja?«

Der Mann nahm die Sonnenbrille ab und musterte sie mit einem langen Blick. Nicht auf anzügliche Art, eher sachlich. Plötzlich lächelte er, als wüsste er ein Geheimnis. »Ich bin Jay Liebermann, Carters Wahlkampfmanager. Er bedauert, dass er Sie nicht selbst abholen kann. Sie sehen ihn aber gleich im Hotel.«

Die Enttäuschung war wie ein Schlag in die Magengrube.

»Oh.«

»Keine Sorge. Ich erkläre Ihnen unterwegs alles und wir sprechen kurz durch, was Sie den Reportern antworten können.«

Eliza nickte, holte tief Luft und trat aus dem Haus. Sie schloss die Tür ab und folgte Jay zum Wagen.

Zweimal ertappte sie sich dabei, wie sie die Finger an den Mund hob. Entschlossen krallte sie die Hände ineinander und vergrub sie in ihrem Schoß. In letzter Zeit wurde Nägelkauen zum Problem. Dabei hatte sie ihre Nerven normalerweise im Griff. Sie drückte ihre Handtasche und dachte an die Pistole, die darin steckte.

Das Ding gab ihr Sicherheit, obwohl sie es wahrscheinlich nicht länger brauchte. Aber es schadete nichts, wachsam zu bleiben.

Jay erklärte, dass vor allem Carter reden würde. Sie sollte nur nicken, lächeln und den Journalisten sagen, dass sie und Gwen ohne Carters Eingreifen in Gefahr gewesen wären.

»Man wird Ihnen persönliche Fragen stellen. Beantworten Sie die nicht«, sagte Jay. »Für Ausweich- und Ablenkungsmanöver ist Carter zuständig. Er ist schließlich der Politiker.«

Genau. Und jeder von denen beherrscht schon nach einer Woche Wahlkampf sämtliche Antwortvermeidungsstrategien.

Der Fahrer fuhr am Hoteleingang vorbei, wo die Übertragungswagen der Lokalsender parkten. Er hielt vor einem Nebeneingang und öffnete ihnen die Tür.

Eliza war froh, dass sie nicht schon beim Aussteigen im Rampenlicht stand. Jay und der Fahrer nahmen sie in die Mitte und geleiteten sie ins Hotel. Einige Angestellte drehten die Köpfe, weil sie durch einen Personaleingang hereinkamen. Aber niemand hielt sie auf.

Du kannst deine Unsicherheit hinter der Hutkrempe verstecken. Also nutz das Ding. Gwens Stimme hallte Eliza im Ohr. Sie senkte den Kopf ein klein wenig.

Unter einem Durchgang wichen die harten Böden einem burgunderfarbenen Teppich. In der kühlen, trockenen Luft im Hotel lag der Geruch von Putzmitteln. Eliza blickte zu Boden. Sie sah kaum, wohin sie ging.

Jay hielt noch eine weitere Tür für sie auf.

»Jay, was ist los? Wo ist …?« Carters Frage blieb in der Luft hängen, als Eliza den Kopf hob und ihm in die Augen sah.

Ihm blieb tatsächlich der Mund offen stehen. In seinen Augen blitzte eine Mischung aus Schock, Bewunderung und Verlangen auf. »Eliza.« Carters Stimme klang heiser.

Eine Sekunde lang genoss Eliza das befriedigende Gefühl weiblicher Macht über einen sprachlosen Mann.

»Hey Carter«, sagte sie.

»Wow.«

Ihre Wangen wurden warm. Die anderen Leute im Raum verstummten.

»Gefällt dir das Outfit? Der Hut ist doch nicht zu übertrieben, oder?« Sie dachte nicht im Traum daran, ihn abzusetzen. Unter der Krempe fühlte sie sich sicher. Ob das albern war, interessierte sie nicht.

»Perfekt. Einfach großartig.«

Hinter Carter räusperte sich jemand. Als er sich umwandte, gab das halbe Dutzend Männer im Raum sich sehr beschäftigt. »Zehn Minuten«, sagte ein junger Assistent. Dabei wedelte er mit einem Handy.

Carter schaffte es, zwei Schritte auf sie zuzumachen, und griff nach ihrer Hand. Er führte sie durch eine zweite Tür in der Suite. Dahinter stand ein unbenutztes Doppelbett. Über dem Fußende hing eine Kleiderhülle.

»Tut mir leid, dass Jay dich abholen musste. Ich hätte das unmöglich schaffen können.«

»Du bist ein viel beschäftigter Mann.«

Seit er sie durch die Tür gezogen hatte, lag seine Hand auf ihrem Arm. Er nahm sie nicht weg.

»Du siehst ... umwerfend aus.«

Sie lachte beklommen auf. »Willst du mich nervös machen?«

»Nein. Ich bin nur ... Ich meine, du bist eine schöne Frau. Aber das hier ...« Er wedelte mit der Hand. »Das hier ist perfekt. Man könnte glauben, ein Wahlkampfberater hätte dir gesagt, was du anziehen sollst.«

Er hält mich für schön? Tatsächlich? »Gwen.« Das Kompliment musste sie erst einmal verdauen.

»Was ist mit Gwen?«

Eliza schüttelte ihre Benommenheit ab. »Ich wusste, dass Gwen sich mit so etwas auskennt. Wenn du also auch mal Stilberatung brauchst, ist sie die Richtige.« *Vielleicht findet er nur das Kleid und den Hut attraktiv.*

Carter drückte ihren Arm. »Bist du aufgeregt?«

»Nein«, log sie. »Ja ... ein bisschen. Jay hat mir auf der Fahrt alles erklärt. Nicken, lächeln, wenig sagen.«

»Genau. Überlass mir das Reden.«

Sie lachte. »Jay nannte das Ausweich- und Ablenkungsmanöver.«

Ein Klopfen an der Tür unterbrach sie. »Es geht los, Mr Billings.«

Carter nahm ihre Hand. »Bereit?«

»Ja.«

Er drückte ihre Finger und sah sie an. »Eliza, vertraust du mir? Ich meine, wenn es nicht grade um American Football geht?«

Sie dachte an ihren Streit an Weihnachten und lachte. »Ich glaube, du bist ein aufrichtiger Mann.« Nach einer kurzen Pause setzte sie hinzu: »Meine Stimme hast du.«

»Aber *vertraust* du mir auch?«

Würde sie ihn in einer Notsituation anrufen und erwarten, dass er alles stehen und liegen ließ, um ihr zu helfen? »Ja. Ich vertraue dir.«

Er nickte. »Okay ... Okay, das ist gut.«

Sie hatte das Gefühl, dass er das vor allem zu sich selbst sagte. Jemand klopfte zum zweiten Mal an die Tür. »Mr Billings?«

»Wir kommen!« Er ging mit Eliza hinaus.

$\mathcal{C}$arter spürte, wie ihre Hände feucht wurden. Eine Doppeltür öffnete sich. Umringt von Carters Wahlkampfmanager, einem Leibwächter, auf dem Neil bestanden hatte, und drei Wahlkampfhelfern gingen sie zu einem kleinen Podium.

Carter hatte nicht die geringste Lust, ihre Hand loszulassen. Aber vor der Bühne musste er es wohl oder übel tun.

Er warf ihr ein ermutigendes Lächeln zu und drückte vor dem Loslassen noch einmal ihre Finger. Sie hielt ihre Handtasche ein wenig zu fest, schien die Blitzlichter der zahlreichen Kameras aber relativ unbeeindruckt zu ertragen.

»Mr Billings?«

»Carter?«

»Mr Billings?«

Die Reporter riefen seinen Namen. Er hob die Hände und wartete, bis Ruhe einkehrte.

»Vielen Dank, dass Sie gekommen sind. Danke für Ihre Geduld. Ich hoffe, ich kann Ihre Neugier heute befriedigen. Auf YouTube haben viele von Ihnen das unterhaltsame Video vom letzten Wochenende gesehen. Wie Sie vielleicht wissen, sind Miss Havens ...«, hier warf er einen Blick auf Eliza, »... und ich die Trauzeugen unserer Freunde Lord und Lady Harrison, des Herzogs und der Herzogin von Albany. Die beiden haben in Texas ihr Eheversprechen erneuert ...«

»Tun sie das nicht jedes Jahr?«, rief jemand aus der Menge. Ein paar Reporter lachten.

Carter lächelte. »Ja, das tun sie. Verliebte sind zu allem fähig.«

»Geben Sie ihnen fünf Jahre. Das legt sich.«

Carter hob erneut die Hände. Er hatte seine Rede gut geplant und sagte den Journalisten, dass er erst kurz in der Bar gewesen sei, als Blakes Leibwächter bemerkt hatte, wie ein paar zwielichtige Gestalten Eliza und Lady Gwen ungebeten ihre Aufmerksamkeit widmeten. Die Adelstitel verwendete er absichtlich, um der Geschichte mehr Seriosität zu verleihen. Das hatte Blake ihm vorgeschlagen.

Blake wusste nicht, dass die Pressekonferenz nur der erste Schritt in Carters Schlachtplan war.

Die Reporter würden sicher herausfinden, dass die Bar ein ziemlich wilder Schuppen war und dass Gwen und Eliza sich dort nicht wirklich unwohl gefühlt hatten. Bis die Fäuste geflogen waren.

»Dass ich eingreifen musste, ist bedauerlich. Aber ich würde niemals tatenlos zusehen, wie vor meinen Augen ein Unrecht geschieht.« Einige Reporter kritzelten die mit viel Bedacht gewählten und mehrfach geprobten Worte auf ihre Notizblöcke.

Carter warf einen Blick über die Schulter und streckte die Hand nach Eliza aus.

Äußerlich wirkte sie völlig gefasst. Aber als er ihr Handgelenk berührte, spürte er ihren jagenden Puls. Elizas Brust hob und senkte sich ein wenig zu schnell.

Sie hielt sich an seiner Hand fest wie eine Ertrinkende.

»Miss Havens?« Ein bekannter Fernsehjournalist rief ihren Namen. »Wie ist Ihre Sicht der Ereignisse?«

Carter sah ihr in die Augen. Sie wagte ein kleines Lächeln. »Das sage ich Ihnen gerne.« Sie beugte sich zu den Mikrofonen. »Lady Gwen und ich kannten uns in der Gegend nicht aus. Wir waren schon ein paar Tage in San Antonio und bereiteten die Hochzeitsfeier vor. Und wir hatten Lust auf ein bisschen Country-Musik. Wir sind ja nicht jeden Tag in Texas.«

Carters Schultern wurden ein wenig lockerer, als ein paar Reporter lachten. Eliza schien dadurch an Sicherheit zu gewinnen.

»Wie Carter gerade sagte: Ein Mann drängte meine Freundin, mit ihm vor die Tür zu gehen. Wenn Lord Harrisons Leibwächter und Carter nicht eingegriffen hätten, hätte wer weiß was passieren können.«

»Wer hat zuerst zugeschlagen?«

Eliza schluckte. »Einer der Kerle aus der Bar ist auf Carter losgegangen.« Sie sah ihn an. »Wenn Sie mich fragen, ich bin stolz, die Gelegenheit zu haben, einen so ehrenwerten Mann zu wählen.«

Wieder flackerten die Blitzlichter auf.

Ein warmes Gefühl durchrieselte Carter.

»In welcher Beziehung stehen Sie beide zueinander?«

»Sind Sie ein Paar?«

Carter rückte ein wenig näher an Eliza heran. »Ich glaube, wir haben Ihre Fragen beantwortet.«

»Die Öffentlichkeit hat ein Recht darauf, zu erfahren, ob sie einen zechfreudigen Partylöwen mit einem dicken Bankkonto und einflussreichen Freunden wählen soll oder einen ernst zu nehmenden Kandidaten, Mr Billings.«

Carters Kiefer wurde hart.

»Carter und ich kennen einander seit ein paar Jahren.« Eliza übernahm das Reden. »Mehr als ein Bier bei einem Footballspiel habe ich ihn nie trinken sehen.«

»Das klingt, als hätten Sie das Gefühl, ihn verteidigen zu müssen, Miss Havens.«

»Keineswegs. Über seine Schiedsrichterentscheidungen vor dem Fernseher kann man sich streiten, aber Carter Billings ist ein ganz und gar verlässlicher Mann.«

Die Fragensalven und Elizas offene Antworten verschlugen Carter die Sprache.

»Sind Sie ein Football-Fan, Miss Havens?«

»Sie etwa nicht?«

Carter lachte zusammen mit der Hälfte der Meute. Er trat noch einmal vor und griff nach ihrer Hand. Sie zuckte zusammen, zog die Hand aber nicht weg. »Vielen Dank, dass Sie alle gekommen sind.«

»Mr Billings?«

»Miss Havens?«

Die Journalisten rückten bis zum Podium vor. Jeder streckte ein Handy oder ein kleines Aufnahmegerät vor und bat um eine Antwort auf eine allerletzte Frage.

Carter legte Eliza die Hand auf den Rücken und schob sie sanft vom Podium. Erst im Hotelzimmer ließ er sie los.

Als die Tür hinter ihnen zu war, klopfte Jay Carter auf die Schulter. »Gut gemacht.«

Seufzend sah Eliza ihn an. »Und jetzt?«

»Jetzt warten wir ab, was sie daraus machen.« Jay schaltete den Fernseher an.

»Was sie daraus machen?«

Carter deutete auf einen Stuhl. Sie setzte sich auf die Kante, als wollte sie am liebsten weglaufen.

»Die Medienvertreter haben ihre eigene Arbeitsweise: Sie mischen das, was du gesagt hast, mit dem, was du nicht gesagt hast, und stricken daraus eine ganz neue Geschichte.«

»Ich weiß nicht, wie sie das in unserem Fall machen wollen.«

»Sie werden überrascht sein.« Jay zog sein Jackett aus und warf es über die Sofalehne.

»Wie lange wird das dauern?«

Jay warf einen Blick auf die Uhr. »Die Nachmittagsnachrichtensendungen beginnen in zwanzig Minuten.«

»Hast du Mittag gegessen?«, fragte Carter. Die Art, wie Eliza die Hände im Schoß ineinanderflocht, zeigte ihm, wie nervös sie war.

»Ich glaube, im Moment kriege ich gar nichts hinunter.«

»Also nein.«

Eliza schüttelte den Kopf.

»Ich lasse uns etwas ganz Leichtes bringen.« Ohne auf ihre Zustimmung zu warten, griff er zum Telefon und ließ sich mit dem Zimmerservice verbinden. Er bestellte die Tagessuppe und Kaffee, dann kamen zwei weitere Wahlkampfhelfer ins Zimmer. Nach einer kurzen Diskussion bestellte Carter auch noch ein paar Sandwiches, damit kein Anwesender hungrig warten musste.

»Ich habe gesehen, wie Bradley von Channel Four draußen in der Lobby in die Kamera gesprochen hat«, sagte Justin, einer von Carters Angestellten.

»Und?«

»Schwer zu sagen.« Justins Augen suchten Eliza. Er zuckte lächelnd die Schultern.

Ein weiterer Angestellter kam herein und warf sein Jackett in eine Ecke. »Und?«

»Noch nichts.«

Eliza schaute zwischen den Männern hin und her. Sie wurde blass.

Das Wahlkampfteam fing an zu spekulieren, was die Medien wohl melden würden. Carter saß auf der Armlehne von Elizas Stuhl und beugte sich zu ihr. »Geht es dir gut?«

»Ja.«

Ach?

»Wir können auch nach nebenan gehen. Dort gibt es einen zweiten Fernseher.«

Sie warf einen Blick auf die Schlafzimmertür und schüttelte den Kopf. »Nicht nötig. Ich kann gerne hierbleiben.«

So so.

Die zwanzig Minuten fühlten sich an wie eine Stunde. Als die Fernsehnachrichten begannen, kam der Zimmerservice. Jay ließ die Hotelangestellten die Speisen abstellen und scheuchte sie sofort wieder aus der Suite. Ans Essen dachte in diesem Augenblick keiner.

»Pssst!«

Als Eliza auf dem Bildschirm erschien, empfand Carter so etwas wie Stolz. Er wusste, dass es dafür eigentlich keinen Grund gab. Aber sie neben ihm hergehen zu sehen, fühlte sich irgendwie richtig an.

»Nach dem Zwischenfall von letzter Woche bemüht sich der Kandidat für die Gouverneurswahl Carter Billings jetzt um Schadensbegrenzung. Dabei lässt er sich von einer ebenso mysteriösen wie charmanten Helferin unterstützen. Wir wissen nicht, ob Mr Billings in eine Auseinandersetzung mit einem lästigen Rivalen verwickelt war oder ob seine Erklärung den Tatsachen entspricht. Aber urteilen Sie selbst.« Es folgte ein Clip von Carters Statement. Carter bemerkte, dass der letzte Rest Farbe aus Elizas Wangen wich. Mit dem Zeigefinger zwischen den Lippen starrte sie auf den Bildschirm.

Das klingt, als hätten Sie das Gefühl, ihn verteidigen zu müssen, Miss Havens.

Keineswegs.

»Miss Havens brachte mit ihrem Scherz über Mr Billings' überschaubare Football-Kenntnisse die Reporter auf ihre Seite. Dennoch bleibt offen, welche Konsequenzen das inzwischen hinreichend bekannte YouTube-Video für den Kandidaten haben wird.«

Jay zappte zu einem anderen Sender. Hier ging man nachsichtiger mit Carter um. Aber dennoch blieb der Tenor der Berichterstattung hinter seinen Erwartungen zurück.

Eliza stand auf und ging wortlos ins Schlafzimmer.

Sechs

Ihr Magen rumorte und der Drang zum Nägelkauen wurde übermächtig.

Eliza betrachtete ihr teures Kleid, nahm den Hut ab und warf ihn auf eine Kommode. »Alles umsonst.«

Dann ließ sie sich aufs Bett fallen und zog ihre Geldbörse aus der Handtasche. Sie nahm ein abgegriffenes Foto heraus. Von dem vergilbten Papier lächelte ihr eine einstmals glückliche Familie entgegen: ihre Mutter, der Eliza jetzt so ähnlich sah, dass man sie für Schwestern hätte halten können, ihr Vater, ein offener, warmherziger Mann, und sie selbst als neunjähriges kleines Mädchen.

Das Bild war sechs Monate vor dem Tod ihrer Eltern entstanden. Sechs Monate vor ihrer Ermordung.

Die Erinnerung war so tief in Eliza vergraben, dass es manchmal schwer war, sie hervorzuholen. Aber jetzt, wo sie sich auf sämtlichen Nachrichtenkanälen sah, fiel ihr auf, wie sehr sie ihrer Mutter glich.

Und das konnte zum Problem werden.

Als jemand an die Tür klopfte, steckte sie das Foto hastig zurück in die Handtasche.

»Eliza?« Es war Carter.

»Komm rein.«

Er schloss die Tür hinter sich. »Alles klar bei dir?«

»Ja. Aber die ziehen deinen Namen ganz schön durch den Dreck. Unglaublich, wie sie alles so hindrehen, wie sie es haben wollen.«

Er lehnte die Hüfte an die Kommode und steckte die Hände in die Hosentaschen. Obwohl er sichtbar unter Stress stand, war er unfassbar sexy. »Dass eine einzige Pressekonferenz sämtliche Probleme löst, wäre zu viel verlangt.«

»Ich hoffe, du brauchst mich nicht noch für weitere. Mein Kleiderbudget ist für dieses Jahr ausgeschöpft.« Sie lachte angespannt auf.

»Ich kann dir die Kosten erstatten.«

Ihr Kiefer wurde hart. »Bitte. So habe ich das nicht gemeint.« Im Übrigen konnte sie sich nicht erinnern, wann ihr zum letzten Mal jemand ihre Kleidung bezahlt hatte. Mit Ausnahme des blöden gelben Brautjungfernkleides. »Und was kommt als Nächstes? Noch eine Pressekonferenz?« Je früher sie das wusste, desto leichter würde sie sich mit Anstand aus diesem Teil von Carters Planung zurückziehen können.

»Es wird sicher noch einige geben.«

Er setzte sich neben sie aufs Bett. Sie legte die Handtasche beiseite.

»Aber du hast noch etwas anderes vor, nicht wahr?«

Er nickte. Er wirkte so nervös wie nie zuvor. »Wir haben recherchiert und uns angesehen, was frühere Kandidaten in ähnlichen Situationen unternommen haben. Ich kann es in vier Jahren noch einmal versuchen oder etwas Drastisches tun, damit die Medien sich wieder auf den Wahlkampf konzentrieren.«

»Und was schwebt dir vor?«

»Eigentlich ist es ganz einfach. Die wollen einen soliden Familienmenschen an der Spitze des Bundesstaats sehen.«

Eliza stützte sich auf den Ellbogen. »Und jetzt willst du eine Familie aus dem Ärmel schütteln?«

Er lachte. Seine blauen Augen bohrten sich in ihre. »Nein. Aber heiraten.«

Ihr Lächeln gefror. *Kathleen? Ist die Sache mit ihr doch nicht erledigt?*

»Ist das nicht ein bisschen zu drastisch?«

»Nicht wirklich. Mit einer Heirat wäre ich das Image des fäusteschwingenden Partylöwen mit einem Hang zu Barbesuchen auf einen Schlag los. Der Ehestand signalisiert Stabilität. Bislang waren alle Gouverneure verheiratete Männer. Ein Trauring ist die Lösung für meine Probleme.«

Vielleicht. Aber ihrem Magen gefiel das gar nicht. Sie schluckte. »Kann schon sein.«

»Bist du anderer Meinung?«

»Du bist der Politiker, Carter. Du hast die Wähler viel besser im Blick als ich. Und wenn Kathleen einverstanden ist, dann ...«

»Kathleen?« Seine Verwirrung wirkte schon fast komisch.

»Wer denn sonst?« Vermutlich standen die Frauen, die gerne Mrs Billings werden wollten, bei ihm Schlange.

»Du!«

Eliza sprang vom Bett. Ihre Handtasche plumpste zu Boden. »Ich? Bist du verrückt?«

»Bevor du Nein sagst ...«

»Nein!«

»Bitte hör mir zu.«

»Nein!« Sie musste weg. Raus aus dem Zimmer, raus aus dem Hotel. Eliza schnappte sich den Hut und drückte ihn sich auf den Kopf.

Carter war mit einem Schritt bei ihr und legte seine Hand auf den Arm, den sie nach ihrer Handtasche ausstreckte. Sie fuhr zurück, als hätte sie sich verbrannt. »Hör mal, Eliza: Einen Teil des Schlamassels, in dem ich nun sitze, verdanke ich dir.«

»Hey.« Sie bohrte ihm den Zeigefinger mit dem lädierten Fingernagel in die Brust. »Ich habe dich nicht gebeten, in die Bar zu kommen, geschweige denn verlangt, dass du dich für mich prügelst. Also schieb mir nicht die Schuld für deinen Imageschaden zu.«

»Hast du nicht gerade öffentlich behauptet, ich sei ein ehrenwerter Mann?«

»Falls du mich tatsächlich erpressen willst, dich zu heiraten, ziehe ich meine Aussage zurück.«

»Wer spricht denn von Erpressen? Das war ein Antrag ...«

Sie wollte sich an ihm vorbeischieben, doch er verstellte ihr den Weg. »Vergiss es. Ich bin die falsche Frau für dich. Und zwar auch aus Gründen, von denen du gar nichts ahnst. Jetzt gib mir die verdammte Handtasche, damit ich gehen kann. Ich habe ein Leben zu leben.«

»Dieses Gespräch ist noch nicht beendet«, sagte er.

»Dann wird ein Monolog draus. Ich habe gesagt, was zu sagen ist.«

Carter klappte den Mund zu und starrte sie an.

Sie verschränkte die Arme vor der Brust und starrte zurück.

Er gab als Erster auf, trat beiseite und streckte sich nach ihrer Handtasche.

Eliza fiel die Waffe ein. Mit einem hastigen Schritt nach vorn wollte sie ihm zuvorkommen. »Ich mache das.«

Carter hatte die Hand zuerst an der Tasche. Sie war nicht groß und in dem Moment, in der er sie berührte, versteinerte seine Miene.

Eliza schnappte nach ihrer Tasche, doch er hielt sie so, dass sie sie nicht erreichen konnte. Dann öffnete er sie.

»Nicht!«

Und kippte den Inhalt aufs Bett.

Eliza erstarrte. Da lag die Pistole, die sie schon ihr ganzes Erwachsenenleben lang mit sich herumschleppte. Nicht einmal Samantha hatte sie davon erzählt. Und niemand wusste, wozu sie die Waffe brauchte.

»Willst du mir erklären, was es damit auf sich hat?«

Ihre Brust bebte bei jedem schnellen Atemzug. »Du willst eine Erklärung? Gerne! Hiermit erkläre ich dir, dass dich das nichts angeht.« So schnell sie konnte, stopfte sie ihre Siebensachen in die Tasche zurück, legte die Pistole dazu und kontrollierte noch einmal, ob sie gesichert war. Dann rannte sie aus dem Zimmer.

Sie kam bis zur Tür.

Als sie sie aufriss, standen ihr zwei Männer in Anzügen gegenüber. Sie hielten Dienstmarken in die Höhe.

»Miss Havens.«

»Verdammter Mist.«

Die Detectives warfen einander einen langen Blick zu und steckten die Marken weg. »Wir müssen mit Ihnen reden.« Sie deuteten auf Carter und sein Gefolge. »Aber nicht hier.«

$\mathcal{D}$as Gefühl, dass ihm alles entglitt, war Carter lange fremd gewesen. Aber das änderte sich gerade.

Sein Leibwächter stand neben den Detectives, seine Wahlkampfhelfer hatten den Fernseher stumm geschaltet und starrten ihn gespannt an.

Carter wagte es, Eliza die Hand auf die Schulter zu legen. Sie zuckte nicht zurück.

Es war viel schlimmer. Sie zitterte.

»Was können wir für Sie tun, meine Herren?«

»Mr Billings? Korrekt?«

»Ja.«

»Wir müssen mit Miss Havens sprechen. Unter vier Augen.«

»Eliza?« Als hätte der Klang ihres Namens sie aus einer Trance gerissen, schüttelte sie seine Hand ab und starrte ihn über die Schulter hinweg an.

»Kein Problem«, sagte sie.

»Wenn Sie bitte mit uns kommen wollen. Wir können …«

»Moment.« Carter stellte sich zwischen die Detectives und Eliza. Er wusste nicht, was sie zu verbergen hatte. Aber er würde nicht zulassen, dass sie ohne jede Erklärung abgeführt wurde. »Ich bin Jurist und war vor meiner Kandidatur Richter. Wenn Sie also einen Grund haben, Miss Havens …«

»Ich bin sicher, Sie kennen sich in rechtlichen Belangen bestens aus, Mr Billings. Aber selbst Sie werden einsehen, dass es Dinge gibt, die man besser nicht in Gegenwart Ihrer gesamten Belegschaft auf einem Hotelflur diskutiert.«

»Das war unser Stichwort, Gentlemen«, sagte Jay. »Ich glaube, wir gehen mal kurz an die frische Luft.«

»Nein.« Eliza schob Carter beiseite. »Ich gehe.«

»Kommt gar nicht in Frage.«

»Pass auf, Hollywood. Du glaubst vielleicht, es ist deine Pflicht, zu schützen und zu dienen. Aber das gilt erst, wenn du Gouverneur bist. Du hast keine Ahnung, worum es hier geht. Ich fahre jetzt mit diesen Herren. Es ist alles in Ordnung.«

»Wenn du in Schwierigkeiten bist …«

»Bin ich nicht.«

»Ist sie nicht.« Die Antwort der Detectives kam gleichzeitig mit Elizas.

»Ich rufe dich später an«, versprach Eliza. Dann folgte sie den Männern.

Verdammt, was soll das?

Carter warf seinem Leibwächter Joe einen langen Blick zu und nickte dann in Richtung des Flurs, den die Drei entlanggingen. Joe verstand die Aufforderung und folgte ihnen.

Carter konnte Eliza schlecht selbst nachlaufen, das hätte sie sofort bemerkt. Seine Blicke verfolgten sie, bis sie um die Ecke verschwand.

Die Frau, der er gerade einen Heiratsantrag gemacht hatte, wurde von zwei Detectives aus dem Gebäude geleitet und schien davon kaum überrascht zu sein. Im Gegenteil. Wie es aussah, hatte sie damit gerechnet.

Eine Pistole in der Handtasche herumzutragen, war für sie offenbar ebenfalls alltäglich.

Aber erklären wollte sie ihm das nicht.

Carter machte auf dem Absatz kehrt und stieß beinahe mit Jay zusammen. Zurück im Zimmer zückte er sein Handy. »Lasst mich allein«, sagte er zu seinen Angestellten. »Und ich brauche euch wohl auch nicht daran zu erinnern, dass diese Sache unter uns bleibt.«

»Wir sind dein Team und stehen auf deiner Seite, schon vergessen?«, sagte Jay.

Carter biss die Backenzähne so fest zusammen, dass sein Kiefer schmerzte. »Ich weiß. Es ist nur … Sorg einfach dafür, dass alle den Mund halten.«

Jay nickte den Männern zu, die den Raum verließen. »Keine Sorge. Ich kümmere mich darum. Dafür bezahlst du mich schließlich.«

Carter rieb sich frustriert das Gesicht und zwang sich zu einem kleinen Lächeln. Er drückte die Wähltaste an seinem Handy. *Geh schon ran, Blake. Verdammt.*

Geh ran.

$\mathcal{D}$ie Detectives warteten immerhin, bis sie im Wagen saßen. Aber dann gab es kein Halten mehr. »Welchen Teil von ›Verhalten Sie sich unauffällig‹ haben Sie nicht verstanden, Eliza?«

»Auf Belehrungen kann ich im Augenblick verzichten«, sagte sie. Was für ein Scheißtag. Erst die Pressekonferenz, zu der sie lieber nicht gegangen wäre. Dann die Medienheinis, die skrupellos die Tatsachen verdrehten. Als Nächstes der Heiratsantrag eines blendend aussehenden, erfolgreichen Mannes, auf den sie – Hand aufs Herz – furchtbar heiß war. Gefolgt von einer spontanen Abfuhr. Jetzt noch eine Spritztour ins Ungewisse mit zwei Gesetzeshütern der Stadt L. A.

Und der Tag war noch nicht zu Ende.

»Ein Auftritt vor sämtlichen Lokalsendern und zwei landesweiten Fernsehsendern fällt nicht gerade unter vornehme Zurückhaltung.«

Dean, der übergewichtige Detective auf dem Beifahrersitz, starrte sie erbost an. Bei ihrem letzten Zusammentreffen hatte er auf seinem Nikotinkaugummi herumgekaut, als wäre es Crack. Der leichte Gelbton seiner Zähne sagte Eliza, dass die Kippen gewonnen hatten.

Jim, sein schmaler Partner, behielt beim Fahren den Rückspiegel im Auge. Jim war die Kurzform von James. Und wenn man die Namen der beiden kombinierte, ergab sich daraus James Dean. Gelegentlich konnte Eliza darüber grinsen.

»Ich bin kein kleines Kind mehr.«

»Richtig. Sie sehen *ihr* inzwischen unheimlich ähnlich.«

Ihr. Verdammt. Ihre Mutter hatte einen Namen. Aber daran wollte sie die Detectives jetzt nicht erinnern.

»*Sie* ist tot. Schon lange.« Niemand wusste das besser als Eliza.

Dean zeigte mit einem nikotingelben Finger auf sie. »Sie hat alles gegeben, um Sie zu schützen. Gönnen Sie ihr wenigstens eine friedliche Ruhe und verstecken sie sich.«

»Verstecken?«

»Verstecken. Ein Leben außerhalb des Rampenlichts führen. Egal, wie Sie es nennen wollen, so schwer kann das doch nicht sein. Es gibt Zillionen Menschen, die ihre Nase nicht in eine Kamera halten.«

»Ja, kann sein. Und dann kommt das Leben und nimmt seinen Lauf.« Das Leben mit einer Herzogin als bester Freundin und einem einflussreichen Politiker, der sie heiraten wollte.

Eliza knabberte an ihren Fingernägeln und schwelgte zwei Sekunden lang in einer Traumwelt. Wäre es nicht wunderbar, ein ganz anderes Leben führen zu können, beschützt von einem sexy Kerl wie Carter?

Leider nicht möglich.

James hatte bisher nur anklagend geschwiegen. »Haben Sie nichts hinzuzufügen?«, fragte Eliza ihn.

»Wir werden verfolgt.«

Eliza konnte nicht anders, sie drehte sich um. Hinter ihnen fuhr Carters Leibwächter. »Keine Sorge. Der ist harmlos.«

»Schickt den Ihr Freund?«, fragte Dean.

»Carter ist nicht mein Freund.«

»Hat für mich und die Nordhälfte von Amerika aber so ausgesehen. Und für gewisse Leute, die mit ein paar Hafterleichterungen im Knast sitzen.«

»Geht's auch eine Nummer kleiner, Dean?«, schnaubte Eliza.

»Nein. Und das wissen Sie. Sie kauen an den Nägeln. Sie wissen, dass Sie ein Problem haben.«

Arschloch.

»Was ist mit dem Rauchen? Endlich aufgehört?«

Das war gemein, aber der Spruch mit den Fingernägeln verlangte nach einer Retourkutsche. »Ich habe mein ganzes Leben als braves kleines Mädchen im Zeugenschutzprogramm zugebracht. Jetzt habe ich die Nase voll. Verstehen Sie? Gestrichen voll!«

»Ich glaube, Ihnen ist nicht klar, mit wem Sie es zu tun haben. Wir machen das hier nicht zum Spaß, Lisa …«

»Eliza. Lisa hieß ich zum letzten Mal mit neun.« Das war eine von vielen Veränderungen in ihrem Leben gewesen. »Und jetzt bringen Sie mich nach Hause.«

»Das ist keine gute Idee.« James hatte nun doch etwas beizutragen.

»Nach Hause. Jetzt.«

Jim und Dean sahen einander an. Sie fragte sich, ob die beiden sie zu ihrem Schutz in Gewahrsam nehmen wollten.

Dann bog Jim unvermittelt zum Freeway ab. In Richtung ihres Hauses in Tarzana.

Mit der Handtasche im Schoß lehnte sie sich auf dem Rücksitz zurück.

»Ich hoffe, Sie wissen, wie man die Knarre benutzt«, sagte Dean.

Woher weiß er, dass ich eine habe? Blöde Frage. Jim und Dean schienen über alles in ihrem Leben Bescheid zu wissen.

»Wenn Sie Lust auf einen Schießwettbewerb haben – immer gerne.«

»Vielleicht komme ich darauf zurück«, sagte Dean.

Jim lachte. »Du würdest alt aussehen«, sagte er zu seinem Partner.

Elizas Mundwinkel kräuselten sich zu einem winzigen Lächeln.

»Okay, jetzt mal im Ernst. Wollten Sie mich nur erschrecken, oder wissen Sie etwas, was ich auch wissen sollte?«, fragte sie.

Dean sah erst Jim an, dann schaute er in den Rückspiegel. Aber keiner von beiden sagte etwas.

Erschrecken. Eindeutig. Damals, als sie als Teenager mit einem Cheerleader-Team auftreten wollte, hatte das noch funktioniert. Jetzt war es nicht mehr so einfach.

Sie fuhren vom Freeway ab in ihre Straße.

»Gehen Sie ins Studio, Eliza. Üben Sie mal wieder Taekwondo. Bleiben Sie wachsam«, sagte Dean, als sie in ihre Einfahrt einbogen. »Und falls die Butter im Kühlschrank an der falschen Stelle steht, rufen Sie uns um Gottes willen sofort an. Verstanden?«

Ja, verstanden.

Trotz der rauen Schale waren James und Dean ganz nette Kerle. Was es bedeutete, so zu leben wie sie, konnten sie sich sicher nicht vorstellen. Aber sie meinten es gut.

»Alles klar.«

Sieben

Als sie ins Haus kam, klingelte das Telefon. Die Nummer war unterdrückt. Sicher Samantha. Blake und Carter waren beste Freunde. Wahrscheinlich hatte Carter nach ihrem dramatischen Abgang umgehend Blakes Nummer gewählt.

Eliza griff zum Hörer. »Hey.«

»Verdammt, Eliza! Was ist los? Alles klar bei dir?« Das klang entrüstet, hieß aber: *Ich habe Angst um dich.*

»Alles bestens.« Eliza schob die Gardine ein wenig beiseite und spähte hinaus. Wie erwartet parkte Joe in der Nähe. Jim war anscheinend einmal um den Block gefahren und stand nun ein Stück weiter hinten in der Straße.

»Carter hat grade mit Blake telefoniert.«

»Hmhm.« Jim schien das Nummernschild von Joes Wagen zu überprüfen. Eliza hoffte für Joe, dass er keine Leichen im Keller hatte.

»Hallo? Eliza? Sprich mit mir. Was ist los?«

Eliza ging vom Fenster weg. Die Cops und der Leibwächter konnten die Sache untereinander klären. »Kein Grund zur Aufregung, Sam. Wirklich. Carter hat wahrscheinlich eine haarsträubende Geschichte erzählt. Aber es ist alles in Ordnung.«

»Man wird nicht grundlos von zwei Detectives zu einem Plausch abgeholt. Carter ist völlig außer sich und er und Blake malen sich die wildesten Sachen aus. Willst du uns vielleicht verraten, was passiert ist?«

Eliza lehnte sich gegen die Wand im Flur und streifte die Schuhe ab. Was sollte sie bloß sagen? Jahrelang hatte sie ihre Vergangenheit unter Verschluss gehalten. Sie musste ein bisschen Zeit gewinnen und erst mal einen Plan machen. »Manche Dinge sollte man nicht am Telefon besprechen. Das verstehst du sicher.«

Samanthas Leben war auch nicht immer in geregelten Bahnen verlaufen. Als sie und Blake sich kennengelernt hatten, hatte seine verrückte Ex-Freundin genau das Telefon verwanzen lassen, das Eliza nun benutzte.

»Ich verstehe. Komm doch auf einen Kaffee rüber zu uns.«

Eliza hätte Jims und Deans Warnung nur zu gerne ignoriert. Aber das konnte sie nicht. Wie viel sollte sie Samantha sagen? War es klug, Gwen bei sich wohnen zu lassen?

Und wie lange würde es dauern, bis Carter an ihre Tür klopfte und Fragen stellte?

»Gib mir ein, zwei Tage. Und bevor du es sagst: Ich weiß, dass ich dir vertrauen kann. Ich brauche nur ein bisschen Zeit.«

Samantha seufzte. »Okay. Versprich mir, dass du anrufst oder herkommst, wenn du Hilfe brauchst.«

»Versprochen.«

Nach dem Gespräch rannte Eliza nach oben und zog zwei Outfits übereinander. Dann schloss sie schnell das Haus ab und stieg in ihren Wagen.

Zwei Fahrzeuge folgten ihr. Joe heftete sich an ihre Stoßstange. Ihm war es egal, ob sie ihn bemerkte. Jim hielt etwas mehr Abstand.

Knapp zehn Minuten später hatte sie den knallvollen Parkplatz eines Einkaufszentrums erreicht und stieg aus.

Eine einzelne Person hätte sie hier leicht abhängen können. Bei drei Leuten war das schon schwieriger.

Dean hetzte im Slalom um die Passanten. Wegen seines Umfangs war es leicht, ihn im Auge zu behalten. Joe telefonierte. Wahrscheinlich mit Carter.

Eliza behielt die Sonnenbrille auf. Sie ging zu dem Kino im Einkaufszentrum und sah sich den Spielplan an. Der neueste Vampirfilm für junge Erwachsene war fast zu Ende. »Perfekt«, murmelte sie.

Lächelnd kaufte sie bei der jungen Kassiererin ein Ticket für den neusten Mädels-Film. »Einmal ›Die Zehnmillionen-Dollar-Braut‹, bitte.«

Zehn Dollar später mischte sich Eliza unters wartende Publikum. Als sie sah, dass auch Joe sich eine Karte kaufte, schlüpfte sie in die Damentoilette.

In der Kabine schälte sie sich aus der locker sitzenden Wollhose und dem schwarzen Shirt und packte beides in ihre Oversize-Handtasche. Ihr zweites Outfit bestand aus Mikro-Shorts und einem nicht wirklich jugendfreien Trägertop. Um den Teenager-Look zu vervollkommnen, zog sie ihr Haar durch eine trendige schwarze Mütze mit einem Kreuz aus Funkelsteinchen über dem Schild. Noch etwas Lipgloss und sie mischte sich unter die kichernden Teenager, die sich vor den Spiegeln drängten.

»O mein Gott! Das war bis jetzt die beste Folge!«, seufzte eines der Mädchen. Ihre Freundinnen diskutierten aufgeregt über den Hauptdarsteller. Eliza hatte das beliebteste Mädchen der Gruppe schnell ausgemacht. »Dein Shirt ist toll. Wo hast du das her?«

Die zierliche Blonde hob lächelnd das Kinn. »Von ›Forever Teen‹. Deine Mütze ist aber auch süß.«

Eliza nutzte das Bedürfnis der Mädchen, ein etwas älteres hippes Girl zu beeindrucken. Sie machte ihnen Komplimente über ihre Outfits und gewann damit im Handumdrehen ihr Vertrauen. Im Pulk marschierten sie schließlich aus der Toilette, eine neue Gruppe drängte herein. Eliza setzte die Sonnenbrille auf und blieb bei ihren neuen Bekannten. Dabei unterhielt sie sich angeregt mit ihnen über einen Film, den sie nicht gesehen hatte. Zum Glück lief der Werbe-Trailer seit Wochen.

Gemeinsam mit den Teenies schlenderte Eliza aus dem Kino. Direkt an dem ahnungslosen Joe vorbei. Dean stand vor dem Eingang, bemerkte sie aber ebenfalls nicht.

»Bist du auch auf der Valley High?«, fragte eines der Mädchen.

Sehe ich so jung aus?

»Nein, ich studiere an der UCLA«, log Eliza.

»Cool.«

Ein Stadtbus hielt in der Bucht vor dem Einkaufszentrum. Eliza nutzte die Gelegenheit. »War nett, euch kennenzulernen!« Sie winkte den Mädchen zu.

Weil sie nicht das passende Kleingeld hatte, bezahlte sie mehr, als sie musste. Dann suchte sie sich einen Platz an der hinteren Tür. Um auszusehen wie ein x-beliebiger Teenager, steckte sie sich Stöpsel in die Ohren und tat, als würde sie Musik hören. Ein paar Jungs im Gangster-Look nahmen sie ins Visier und versuchten, sie zu einem Lächeln zu animieren.

Fünf Haltestellen vom Kino entfernt sprang Eliza, kurz bevor sich die Türen schlossen, aus dem Bus. Zwei Straßen weiter betrat sie die Filiale einer Fast-Food-Kette und zog sich auf der Toilette wieder altersgerecht an. Noch eine Taxifahrt und sie saß mit einem Cocktail in der Hand in einer Freiluftlounge in Santa Monica.

Kein Joe.

Kein Dean.

Kein Jim.

Als ihr Handy zum dritten Mal klingelte, schaltete sie es aus.

Ein Lächeln stahl sich auf ihre Lippen. *Du hast es noch drauf, Lisa.* Es war ihr gelungen, ihre Verfolger abzuschütteln.

Sie hatte es geschafft, sich zu verstecken.

Wieder mal.

𝒞arter überlegte, ob er Samantha um ihren Schlüssel bitten und im Haus auf Eliza warten sollte. Sicher würde sie ihn vor die Tür setzen und dann seine Fragen ebenso wenig beantworten wie vorher im Hotel.

Blake wusste nichts und Samantha noch weniger. Wie konnten zwei enge Freundinnen über so lange Zeit Geheimnisse voreinander haben? Carter hatte immer geglaubt, Männer seien große Schweiger. Diese Annahme musste er offenbar überdenken.

Ein paar Leute, die Blake noch einen Gefallen schuldeten, hatten Nachforschungen angestellt und herausgefunden, dass Eliza vor ihrem neunzehnten Lebensjahr nicht existiert hatte. Es gab keine Zeugnisse, keine Hinweise auf Aushilfsjobs, keinen Führerschein mit sechzehn. Carter hätte noch weiter graben können, doch eigentlich hatte er kein Recht, in Elizas Privatleben herumzuschnüffeln.

Nach dem dritten Versuch, sie auf dem Handy zu erreichen, hinterließ er die schlichte Nachricht: »Ruf mich an!«

Sie konnte sich doch denken, dass sich alle Sorgen um sie machten. Schließlich wurde man nicht jeden Tag ohne Erklärung von zwei Detectives abgeholt.

Carter fuhr sich frustriert durchs Haar.

Jedes Mal, wenn er sich den Mitschnitt der Pressekonferenz ansah, war er aufs Neue überrascht, wie gut Eliza vor den Kameras wirkte. Sie war einfach perfekt. Angefangen von ihrem Styling bis hin zu den kessen Antworten, die sie den Reportern gab. Wenn er sie überreden konnte, seine Frau zu werden, und sei es auch nur für eine Weile, musste er sich um seine politische Zukunft keine Gedanken machen. Wenigstens sagte er sich das. Oder wollte er sie nur heiraten, um dem heißen Knistern zwischen ihnen auf die Spur zu kommen? Herzklopfen hatte er jedenfalls nicht nur wegen seiner politischen Karriere.

Dass Eliza seinen Antrag rundheraus abgelehnt hatte, hatte seine Pläne durchkreuzt. Er hätte damit rechnen müssen. Doch die Entschlossenheit und Empörung, mit der sie reagiert hatte, brachte sein Weltbild ins Wanken. Fürs Erste hatte er es vermasselt. Aber das würde ihn nicht davon abhalten, Eliza zu seiner Frau zu machen. Er musste nur seine Strategie ändern.

Mitten in seine Gedanken hinein klingelte das Telefon.

»Ja?«

»Sie ist wieder da.« Das war Joe. Er bewachte Elizas Haus und hatte dort auf ihre Rückkehr gewartet.

»Und die beiden Cops? Hängen die auch noch in der Straße herum?« Joe hatte ihm vor einer Weile berichtet, dass die Detectives von Elizas plötzlichem Verschwinden im Kino genauso überrascht worden waren wie er. »Sie hat sich verdünnisiert wie ein Profi, Boss. Und sicher nicht zum ersten Mal«, hatte Joe gesagt.

»Als sie wieder hier auftauchte, sind sie sofort weggefahren.«

Carter war nicht sicher, ob er das gut oder schlecht finden sollte.

»Okay. Ich fahre jetzt los. Wenn du mich kommen siehst, kannst du Feierabend machen. Ruh dich aus. Ein bisschen Schlaf können wir alle gebrauchen.« Carter legte auf, schnappte seine Schlüssel und ging aus dem Haus. Selbst wenn Eliza ihm nicht sagen wollte, was los war, würde er sie sich nicht selbst überlassen. Er wollte erst sicher sein, dass ihr keine Gefahr drohte.

In der Innenstadt herrschte nicht viel Verkehr. Deshalb schaffte er es in knapp zwanzig Minuten nach Tarzana. Er gab Joe ein Handzeichen, Joe winkte zurück und fuhr weg, während Carter in Elizas Einfahrt einbog.

Ein Schatten hinter dem Wohnzimmerfenster und eine leichte Bewegung der Gardine sagten ihm, dass er schon zu lange unschlüssig im Wagen saß. Wie ein Stalker vor ihrem Haus herumzuhängen, war eigentlich nicht seine Art.

Carter stieg aus und marschierte zur Haustür.

Er klopfte, doch nichts regte sich.

»Ich weiß, dass du da bist, Eliza«, sagte er durch die Tür.

Dann klopfte er noch einmal. »Ich gehe hier nicht weg.«

Er hörte, wie die Schlösser entriegelt wurden, dann öffnete sie die Tür.

Sie hatte sich das Haar ausgebürstet und ihr Make-up entfernt, und er fand sie wunderschön. Gleichzeitig entdeckte er eine Schwere in ihrem Blick, die ihm bislang nie aufgefallen war. Vielleicht war es Sorge, vielleicht waren es Zweifel.

Sie trat wortlos beiseite, ließ ihn herein.

Immerhin.

Er schloss die Tür hinter sich und ging in den Flur.

Sofort schob sie sich an ihm vorbei und verriegelte die Haustür wieder. Ihm kam das seltsam vor, doch er verkniff sich eine Bemerkung.

»Wenn ich mit dir reden wollte, hätte ich dich angerufen«, sagte sie.

Carter folgte ihr in die Küche.

»Und wann hättest du das getan? Morgen? Übermorgen?«

Ein Wasserkessel auf dem Herd fing an zu summen. Weil sie ihm keinen Stuhl anbot, lehnte Carter sich an die Wand und sah zu, wie sie sich Tee machte.

»Vielleicht.«

Übersetzung: *Nein*. Verdammt, die Frau war stur.

»Willst du mir verraten, was los ist?«

Sie holte eine Teepackung aus dem Schrank, nahm einen Beutel heraus und ließ ihn in die Tasse fallen. Ihre Bewegungen wirkten bedächtig und kalkuliert. »Ich bin mir nicht sicher.«

Sie sah ihn hilflos an.

Hieß das nun, sie wollte es ihm nicht sagen oder sie wusste es selbst nicht?

»Verrätst du mir überhaupt etwas? Kanntest du die Detectives?« Vielleicht half ja die Salamitaktik und er erfuhr wenigstens ein paar Details.

Leider ließ sie sich nicht ködern. »Ob ich dir etwas verrate und wann das sein wird, bestimme ich. Der Trick mit den Ja-Nein-Fragen zieht bei mir nicht.«

Anscheinend musste er die ganze Liste von Fragen, die er sich während der Fahrt zurechtgelegt hatte, überarbeiten. »Ich hoffe, du weißt, dass du mir vertrauen kannst.« Weil das keine Frage war, konnte sie auch nicht ausweichend antworten.

»Um Vertrauen geht es hier nicht.«

Vielleicht hätte ihn das trösten sollen.

Sie führte die Tasse zum Mund und pustete in den heißen Tee. Dann schaute sie ihn über den Tassenrand hinweg an.

»Und wo wir gerade über Vertrauen reden: Was sollte denn die Sache mit dem Heiraten?«

Er verschränkte die Arme. »Vielleicht könnte man sagen, ich mache es wie Blake. Eine Ehe würde einige grundlegende Probleme in meiner Karriereplanung lösen.«

Sie starrte ihn unverwandt an und hielt seinen Blick fest. »Deine Probleme. Nicht meine.«

»Probleme, bei deren Entstehung du eine gewisse Rolle gespielt hast.« Er sah den Funken in ihren Augen, bevor sie die erste abwehrende Silbe formuliert hatte.

Eliza stellte die Tasse ab und stützte sich auf die Arbeitsplatte. »Das ist mies, Carter.«

»Aber wahr. Sonst würdest du mir sagen, dass ich falsch liege. Wenn es nach mir ginge, wäre ich bis Montag verheiratet, um den Quatsch aus der Welt zu schaffen, den die Medien verbreiten, seit du mit Gwen in Texas abends um die Häuser gezogen bist. Ich dachte, ich komme her und bitte dich um ein bisschen Unterstützung.«

»Ein bisschen Unterstützung? Eine Ehe ist ein bisschen mehr als das.« Ihre Stimme wurde lauter, ihre Finger krallten sich an die Kante der Arbeitsplatte.

»Die Leute, die du miteinander verkuppelst, haben für ihren Heiratswunsch oft noch weniger romantische Gründe als ich. Damit verdienst du deinen Lebensunterhalt.« Wie kam sie dazu, den Moralapostel zu spielen? Hatte sie vergessen, wie viel er über das Geschäft wusste, das sie und Samantha betrieben?

»Unsere Kunden suchen eine bestimmte Art von Beziehung. Aber sie müssen ihren zukünftigen Partner sympathisch finden ...«

Er unterbrach sie lachend. »Willst du wirklich behaupten, wir seien keine Freunde?«

Ihre Wangen wurden plötzlich rosig. Der Farbton gefiel ihm deutlich besser als die fahle Blässe, die ihn bei seiner Ankunft erschreckt hatte. Ihre Augen verschossen wütende Blitze.

»Du bist mit dem Mann meiner besten Freundin befreundet. Wenn du eine Frau suchst, solltest du vielleicht einen Blick in dein kleines schwarzes Notizbuch werfen und blind auf einen Namen tippen.«

Carter machte zwei Schritte auf sie zu. Je wütender sie wurde, desto heftiger brodelte sein Blut. Sein Körper reagierte auf ihre Empörung – allerdings nicht mit Zorn. »Ich will mir keinen anderen Namen aussuchen.«

»Musst du aber. Wir beide sind wie Hund und Katz. Wir haben nichts gemeinsam und sobald wir zusammen in einem Raum sind, fliegen die Fetzen.«

Dem konnte er nicht widersprechen.

Er rückte noch näher an sie heran, spürte die Hitze, die ihre Haut abstrahlte, und die wütenden Funken, die sie versprühte. Ihre Augen hielten ihn fest. Sie schaute nicht weg. Der Blick dieser sturen Frau forderte ihn heraus. Er würde ihr beweisen, dass sie sich täuschte.

»Du lässt etwas außer Acht, was dich zur perfekten Ehefrau für mich machen würde.«

Sie hob trotzig das Kinn. »Ach ja? Und das wäre?«

»Das hier.« Er riss sie in seine Arme und drückte die Lippen auf ihre. Dabei verließ er sich auf ihren Kampfgeist: Sie würde nicht zurückweichen, sondern seinen Kuss erwidern. Und er behielt recht. Ihre Lippen antworteten seinen mit einer Explosion von Geschmacksnuancen.

Sie stöhnte leise auf, ihre Augenlider flatterten und schlossen sich. Er drängte sich an sie, wollte, dass sie sein Verlangen spürte. Ihre weichen Kurven entzündeten seine Nervenenden und schmolzen sein Gehirn.

Er fuhr mit der Zungenspitze über ihre Lippen, verlangte Einlass. Auf diesen Moment hatte er so lange gewartet, dass er sich keine Zeit zum Luftholen nahm. Nicht einmal, als ihm schwindlig wurde.

Ihre Finger gruben sich in seine Arme. Einen Moment lang glaubte er, sie würde ihn wegstoßen. Aber er hätte es besser wissen müssen. Eliza bog den Kopf ein wenig nach hinten und öffnete die Lippen. Am liebsten wollte er sie verschlingen. Ihre Zungen duellierten sich. Beide wollten diesen leidenschaftlichen Moment beherrschen. Der Kuss war noch besser, als er es sich erträumt hatte.

Er roch Elizas Parfüm, die Mischung aus Sandelholz und Moschus, die er schon seit Langem untrennbar mit ihr verband. Blumige Düfte oder ein süßes Designerparfum hätten nicht zu ihr gepasst.

Carter schlang seinen Arm um ihre Taille und knabberte an ihren Lippen.

Ihre Hand schob sich unter sein Jackett, knetete seinen Rücken und rutschte dann auf seinen Hintern.

Grundgütiger. Er wollte sie so sehr. Seine Lippen wanderten über ihr Kinn und ihren Hals. Er küsste ihre zarte Haut und merkte sich die Stellen, an denen er ihr ein Stöhnen entlockte.

Seufzend drückte sie die Hüften an seine und drängte sich zitternd an ihn. Carter schob sich zwischen ihre Schenkel und hob sie mühelos auf die kühle Arbeitsplatte aus Granit.

Eliza schälte ihm das Jackett von den Schultern.

Er warf es hastig beiseite. Selbst voll bekleidet suchte ihr Körper nach seinem, bat darum, berührt und erfüllt zu werden.

Er wollte sie ganz, wollte ihr beweisen, dass sie nicht nur Freunde waren, sondern viel mehr. Eine kleine Stimme in seinem Kopf warnte ihn. Sie sagte ihm, dass sie an diesem Abend sehr verletzlich war. Sie hatte einen harten Tag voller Reporter und Cops hinter sich.

Aber als er seine Hand mit ihrer Brust füllte und die kleine harte Knospe ihrer Brustwarze sich fordernd an ihn drängte, wusste er, dass er jetzt nicht aufhören konnte, ohne ihren Zorn heraufzubeschwören. Er kniff sie sanft in die Brustwarze und hörte sie aufstöhnen. Dann suchte er erneut ihre Lippen und lächelte unter ihrem Kuss.

Eliza packte ihn an den Hüften und presste sich an ihn. Sie hätte ihn wegstoßen und diese aberwitzige Aktion abbrechen sollen, die kein gutes Ende nehmen konnte.

Aber das brachte sie nicht fertig. Sie lebte ein Leben, in dem sie nie wusste, was der nächste Tag bringen würde. Deshalb wollte sie das hier noch mehr als den nächsten Atemzug. Irgendwann zwischen der Flucht vor Joe, Jim und Dean und den Cocktails am Strand war Eliza klar geworden, dass all ihr Draufgängertum zu nichts führte. Sie ahnte, dass sie ihr Leben grundlegend ändern musste, um es nicht zu verlieren.

Das bedeutete auch, sich von Carter zu verabschieden. Sich von denen zu trennen, die sie törichterweise in ihr Herz gelassen hatte.

Deshalb hielt sie Carter nicht zurück, als er die Finger in den Bund ihres Slips schob. Im Gegenteil: Sie wölbte sich ihm entgegen und spreizte die Beine ein wenig weiter.

Er suchte die feuchte Hitze ihres Geschlechts. Hinter ihren geschlossenen Lidern stoben Funken. Als seine Finger ihre pulsierende Mitte fanden und ihre Leidenschaft weiter anstachelten, schnappte Eliza unter seinem Kuss nach Luft. Nach Atem ringend schlang sie ein Bein um ihn.

Sie spürte, wie sein Blick sich an ihr festsaugte, wie Carter sie unter halb geschlossenen Lidern hervor beobachtete. Seltsamerweise machte sie das nicht verlegen. Seine Berührungen versprachen Erfüllung und nur das zählte in diesem Augenblick.

»Ja«, stöhnte sie. Sie bewegte sich mit ihm und wollte mehr spüren als nur seine tanzenden Finger. Aber sie würde sich auch damit zufriedengeben.

Ihre kleinen Schreie wurden wilder, ihre Feuchtigkeit benetzte seine Finger. Carter streichelte sie schneller und drang geschickt mit einem Finger in sie. Die Muskeln in ihrem Inneren umschlangen ihn, als sie kam. »O Carter.«

Sanft bewegte er den Finger noch ein wenig weiter und fühlte, wie sie auch nach dem Orgasmus vor Anspannung bebte. Dann schmiegte sie den Kopf an seine Schulter. Er nahm die Hand weg und streichelte ihre Hüfte.

»Das hätte nicht passieren dürfen«, murmelte sie. Vermutlich hatte er damit gerechnet, dass sie ihn zurückweisen würde. Aber dazu hatten ihr an diesem Abend die Kraft und die Worte gefehlt.

»Schschsch«, sagte er leise. »Das war schon lange überfällig.«

Sie nickte. Im Augenblick traute sie ihrer Stimme nicht.

Er umarmte sie noch einmal kurz, küsste sie auf die Stirn und trat dann einen Schritt zurück. Die Hände ließ er auf ihren Armen liegen.

Eliza rückte ihre Kleider zurecht und suchte seinen Blick.

»Und was ist mit euch beiden?« Seine Erregung war nicht zu übersehen.

»Uns geht es gut.« Er lächelte.

Eliza fielen vor Erschöpfung fast die Augen zu.

»Ich sollte jetzt gehen«, sagte er.

Für den einen Abend hatten sie genügend Grenzen überschritten. Morgen würde es sicher irgendwie weitergehen, er musste sie jetzt nicht ununterbrochen bewachen.

Acht

Carter lag fast die ganze Nacht wach. Um vier Uhr morgens gab er endgültig auf und duschte lauwarm. Immer noch besser als die eiskalte Dusche am Vorabend. Dabei hätte er alles noch einmal so gemacht. Dass ihm ein kleines Appetithäppchen nicht ausreichen würde, hatte er schon vorher gewusst. Vielleicht hatte er den ersten Kuss deshalb zwei Jahre lang hinausgezögert. Bis zum gestrigen Abend waren Wortgefechte das einzige Ventil für die zunehmende sexuelle Spannung zwischen Eliza und ihm gewesen.

Das würde sich jetzt ändern. Das bisschen Schlaf, das er bekommen hatte, hatte ihm immerhin einen klareren Kopf verschafft. Er wusste nun, dass er erst einmal hinter Elizas Geheimnisse kommen musste.

Carter schlüpfte in einen legeren Anzug. Jackett und Krawatte konnten warten, bis er aus dem Haus musste.

In der Küche hielt er sich zwar eher selten auf, aber für ein kleines Frühstück reichten seine Hausmannsfähigkeiten. Er schaltete die Kaffeemaschine ein und den Computer an.

Mit seinen Suchanfragen nach Eliza Havens vor ihrem achtzehnten Geburtstag hatte er bislang keine Treffer landen können. »Du bist doch nicht vom Himmel gefallen«, murmelte er. Er tippte ihren Nachnamen in das Suchfeld und fand nicht viel mehr als die Informationen über die Pressekonferenz vom Vortag und einiges, was mit Blake und Samantha in Zusammenhang stand. Es gab ein paar Fotos von gesellschaftlichen Anlässen aus den letzten Jahren. Doch immer war Elizas Gesicht zumindest teilweise verdeckt. Selbst in einem der beiden Bilder, die ihn zusammen mit ihr bei der texanischen Hochzeit zeigten, war das so. Es sah fast so aus, als würde sie die Kameraaugen spüren. Dann versteckte sie sofort ihr Gesicht.

Carter schenkte sich eine Tasse Kaffee ein. Er trank ihn schwarz. Dann schaltete er aus Gewohnheit die Fernsehnachrichten an. In der letzten Sendung war er noch nicht allzu gut weggekommen. Aber anstatt sich um die Verbesserung seiner Umfragewerte zu kümmern, suchte er nun das Netz nach Hinweisen auf Elizas Vergangenheit ab.

Was wusste er eigentlich über sie? Er zog einen Notizblock zu sich und schrieb ihren Namen wie eine Überschrift auf eine leere Seite.

Alter? Er konnte nur schätzen. Ende zwanzig?

Eltern? Sie redete nie von ihnen. Ihre Familie schien kein Thema für sie zu sein. Er malte ein großes Fragezeichen hinter das Wort *Eltern*.

Geburtsort? Kalifornien nahm er an. Sie hatte nie erwähnt, dass sie mal irgendwo anders gewohnt hatte.

Schule? Carter fuhr sich mit der Hand durchs Haar und warf den Stift auf den Schreibtisch.

Verdammt, er wusste so gut wie nichts über Eliza. Wie armselig war das denn?

Nach ein paar Schlucken Kaffee schlug er die Seite um und schrieb auf die nächste, was ihm zu ihr einfiel.

Eliza Havens. Carter malte zwei Kreise um ihren Namen.

Er kannte sie seit zwei Jahren. Samantha war schon länger mit ihr befreundet.

Plötzlich war es, als stünde sie vor ihm. Er fing an zu schreiben: *Schlau. Einfallsreich. Zielstrebig. Schön. Schlagfertig. Verschlossen. Trägt eine Waffe.* Um die letzten drei Worte zog er ebenfalls zwei Kringel.

Warum trugen Leute Pistolen? Weil sie Polizisten oder Agenten waren. Aber auf Eliza traf das sicher nicht zu. Bis gestern hatte er sie nie zusammen mit irgendeiner Art Gesetzesvertreter gesehen. Und dann hatten plötzlich die zwei Detectives vor der Tür gestanden.

Carter ließ die Hand auf den Schreibtisch fallen. »Aber klar doch.« Er musste eben an den richtigen Stellen suchen.

Fünf Uhr morgens war allerdings keine gute Zeit, um jemanden daran zu erinnern, dass er ihm noch einen Gefallen schuldete.

Er wärmte seinen Kaffee auf und fing an, die Seiten des Los Angeles Police Department durchzugehen. Vielleicht würde er die beiden Detectives erkennen, die im Hotel aufgetaucht waren.

Eine Stunde später hatte er zwei Namen. Dean Brown und James Fletcher. Altgediente Cops von untadeligem Ruf. Sie gehörten zur Abteilung für besondere Aufgaben. Das klang wichtig, aber vage.

Er griff zum Telefon und rief einen Bekannten in New York an. »Ja?«

»Hey Roger, Carter hier.«

Roger gehörte schon länger zu Carters Freundeskreis als Blake. Inzwischen bewegten sie sich in sehr unterschiedlichen Welten, aber früher waren sie eng befreundet gewesen. »Guten Morgen, Gouverneur. Was liegt an?«

»Ich bin noch nicht gewählt.«

»Das ist nur eine Frage der Zeit.« Roger lachte. »Was gibt's denn?«

»Kann man nicht einfach mal so einen Freund anrufen?«

»Ha. Für Freunde bist du viel zu beschäftigt. Speziell für solche, die nie aus New York rausgekommen sind.«

Carter hörte die Hintergrundgeräusche einer geschäftigen Polizeiwache. Telefone klingelten und jemand fluchte sich die Seele aus dem Leib. Ob er zu den Guten oder den Bösen gehörte, ließ sich aus der Ferne nicht feststellen. Roger hatte recht. Carter hielt nur zu wenigen Leuten Kontakt, die ihm nicht behilflich sein konnten, die nächste Stufe der Karriereleiter zu erklimmen.

»Wie geht es Beverly?«

»Gut. Es kann jeden Moment losgehen.«

Carter stützte den Kopf in die Hand. Dass Beverly schwanger war, hatte er komplett vergessen. »Es ist doch alles in Ordnung, oder? Mutter und Kind wohlauf?«

»Alles bestens. Roger Junior sollte noch vor Monatsende kommen.«

»Ihr wisst, dass es ein Junge ist?«

Roger schnaubte. »Der Arzt meinte, die Nabelschnur würde die Sicht blockieren. Aber vielleicht ist das, was der Arzt für die Nabelschnur hält, auch nur der Beweis dafür, dass Roger Junior ganz seinem Vater nachschlägt. Wäre mir jedenfalls am liebsten. Schon der Gedanke, eine Tochter zu kriegen, macht mir eine Höllenangst.«

Carter stellte sich den Hundert-Kilo-Mann Roger mit einem zarten Säugling auf dem Arm vor. Was für ein Anblick. »Du wirst bestimmt ein toller Vater.«

Roger ließ ein paar Sekunden verstreichen. »Also: Weshalb rufst du an? Brauchst du Hilfe, Richter Billings?«

Carter blätterte ein paar Seiten in seinem Schreibtischkalender um und schrieb Rogers Namen unter einen Tag in ein paar Wochen. Er musste sich unbedingt bald wieder bei seinem Freund und der werdenden Mutter melden und sich erkundigen, wie es ihnen ging. »Ich habe ein paar Fragen, mit denen ich nicht weiterkomme.«

Roger schien nicht sauer zu sein, dass er sich über den Grund des Anrufs nicht getäuscht hatte. »Ich höre.«

»Ich hatte mit zwei Detectives der Abteilung für besondere Aufgaben zu tun. Irgendeine Ahnung, was die machen?«

»Das kann alles Mögliche sein. Angefangen von Mordermittlungen bis hin zum Personenschutz für hohe Tiere. Wo sind sie dir denn begegnet?«

»Sie wollten mit meiner … mit einer Freundin reden. Sie schien darüber nicht wirklich überrascht zu sein.«

»Eine Freundin. Ah ja.«

»Eine ganz spezielle Freundin«, sagte Carter.

»Was kannst du mir sonst noch sagen?«

Nach kurzem Nachdenken gab Carter Roger eine knappe Beschreibung von Eliza. Außerdem sagte er ihm, sie sei eine einnehmende, intelligente Frau, die Wert auf den Schutz ihrer Privatsphäre legte. Er verriet ihm auch, dass sie eine Pistole in der Handtasche herumtrug.

»Wovor hat sie denn Angst?«

»Keine Ahnung. Ein hilfloses Frauchen ist sie jedenfalls nicht. Im Gegenteil. Sie hat es geschafft, meinen Leibwächter und die beiden Detectives abzuhängen. Am helllichten Tag.«

»Bist du dir sicher, dass sie kein Cop ist?«

»Hundertprozentig.«

»Sagst du mir ihren Namen oder muss ich den erraten?«

Da Eliza in den Medien als seine Freundin gehandelt wurde, würde Roger sowieso herausfinden, wie sie hieß. »Eliza Havens. Unsere kleine Unterhaltung sollte allerdings unter uns bleiben.«

»Dann poste ich das ausnahmsweise mal nicht auf Facebook«, scherzte Roger. »Ich kümmere mich darum. Vielleicht kriege ich was raus. Wenn sie ihr Schießeisen legal besitzt, gibt es darüber eine Aktennotiz samt Begründung. Bei euch in Kalifornien ist es für Zivilpersonen fast unmöglich, die Genehmigung für das verdeckte Tragen von Waffen zu kriegen. Hier bei uns übrigens auch. Zum Glück bin ich ein Cop.«

»Danke, Roger.«

»Augenblick – wie heißen denn die Detectives?«

Carter gab ihm die Namen, dann verabschiedeten sie sich.

Eliza zog die Perücke aus der hintersten Ecke des Kleiderschranks. Schon früh am Morgen hatte sie sich aus dem Bett gekämpft. Sie wollte packen und verschwinden.

Jetzt hockte sie vor dem halb vollen Koffer auf dem Boden und spürte, wie die Zweifel immer größer wurden.

Mit Samantha verband sie inzwischen eine tiefe Freundschaft und der kleine Eddie war wie ein Neffe für sie. Die Vorstellung, sein süßes, pausbäckiges Gesicht nicht mehr sehen zu können, war unerträglich. Selbst Gwen mit ihrer britisch steifen, manchmal etwas hochnäsigen Art wurde ihr immer sympathischer.

Und dann Alliance, die Agentur, die Samantha gegründet hatte und die sie inzwischen gemeinsam betrieben. Eliza dachte an einige der Frauen in der Vermittlungskartei. Manche stammten aus schrecklichen Familien, die ihre Kinder wie Figuren auf einem Schachbrett einsetzten, um sich Geld, Macht und Einfluss zu sichern. Solche Frauen suchten manchmal Ehemänner, die ihnen finanzielle Sicherheit boten. So konnten sie ihren Familien den Rücken kehren und ihre eigenen Ziele verfolgen. Jede Geschichte war anders. Viele waren unglaublich, aber doch wahr.

In mancher Hinsicht hatte sie es besser gehabt als diese Frauen. Wenigstens hatten ihre Eltern sie von Herzen geliebt.

Manchmal, wenn nachts alles still war, kam die Erinnerung an ihre Stimmen. An das sanfte Murmeln ihrer Mutter, wenn sie ihr Gutenachtgeschichten erzählt hatte. An das tiefe dröhnende Organ ihres Vaters, der sie immer sein Kürbiskind genannt hatte.

Die bedingungslose Liebe ihrer Eltern hatte ihr Geborgenheit und ein Gefühl von Sicherheit geschenkt.

Doch eines Tages war ihre Welt in tausend Stücke zerbrochen.

Eliza wischte sich eine Träne von der Wange und schob die schmerzhaften Erinnerungen beiseite. Sie vermisste ihre Eltern. Und jetzt hatte sie Freunde gefunden, die ihr ein wenig von der Liebe gaben, nach der sie sich sehnte.

Eliza gab dem Koffer einen Tritt und sprang auf. Sie stöberte in ihren Schubladen, fand das Outfit, das sie suchte, und zog es an.

Sie würde nicht untertauchen. Noch nicht. Aber sie würde Jims Rat befolgen und sich möglichst unsichtbar machen. Sie beherrschte ein paar Tricks, die ihr Selbstbewusstsein gaben und ihr Leben vielleicht etwas sicherer machten.

Augen und Ohren würde sie offenhalten und wachsam bleiben.

Und laufen wie ein Hase, falls ihre Vergangenheit sie einholte und diejenigen in Gefahr brachte, die ihr inzwischen ans Herz gewachsen waren.

Dean saugte das Nikotin tief in seine Lunge und ließ den Rauch dann durch geschürzte Lippen aus seinem Mund strömen. Jahrelang hatte er versucht, sich das Rauchen abzugewöhnen. Aber langsam fand er sich damit ab, dass er es niemals schaffen würde – egal wie viel Nikotinkaugummi er kaute und wie viele idiotische Motivations-CDs er sich anhörte.

Mit Anfang zwanzig war er zur Polizei gegangen, hatte im Lauf der Jahre zweimal »Ja, ich will« gesagt und zweimal seinen halben Besitz verloren, als er später gesagt hatte: »Verdammt, ich will doch nicht.«

Viele Fixpunkte gab es nicht in seinem Leben. Jim war so etwas wie ein Bruder für ihn. Einen anderen hatte er nicht. Und seine eigene Tochter rief ihn nicht mal zum Vatertag an.

Er schnippte die Asche von der Zigarette und drehte die Nachrichten lauter.

Als Elizas Foto auf dem Bildschirm erschien, erhöhte er die Lautstärke gleich noch einmal.

Aus dem kleinen Mädchen war eine sehr schöne Frau geworden. Aber wenn er sie im Fernsehen sah, wurde ihm ganz flau. Die Pressekonferenz war inzwischen ein paar Tage her und die Nachrichtensender hatten sich anderen Ereignissen zugewandt. Bis heute.

»Seit seiner Rauferei in Texas sinken die Umfragewerte des Kandidaten für die Gouverneurswahl, Carter Billings. Selbst nach dem Auftritt der Augenzeugin Eliza Havens ist die Wählerschaft nicht überzeugt, dass der gut aussehende Junggeselle das hohe Amt in angemessener Weise ausfüllen kann. Billings' schärfster Rivale, Darnell Arnold, hat inzwischen mit weiteren Informationen über Miss Havens eine eigene Pressekonferenz einberufen.«

Die Zigarette war vergessen. Dean beugte sich nach vorn. Seine Hand umklammerte die Fernbedienung, seine Augen verengten sich.

»Wie bekannt wurde, verbringt Mr Billings viel Zeit mit Eliza Havens. Insider vermuten sogar, dass Billings im Fall eines Wahlsieges einer der wenigen Gouverneure werden könnte, der direkt nach Leistung des Amtseides in den Ehehafen segelt. Diese Vermutung äußerte Mr Arnold in einigen Interviews.« Statt des Reporters war nun plötzlich Arnold im Bild. Er stand vor einigen Journalisten und redete wie die meisten Politiker nicht über Inhalte, sondern irgendwelchen Stuss. Und die Leute hörten ihm zu. Dean wusste immer sofort, wenn jemand Schwachsinn schwafelte. Das brachte sein Beruf so mit sich. Und Eliza Havens kannte er so gut wie kaum ein anderer.

»Was wissen wir denn über Miss Havens?«, fragte Arnold. »Ja, sie hat einflussreiche Freunde – Freunde aus dem Ausland, möchte ich hinzufügen. Aber genau genommen ist diese Frau aus dem Nichts aufgetaucht. Es gibt keine Schulzeugnisse, nicht einmal eine Geburtsurkunde. Dass Angestellte von Politikern als illegale Einwanderer enttarnt wurden, ist schon öfter vorgekommen. Aber wollen wir wirklich einen Kandidaten wählen, der uns vielleicht eine illegale Einwanderin als First Lady präsentiert?«

»Du Dreckskerl!«, schrie Dean den Fernseher an. »So legal wie du ist sie schon lange, du Dumpfbacke.«

Ein Clip von der Pressekonferenz mit Eliza wurde eingespielt, danach gab es ein paar Bilder von Veranstaltungen, bei denen sie gewesen war. Auffallend oft sah man sie dabei an Billings' Seite und meist war ein Teil ihres Gesichts verdeckt.

Auf einem der Fotos erinnerte sie Dean besonders stark an ihre Mutter. Und wenn ihm die Ähnlichkeit auffiel, dann ganz sicher auch ein paar anderen.

Die Nachrichten gingen mit einer anderen Story weiter. Dean stemmte sich aus seinem Lieblingssessel und griff nach dem Telefon. Er hoffte, dass Eliza mit dem Kerl nichts Ernstes im Sinn hatte. Er und Jim mussten sie überreden zu verschwinden. Aber eine verliebte Frau dazu zu bringen, ohne ihren Auserwählten abzutauchen, war in etwa so aussichtsreich wie der Versuch, eine Küchenschabe von einem vergessenen Donut fernzuhalten. Das wusste er aus Erfahrung.

Neun

Nach einer aufreibenden Trainingsstunde voller Schläge und Tritte, von denen sie beinahe vergessen hatte, dass sie sie beherrschte, war ihr Kopf zumindest so klar, dass sie sich auf die harten Fakten in ihrem Leben konzentrieren konnte.

Ihre Eltern waren seit fast zwanzig Jahren tot. Sie sah ihrer Mutter zwar recht ähnlich, aber die Wahrscheinlichkeit, dass jemand ihre wahre Identität aufdeckte, ging gegen null. Trotzdem schienen Jim und Dean über die Maßen besorgt zu sein und sie musste unbedingt herausbekommen, was dahintersteckte.

Eliza war eindrücklich ermahnt worden, niemals Details aus ihrem Leben preiszugeben, damit sie niemanden in Gefahr brachte. Sicher dachten die Cops dabei vor allem an ganz normale Menschen, die wenig für ihre eigene Sicherheit tun konnten.

Zum Glück war ihre Weihnachtskartenliste voller wohlhabender, einflussreicher Personen, die sich jede erdenkliche Sicherheitsvorkehrung leisten konnten. Kein vom Staat bezahlter Träger einer Dienstmarke konnte sich und seine Familie so effektiv schützen wie diese Leute. Es war allgemein bekannt, dass Cops bei spektakulären Ermittlungen oft das Wohl ihrer Familie riskierten. Ihren Job machten sie trotzdem. Und auch sie würde nicht einfach aus dem Leben spazieren, das sie sich mühsam aufgebaut hatte.

Außerdem gab es noch Carter. Wenn sie an seine Berührungen dachte, zog sich ihr Magen zusammen. Er hatte sich mit seinen Annäherungsversuchen viel Zeit gelassen und im Nachhinein war sie sich nicht sicher, warum sie es so weit kommen lassen hatte. Sie war ziemlich ausgelaugt gewesen. Fix und fertig. Nicht ganz sie selbst. Vermutlich hatte er das gespürt und deshalb an dem Abend nicht noch mehr versucht.

Aber seine betörenden Küsse und ihre explosive Reaktion auf das, was er mit ihr gemacht hatte, würde sie so schnell nicht vergessen.

Leider war eine Liebelei mit einer Frau, die mitten im Wahlkampf seinen Ruf beschädigte, das Letzte, was er jetzt brauchte. Dieser kurze Ausflug in die Gefilde der Glückseligen würde genau das bleiben müssen: eine einmalige Ausnahme.

Schade eigentlich. Nach diesem vielversprechenden Auftakt hätte sie sich gerne noch weiter von seinen Talenten zwischen den Laken überzeugt. Vielleicht in fünf Jahren, nach der Wahl und nach seiner Zeit als Gouverneur. Aber natürlich nur, wenn er bis dahin nicht verheiratet war. Für eine heimliche Affäre war Eliza nicht die Richtige.

Sie fuhr die belebte Straße zu Samanthas und Blakes Haus in Malibu entlang und hatte nicht das Gefühl, verfolgt zu werden. Wie oft im Sommer kam der Verkehr mehrmals ins Stocken.

Gwen musste dringend erfahren, dass es riskant war, bei ihr einzuziehen. Vielleicht sah die Lady aus Großbritannien dann trotz aller Abenteuerlust davon ab. Dabei musste Eliza sich eingestehen, dass es ihr ganz gut gefallen hätte, Gwen zur Hausgenossin zu haben. Das wäre sicher lustig geworden. Außerdem hätte Gwen Carter abwimmeln können, wenn er an der Haustür klingelte.

Er hatte ihr eine SMS geschickt, in der stand, dass er an sie dachte und dass er für ein paar Tage nach D. C. fliegen müsse. Sie ärgerte sich über ihre Enttäuschung darüber. Mal wünschte sie sich, dass sie sich wiedersahen, dann wieder wollte sie das unbedingt verhindern. Nicht mal eine Highschool-Liebe war so verwirrend.

Eliza klingelte am Tor des Harrisonschen Anwesens. Dabei lächelte sie in die Kamera, die auf ihren Wagen gerichtet war.

Das schwere Stahltor fuhr mit einem Summen genau so weit auf, dass sie den Wagen hindurchlenken konnte.

Mary, Samanthas und Blakes Köchin, erwartete sie an der Haustür. »Samantha bringt gerade Eddie ins Bett. Sie ist in einer Minute bei Ihnen«, sagte die ältere Frau.

Eliza trat in den großzügigen Eingangsbereich und legte ihre Handtasche und die Autoschlüssel auf ein Tischchen. »Danke, Mary.«

»Wollen Sie lieber in der Küche oder im Familienzimmer warten?«

Normalerweise wäre Eliza mit Mary in die Küche gegangen. Aber ihr stand ein schwieriges Gespräch mit Samantha bevor und sie wollte noch ein paar Minuten allein sein. »Im Familienzimmer, wenn es Ihnen nichts ausmacht.«

Mary runzelte kurz die Stirn, sagte aber nichts. »Kein Problem. Ich bringe Ihnen einen Kaffee.«

»Danke, das ist lieb.«

Zusammen gingen sie ein Stück den Flur entlang, dann bog Eliza in das Zimmer ab, in dem sich die Hausbewohner am häufigsten aufhielten. Selbstverständlich gab es auch ein elegantes, repräsentatives Wohnzimmer. Aber wie in vielen nordamerikanischen Familien wurde es nur an Feiertagen und zu speziellen Anlässen genutzt. Das Haus der Harrisons hätte aufgrund seiner schieren Größe kalt und wenig einladend wirken können. Doch das Gegenteil war der Fall.

In einer Ecke des Familienzimmers stand eine große Kunststoffkiste mit Eddies Spielsachen. Auf dem Couchtisch lagen kartonierte Bilderbücher mit Zahnabdrücken und mitten auf dem Sofa prangte ein großer Fleck fragwürdiger Herkunft.

Man sah auf den ersten Blick, dass hier ein Zweijähriger den Alltag bestimmte. Das war bei reichen Leuten nicht anders als in den meisten Familien.

Eliza machte es sich auf der Couch bequem. Als sie sich zurücklehnte, drang ein Fiepen aus der Sofaritze. Sie förderte ein Quietschtier aus Plüsch zutage.

Es brachte sie zum Lachen. Einen Erwachsenen mussten diese Dinger völlig kirre machen. Samantha hatte sie mehr als einmal gebeten, Eddie bloß keine Spielsachen mit Geräuschen zu schenken.

Eliza hielt sich daran, aber Carter tauchte immer mit den größten und lautesten Mitbringseln auf, die er finden konnte. Damit hatte er an Weihnachten Eddies Herz erobert. Obwohl Kleinkinder meist keine lange Aufmerksamkeitsspanne hatten, hatte Eddie eine ganze Stunde lang mit dem One-Man-Band-Musikspielzeug hantiert. Das furchtbar geräuschvolle Ding gehörte immer noch zu Eddies größten Schätzen.

Eliza nahm sich vor, ihm zum nächsten Geburtstag etwas richtig Lautes zu schenken.

Sie fing an, in einem Kinderbuchklassiker von Dr. Seuss zu blättern.

Dann hörte sie Samanthas Schritte. »Ich dachte schon, er gibt nie auf.«

Eliza legte das Buch beiseite und lächelte ihre Freundin an. »Ein Mittagsschlaf ist nun mal schrecklich langweilig«, frotzelte sie.

»Finde ich nicht. Ich würde gerne mal wieder einen machen.« Sam klaubte ein paar Spielsachen auf und warf sie in die Kiste.

»Wegen mir musst du nicht aufräumen.«

»Das tue ich für mich«, sagte Sam. »Irgendwo unter all dem Zeug ist ein gemütliches Heim verborgen. Wenn er schläft, suche ich es manchmal.«

Eliza ließ den Blick durchs Zimmer schweifen. Das Haus war wunderschön. Klare, freundliche Farben überall. Zerbrechliche Gegenstände hatten neue Plätze auf den oberen Regalbrettern gefunden oder waren ganz entfernt worden. Diese Villa in Malibu war ein standesgemäßes Zuhause für einen Herzog, eine Herzogin und einen kleinen Prinzen in Höschenwindeln.

Während Sam noch ein paar Sachen wegräumte, brachte Mary ihnen Kaffee und selbst gebackene Plätzchen. Als sie gegangen war, plauderten Sam und Eliza ein paar Minuten lang über Schokoladenkekse, Zweijährige und darüber, wie groß die Unordnung war, die ein so kleiner Mensch anrichten konnte. Dann setzte Samantha sich endlich hin. »Also.« Sie griff nach einer Kaffeetasse. »Du bist sicher nicht gekommen, um mit mir über Marys Backkünste zu reden.«

Eliza stellte ihre Tasse ab. Ihre Hände wurden feucht. »Nein. Eigentlich wollte ich mich verabschieden.«

»Wie bitte?«, japste Sam.

»Ich sagte ›wollte‹. Ich gehe nicht fort.«

Sam drückte sich die Hand auf die Brust. »Mach das nicht noch mal.«

»Tut mir leid. Ich … Das ist nicht einfach. Man behält seine Geheimnisse so lange für sich. Und wenn man sie irgendwann laut ausspricht, entwickeln sie ein Eigenleben.«

Sam legte Eliza die Hand aufs Knie. »Du musst mir nichts sagen, wenn es zu sehr wehtut. Aber ich hoffe, du weißt, dass deine Geheimnisse bei mir sicher sind.«

»Ja, das weiß ich. Und was ich dir nun erzähle, ist vertraulich. Blake und Gwen dürfen es natürlich erfahren.« *Carter übrigens auch*, fügte sie in Gedanken hinzu. »Ich kann nicht verlangen, dass du ihnen etwas verheimlichst. Außerdem müssen sie wissen, dass es riskant ist, mit mir zusammen zu sein.«

Samantha war ihre Verwirrung deutlich anzusehen. Doch sie wartete schweigend auf weitere Erklärungen.

»Ich war in einem Zeugenschutzprogramm. Okay … eigentlich bin ich es immer noch. Aber durch die Pressekonferenz mit Carter vor ein paar Tagen ist meine Deckung aufgeflogen.«

Sam machte den Mund auf und wieder zu.

»Mein Vater war Zeuge …« Wie viel sollte sie sagen? Genügend, um Sam klarzumachen, dass es gefährlich war, ihre Freundschaft fortzusetzen. »Er hat einen Mord gesehen. Und es blieb nicht bei dem einen.« Eigentlich war es ein Massaker gewesen. Aber sie musste die grausigen Details nicht breittreten. »Ich war damals erst neun und kenne die Geschichte selbst nur aus zweiter Hand. Ich war nicht selbst dabei und habe nichts gesehen.« Was das dauernde Versteckspiel umso frustrierender machte.

»Du hast nie über deine Eltern gesprochen«, sagte Samantha leise, ohne jedes Drängen.

Die Gefühle überrollten Eliza in heißen Wellen. Eigentlich weinte sie nicht so schnell. Aber im Augenblick kämpfte sie mit den Tränen. Und sie drohten zu gewinnen.

»Meine Eltern haben getan, was gut und richtig war. Mein Vater hätte sonst nie mehr in den Spiegel schauen können.« Eliza stand auf und fing an, auf und ab zu gehen. Sie nahm ein rotes Plüschtier von einem Sessel. »Er war Zeuge der Anklage. Wir hatten damals sowieso nicht viel. Das Wenige zurückzulassen, fiel meinen Eltern nicht so schwer, wie es manchen anderen Leuten vielleicht gefallen wäre. Viele Verwandte gab es auch nicht mehr. Vielleicht ist der Vater meines Vaters noch am Leben. Aber so weit ich weiß, waren die Eltern meiner Mutter damals bereits tot.«

»Und wo sind deine Eltern jetzt?«, fragte Samantha nach einer langen Pause.

Eliza schüttelte mit einem traurigen Lächeln den Kopf. »Wir waren vorsichtig. Aber nicht vorsichtig genug.«

Als Sam die Bedeutung von Elizas Worten aufging, schnappte sie erschrocken nach Luft.

»Ich habe lange in staatlicher Obhut gelebt und bin oft umgezogen, weil die Möglichkeit bestand, dass ich beobachtet werde. Die beiden Cops, die bei Carters Pressekonferenz aufgetaucht sind, betreuen meinen Fall schon, seit ich sechzehn bin. Ich habe nichts ausgefressen. Mein einziges Verbrechen ist meine Dummheit.«

Eliza legte die Pfötchen des Spielzeugtiers über dessen Augen. *Nichts sehen. Einfach weg sein.*

»Wenn du gewusst hast, wie riskant es ist, Carter zu helfen – warum hast du es dann getan?«

»Ich konnte nicht anders. Ich bin mit Gwen in die Bar gegangen und hätte mir denken können, dass die Kerle dort nicht nur plaudern wollen.« Eliza seufzte. »Ich fühle mich verantwortlich. Ich konnte nicht einfach tatenlos zusehen, wie Carters Kandidatur den Bach runtergeht. Also musste ich wenigstens versuchen, ihm zu helfen.«

»Aber er hätte deine Situation verstanden.«

»Vielleicht. Allerdings ist das inzwischen sowieso egal. In den Medien kursiert seit heute das Gerücht, ich sei illegal im Land. Vermutlich habe ich Carter mit meinem Auftritt mehr geschadet als genutzt.« Sie war völlig umsonst ein enormes Risiko eingegangen.

Einen Moment lang schwiegen sie beide.

»Warum wolltest du hier weg?«

Eliza setzte das Stofftier auf ein Regal. »Dean und Jim, die beiden Detectives, haben mich noch mal eindringlich daran erinnert, weshalb ich mich versteckt halten muss. Der Mörder meiner Eltern ist noch am Leben, Sam. Er sitzt im Knast, aber er hat gute Verbindungen nach draußen und ist auf Rache aus.«

»Rache an einem Kind, das nichts mit der ganzen Sache zu tun hat?«

»Dillinger und Capone sind im Kino edle Helden. Aber diese Kerle waren Tiere, die auch vor den Familien ihrer Opfer nicht Halt gemacht haben. Die Angst um ihre Liebsten sorgt dafür, dass Leute den Mund halten. Und es gibt viele Capones. Sie haben alle möglichen Nationalitäten und kommen aus allen Altersgruppen. Der Kerl, der meine Eltern auf dem Gewissen hat, hat keinen Zweifel daran gelassen, dass er mich finden wird. Es ist seine Mission, jede Spur meines Vaters von der Erde zu tilgen. Und es gibt leider keinen Grund zu der Annahme, dass er im Knast plötzlich fromm geworden ist und mich von nun an in Ruhe lässt.«

»Wie alt warst du, als deine Eltern gestorben sind?«

»Neun.«

Im Gegensatz zu Eliza kamen Samantha immer schnell die Tränen. Auch jetzt wurden ihre Augen feucht. »O Eliza. Das tut mir so leid. Wir sind doch Freundinnen. Konntest du mir das wirklich nicht anvertrauen?«

Eliza versuchte es mit einem Scherz. »Das passende Aussehen für Hollywood hat Carter, aber die bessere Schauspielerin bin ich.«

Sam blinzelte die Tränen weg und lächelte gequält. Sie setzte sich neben Eliza. »Ich weiß nicht, ob ich sauer sein soll, weil du mir deine Geschichte nicht schon früher erzählt hast, oder ob ich mich geehrt fühlen soll, weil du mir inzwischen genügend vertraust.«

»Das ist keine Kleinigkeit, Sam. Mit mir befreundet zu sein, kann gefährlich werden.«

»Aber sicher ist das nicht. Sonst wärest du längst verschwunden.«

Eliza nickte. *Vielleicht.* »Es kann immer noch passieren, dass ich abtauche. Aber wenigstens weißt du dann, warum ich weg bin. Für mich wäre es sehr schlimm, wenn du plötzlich verschwinden würdest und ich keine Ahnung hätte, was dahintersteckt.«

»Sag doch so was nicht. Du bleibst hier.«

»Ich weiß nicht, ob das möglich ist.«

Sam legte die Stirn in Falten. »Ist es. Du hast Freunde, die sich schützen können, und dich auch.«

Eliza sah Sam seufzend an. »Das macht tatsächlich einen Unterschied. Wenn ihr nicht die Möglichkeiten und die Mittel dazu hättet, wäre ich jetzt nicht hier.« Die Sicherheit der anderen war ihr wichtiger als ihre eigene. Das wollte sie zumindest glauben.

Harry?« Der Gefängniswärter rief aus ein paar Schritten Entfernung seinen Namen. Er wedelte mit einer zusammengerollten Zeitung. »Hier ist noch ein Stück Tapete für dich.«

Harry lächelte. Er fragte sich, was diesmal drinstehen würde. Die Tage im Knast verschmolzen ineinander, es gab nichts, was die Monotonie unterbrach. Nachrichten von draußen waren der einzige Sonnenstrahl, der manchmal durch die Mauern drang.

Einige Mithäftlinge bekamen Besuch von Familienmitgliedern. Harry nicht. Er hatte seine Familie mit seiner Gier und Selbstsucht zerstört und sich damit um jede Hoffnung auf ein Wiedersehen mit seinen Kindern gebracht. Selbst wenn er eines Tages auf Bewährung freikam, stand es ihm nicht zu, mit seinen Töchtern Kontakt aufzunehmen.

Harry streckte die Hand nach der Zeitung aus. »Danke.«

Devin zuckte die Schultern und ging davon.

Die freudige Erwartung wärmte Harry wie ein aufglimmender Funke. Anstatt die Zeitung auf dem nächstbesten Tisch aufzuschlagen, ging er die Treppe zur Zelle hinauf. Er wollte allein sein. Bis zum Einschluss, wenn die Männer wieder in die überfüllten Zellen zurückmussten, waren es noch dreißig Minuten. Aber für einen ungestörten Blick auf seinen Enkel war Harry bereit, ein paar Minuten Bewegungsfreiheit zu opfern.

Noch waren Harrys Zellengenossen nicht da. Er setzte sich auf seine Schlafkoje und schlug die Zeitung auf. Die Titelseite und die Finanznachrichten schenkte er sich. Er blätterte gleich weiter bis zu den Klatschseiten. Beim Anblick des Fotos seufzte er auf. Eine Hochzeitsfeier mit Braut, Bräutigam und Gästen. Auf dem Arm des Bräutigams strahlte ein süßer Knirps in die Kamera. Harry strich mit dem Daumen über das Bild. Dann fiel sein Blick auf eine junge Frau im Rollstuhl. Wenn er es nur ungeschehen machen könnte.

Reue und Bedauern schnürten ihm die Kehle zu.

Ein Summton signalisierte den Einschluss. Kaum eine Minute später standen auch Lester und Ricardo in der Zelle.

Lester und Harry teilten sich den engen Raum schon seit ein paar Jahren. Lester redete nicht viel. Es sei denn, er vergaß, seine Medikamente zu nehmen, und bekam einen manischen Schub. Er saß wegen Betrugs im Knast, hatte die Identität kleiner Geschäftsleute geklaut und ihre Konten leer geräumt. Harry war froh, dass Lester ein friedlicher Geselle war.

Ricardo hatte man erst vor ein paar Monaten zu ihnen in die Zelle gesteckt. Er war gebaut wie ein Football-Profi, deshalb ging Harry ihm, so gut es ging, aus dem Weg. Der Mann sagte wenig und wenn, dann ließ er die Fäuste sprechen. Harry traute ihm nicht über den Weg und konnte nur raten, weshalb er im Knast hockte. Zu Anfang von Harrys Haftzeit hatte man die Gewalttäter noch in eigenen Abteilungen untergebracht. Dass es nun keine Trennung mehr gab, war eine Sparmaßnahme. Man pferchte jetzt Schwerverbrecher und kleine Fische zusammen.

Mit seinen über eins achtzig war Harry alles andere als ein Mickerling. Und bei den Mahlzeiten langte er kräftig zu. Aber er machte sich nichts vor. Er wusste genau, dass er bei einer Prügelei mit Ricardo den Kürzeren ziehen würde.

»Was hast du da, Harry?« Lester quetschte sich in den schmalen Gang zwischen den Betten. »Sind das deine Mädels?« Lester hatte schon ab und zu ähnliche Zeitungsartikel gesehen und kannte einen Teil von Harrys Geschichte.

»Hmhm.«

»Dein Enkel ist groß geworden.«

Ricardo warf einen Blick auf die Zeitung. »Ich dachte, deine Tochter wäre schon verheiratet.«

»Ist sie auch.«

Die Überschrift des Artikels besagte, dass das Paar sein Eheversprechen erneuert hatte. Harry zeigte auf die Zeile und sparte sich weitere Erklärungen.

Ricardo hatte sich schon halb abgewandt, schaute dann aber doch noch einmal genauer hin.

Harry hätte die Zeitung am liebsten weggezogen. Aber er wollte keinen Ärger provozieren.

»Freunde der Braut?« Ricardo zeigte auf die anderen Personen auf dem Foto.

»Ich denke schon.« Harry kannte niemanden persönlich, nur die Namen hatte er schon einmal gelesen. Die Gesichter waren ihm fremd.

Als Ricardo sich wegdrehte, faltete er die Zeitung zusammen und legte sie auf den Stapel zu den anderen.

Zehn

In den vergangenen drei Tagen und Nächten hatte Carter insgesamt vielleicht fünf Stunden geschlafen. Er brauchte dringend ein schönes breites Bett und sechs Stunden Tiefschlaf. Vielleicht würde sein Körper sich dann wieder normal anfühlen.

Aber anscheinend war das zu viel verlangt.

Er hatte zwei Nachrichten auf der Mailbox: Eine war von Roger aus New York. Er bat um einen Rückruf von einem abhörsicheren Telefon aus. Die zweite Nachricht kam von Detective Dean Brown, der sich gerne kurz mit Carter unterhalten wollte.

Nach einigen erfolglosen Versuchen, seinen Kumpel an der Ostküste zu erreichen, gab Carter auf und fuhr zu der Dienststelle, in der Dean und sein Partner James ihr Büro hatten.

Carter hatte gehofft, Aufsehen vermeiden zu können, indem er auf einen Chauffeur verzichtete. Aber als er das Revier betrat, drehten sich sofort einige Köpfe in seine Richtung.

»Suchen Sie jemand Bestimmtes?«

»Dean Brown.«

»Den Flur entlang. Dann die erste Tür rechts.«

Carter nickte dankend und ging, von neugierigen Blicken verfolgt, in die angegebene Richtung. In seiner Tasche summte das Handy. Er warf einen Blick auf die SMS. Blake. *Wir müssen reden. Drinks? Heute Abend?*

Carter schickte ein kurzes Ja zurück und das Versprechen zurückzurufen. Dann ließ er das Telefon wieder in die Anzugtasche gleiten.

Das Büro war mit sechs Schreibtischen vollgestopft. Alle waren besetzt. Dean und James saßen einander in der hinteren Ecke gegenüber. Als die anderen Detectives Carter begrüßten, fuhren die Köpfe der beiden hoch. »Ich wusste gar nicht, dass wir auf der Liste für Wahlkampf-Hausbesuche stehen«, sagte jemand. Alle lachten.

»Ich möchte gerne zu …«

»Billings«, sagte Dean. »Schön, dass Sie kommen konnten.«

Die anderen Detectives machten Platz. Dean und sein Partner gingen zu Carter. Die Männer begrüßten einander mit Handschlag. »Wirklich vorgestellt haben wir uns ja noch nicht. Das ist mein Partner, James Fletcher und ich bin Dean …«

»Brown. Ich weiß.«

Deans Augen verengten sich.

»Sie wollten mich sprechen?«

James wippte auf den Zehenspitzen und nickte in Richtung Flur.

»Wie wär's mit einer Tasse Kaffee?«, sagte Dean. »Führt garantiert zu Magenbeschwerden und hält Sie die nächsten zwölf Stunden wach.«

»Klingt gut.« Carter folgte den Männern aus dem muffigen Büro in einen anderen Flur. Sie blieben vor einer Kaffeemaschine stehen. Die Kanne sah aus, als wäre sie in den Tagen, in denen Prince 1999 gesungen hatte, zum letzten Mal gespült worden. Sie gossen sich Kaffee in Styroporbecher. Dann gingen sie in einen Raum, in dem sonst Verhöre stattfanden. Carter hätte gern gewusst, ob das eine offizielle Befragung werden sollte. Er war sich keines Vergehens bewusst, aber die Polizisten hatten vor nicht allzu langer Zeit Eliza abgeholt. Er war auf der Hut.

Sobald die Tür geschlossen war, fragte er: »Brauche ich einen Anwalt?«

Dean sah James an und James Dean. »Nein.« James rückte ihm einen Stuhl zurecht.

Carter setzte sich und probierte den Kaffee. Der bittere Geschmack glitt durch seine Kehle wie eine Nacktschnecke und drohte, sofort wieder den Rückweg anzutreten. Das Zeug war nicht nur grauenhaft schlecht, es war kalt.

»Sie sind eigentlich gar nicht hier«, sagte Dean. »Zumindest nicht offiziell.« Er verschränkte die Arme vor der Brust.

»Ich wurde auf meinem Weg durchs Haus von mindestens einem Dutzend Cops gesehen. Wenn das eine private Unterredung werden sollte, hätten Sie es mir sagen müssen.«

»Privat nicht. Nur nicht offiziell. Wenn wir uns irgendwo außerhalb des Reviers getroffen hätten und dabei gesehen worden wären, hätte das zu noch mehr Spekulationen geführt. Ich nehme mal an, die Medien verfolgen Sie auf Schritt und Tritt und schießen Fotos, wann immer sich die Gelegenheit ergibt.«

Damit lag Dean ziemlich richtig. »Also, warum bin ich hier?«, fragte Carter.

»In welcher Beziehung stehen Sie zu Eliza Havens?«

Die Frage überraschte Carter und er hatte nicht vor, sie zu beantworten. »Warum interessiert Sie das?«

»Sie ist wichtig für uns.«

»Inwiefern?« War diesen Cops nicht klar, dass sie einen studierten Juristen vor sich hatten? Wenn es jemanden gab, der wusste, wie man an Fakten kam, dann wohl er. Und als Politiker hatte er Übung darin, Fragen ausweichend zu beantworten.

»Sehen Sie sich häufiger?«, fragte James.

»Sind Sie ihr Onkel? Oder ein Cousin?«

»Darauf wollen Sie nicht antworten, oder?«

»Erklären Sie mir, weshalb ich hier bin, dann denke ich darüber nach.« Antworten konnte er nicht versprechen, aber er würde sich die Fragen anhören.

»Eliza ist eine sture Frau.«

Carter lachte. *Die Untertreibung des Monats.* »Und?«

»Wir haben Grund zu der Annahme, dass sie in Gefahr ist. Wenn wir also etwas mehr über ihr Verhältnis zu Ihnen wüssten, könnte das ihrem Schutz dienen.«

Der Anflug von Heiterkeit, den Carter bei dem Wort *stur* empfunden hatte, fiel bei der Erwähnung des Wortes *Gefahr* sofort wieder von ihm ab. »Welche Art von Gefahr?«

Dean und James tauschten einen langen Blick aus, aber keiner von beiden schien zu einer Auskunft bereit. »Ein kleiner Vertrauensvorschuss könnte nicht schaden. Sie beide haben mich immerhin herbestellt.«

James stand auf. »Für Eliza wäre es am besten, wenn sie für eine Weile verschwinden würde.«

»Verschwinden?« Carter gefiel nicht, wie das klang.

»Ja. Nur ist ihr leider nicht klar, wie weise unsere Ratschläge sind. Falls Sie ihr also näher stehen, können Sie sie vielleicht überzeugen.«

Verschwinden? Gefahr? Carter versuchte, die einzelnen Punkte zu einem schlüssigen Bild zu verbinden. Doch das führte, anstatt zu Antworten, nur zu neuen Fragen. Er brauchte dringend mehr Informationen. Vielleicht konnte er den Detectives weismachen, dass er mehr wusste, als es tatsächlich der Fall war. »Sie haben doch grade selbst gesagt, Eliza sei stur. Anscheinend kennen Sie sie schon eine Weile.«

»Länger als die meisten anderen Leute.« Dean schob seinen Becher beiseite.

James räusperte sich. Offenbar wollte er nicht, dass Dean etwas preisgab. »Wir haben nur das eine Ziel: sie zu schützen. Sie kennen unser Justizsystem und wissen, wie knapp die Mittel sind, Mr Billings. Oft sind uns die Hände gebunden und wir können Eliza nicht so gut bewachen, wie wir es gerne tun würden.«

»Vor wem oder was muss sie denn bewacht werden?« Carter erkannte seinen Fehler sofort. Mit dieser Frage zeigte er, wie wenig er wusste.

»Das dürfen wir Ihnen leider nicht sagen. Wir haben Sie hergebeten, weil wir hoffen, dass Sie Eliza zur Vernunft bringen können. Sie weiß um das Risiko. Sie weiß, dass sie verschwinden sollte.«

Carter dachte an die Trauungszeremonie vor ein paar Tagen, an Elizas Freundschaft mit Samantha und an Elizas Liebe zu Eddie. »Keine Chance.«

»Heißt das, Sie helfen uns nicht?«

»Das heißt, Sie haben recht, was Eliza betrifft. Unter Zwang macht sie gar nichts. Sie tut, was sie will.« Einen Moment lang dachte er an das scheußliche gelbe Kleid und ihr Unbehagen bei der Pressekonferenz. Okay. Vielleicht machte sie manchmal doch Dinge, die ihr gegen den Strich gingen. Aber dann nur, um jemandem einen Gefallen zu tun.

»Was Sie nicht sagen.« Dean stand auf und steckte den Kopf aus der Tür. »Keller?«, schrie er.

Draußen näherten sich Schritte und das Tapsen von Hunde-pfoten.

Ein weiterer Cop betrat den Raum. Er hatte einen vierbeini-gen Freund mitgebracht.

Der Deutsche Schäferhund schaute von einem Mann zum anderen. Hechelnd ließ er die Zunge seitlich aus dem Maul hängen.

»Das ist Zod. Wir haben ihn gerade in den Ruhestand verab-schiedet.«

»Und weshalb ist er hier?«

»Sie werden ihn unserer gemeinsamen Freundin bringen.«

Carters Augenbrauen schossen in die Höhe. »Werde ich das?«

»Ja.« Dean dankte Keller, der den Raum gleich wieder ver-ließ. »Zod spricht Deutsch. Zumindest versteht er deutsche Kommandos. Sicher kennt Li… Eliza sie auch noch. Wenn wir ihr den Hund bringen würden, würde sie uns vermutlich ins Gesicht lachen. Vielleicht nimmt sie ihn ja, wenn er von Ihnen kommt.«

Wie jeder, der gelegentlich die Abendnachrichten sah, wusste Carter, welche Verletzungen ein Polizeihund bewirken konnte. Ihn hätte brennend interessiert, warum die Detectives glaubten, dass Eliza so ein Biest brauchte.

»Meinen Sie, das ist wirklich nötig?«

»Zod ist eine zusätzliche Vorsichtsmaßnahme, gegen die sich Eliza vielleicht nicht allzu sehr wehren wird. Sicher hätte sie viel mehr dagegen einzuwenden, zu ihrem Schutz mit jemandem zusammenzuziehen. Ihrem Freund zum Beispiel«, sagte James.

Dean schnaubte. »Sie ist noch sturer als meine Ex.«

»Welche meinst du denn?«, fragte James grinsend.

»Beide.«

»Ist die Lage wirklich so kritisch?«

Dean nickte.

»Und Sie wollen mir nicht sagen, wer hinter ihr her ist?«

»Wir sagen Ihnen, dass Sie ihr den Hund bringen und wachsam sein sollen. Falls Ihnen irgendetwas Verdächtiges auffällt, müssen wir davon erfahren.« Dean gab Carter seine Visitenkarte. »Wenn Sie nicht grade im Wahlkampf wären, würden wir vorschlagen, dass Sie sich an ihre Seite heften wie ein Schatten, bis wir genau wissen, dass sie sicher ist. Aber das gegenwärtige Problem ist wegen Ihres hohen Bekanntheitsgrades erst entstanden. Weitere Auftritte in der Öffentlichkeit sind das Letzte, was Eliza jetzt braucht.«

Das flaue Gefühl in Carters Magen verstärkte sich. Er musste sich dringend mehr Informationen beschaffen.

Am besten gestern.

Er stand auf. James drückte ihm Zods Leine in die Hand.

»Zod? Heißt er wirklich so?« Das klang wie eine Science-Fiction-Figur.

Zod antwortete mit einem kurzen Wuff.

»Er braucht ein spezielles Futter. Einer von den Deputys bringt es raus zu Ihrem Wagen.«

Carter musste unbedingt mit Roger sprechen. Ein Hund konnte unmöglich die Lösung aller Probleme sein.

Zeugenschutzprogramm.« Rogers Worte hallten aus der Freisprechanlage in Carters Wagen.

»Eigentlich hätte ich selbst darauf kommen müssen.«

»In dem Fall an irgendwelche Informationen zu kommen, ist so, als wollte man Läuse häuten. Vielleicht bittest du besser die Betroffene selbst um ein paar klärende Worte.«

Carter sah zu Zod hinüber. Der Hund steckte die Nase aus dem Fenster, das ein kleines Stück weit offen stand, und schnüffelte. Bei Eliza waren sie schon gewesen, aber sie war nicht zu Hause. Seine Anrufe beantwortete sie nicht. Durch eine SMS von Blake erfuhr er schließlich, dass sie mit Samantha in Malibu beim Lunch saß.

»Ich weiß nicht, ob sie mir etwas sagen wird.«

»Die meisten sagen nichts. Aber die meisten halten sich auch aus der Öffentlichkeit fern und tauchen ab, wenn ihre Identität ans Licht kommt.«

Sie war nicht abgetaucht. Aber Carter wusste, dass sie es gerne getan hätte. Er konnte nur raten, warum sie noch hier war. Aber er würde tun, was in seiner Macht stand, damit sie in ihrem jetzigen Leben verankert blieb.

Die Welt draußen schien Zod inzwischen zu langweilen. Er machte es sich auf Carters Beifahrersitz bequem. Der beste Freund des Menschen legte den Kopf auf die Armstütze zwischen ihnen und drücke seine kalte, feuchte Schnauze an Carters Anzughemd. »Was weißt du über Polizeihunde?«

»So viel wie jeder Cop, der nicht bei der Hundestaffel ist. Warum?«

Der Wagen hinter Carter hupte. Die Ampel war auf Grün gesprungen. Zod zog die Augenbrauen zusammen, ließ den Kopf aber, wo er war.

»Mich fixiert grade einer. Er ist ein Geschenk von Elizas Freunden aus dem Revier.«

Roger stieß einen langen Pfiff aus. »Im Ernst?«

»Im Ernst.«

»Das klingt gar nicht gut, Carter. Bleib wachsam.«

Um sich selbst machte er sich keine Sorgen. »Der Hund ist nicht für mich.«

»Das denke ich mir. Aber wenn die Cops nicht von einer realen Gefahr ausgehen würden, hätten sie ihn dir nicht mitgegeben. Und Kriminelle kümmert es wenig, ob Unbeteiligte was abbekommen.«

Carter bog vom stark befahrenen Pacific Coast Highway ab. Er war auf dem Weg zum Anwesen seines besten Freundes. »Dass wir es nicht mit Ladendieben zu tun haben, weiß ich. Was ich nicht weiß, ist, wie man sich auf Deutsch mit einem Hund verständigt. Ich brauche ein paar Tipps.«

»Du sitzt gerade in deinem Wagen, korrekt?«

»Ja.«

»Dann rufe ich dich zurück. Gefährliche Eingriffe in den Straßenverkehr wollen wir vermeiden. Und wer weiß, was passiert, wenn du Bello das falsche Kommando gibst.« Roger lachte.

»Er heißt Zod.«

Roger lachte noch lauter. »Verstehst du keinen Spaß mehr?«

Carter hatte das Anwesen der Harrisons erreicht und öffnete mit der Fernbedienung, einem Geschenk von Blake, das Tor. Beim Durchfahren winkte er in die Kameras.

»Ich muss Schluss machen«, sagte er zu Roger. »Ich melde mich später noch mal.«

»Pass gut auf dich auf, Gouverneur.«

Carter beendete das Gespräch mit einem Tastendruck und staunte, wie schnell er vor lauter Sorge um Eliza verdrängt hatte, dass er sich im Wahlkampf befand. Sein Blick fiel auf den Wagen in Blakes Einfahrt. Er gehörte seiner schönen Ablenkung. Unwillkürlich musste er lächeln. Gleich würde er sie sehen. Ein warmes Gefühl durchrieselte ihn. Er hatte sie vermisst.

Die Frage war: Vermisste sie ihn auch?

Zod trabte neben Carter her die Stufen zum Haus hinauf. An der Tür machte er Sitz. Ein Hausmädchen ließ sie ein. Den Hund streifte sie nur mit einem desinteressierten Blick.

Eigentlich hatte Carter Zod draußen lassen wollen. Aber der Gärtner arbeitete gerade vor dem Haus, deshalb nahm er seinen vierbeinigen Begleiter lieber mit hinein. Die Leine war beinahe überflüssig. Zod hielt sich an seiner Seite, bewegte sich, wenn er es tat, und setzte sich hin, sobald er stehenblieb.

Kluger Hund.

Das Hausmädchen ging Carter voran zum Familienzimmer. Schon von Weitem hörte er die Stimmen von Eliza, Sam und Gwen. Die Frauen lachten. Carter hatte in den letzten Wochen fast vergessen, wie das ging.

Plötzlich fühlte er sich unendlich müde. Vor dem Eintreten rieb er sich das Gesicht.

»Mrs Harrison?«, rief das Hausmädchen. »Mr Billings ist hier.«

Samanthas Blick flog zur Tür. Doch Carters Augen suchten Eliza. Sie sahen einander an. Eliza wirkte angespannt und erschöpft.

Das kannte er zu gut. »Hey.« Gwen stand auf und kam zu ihm.

»Carter.« Sie umarmte ihn und küsste ihn auf beide Wangen. Dann ging sie in die Hocke und begrüßte den Hund.

Auf Elizas Miene spiegelten sich die unterschiedlichsten Gefühle. Carter erkannte darin seine eigenen wieder. Zögern, Anspannung, Freude, Unsicherheit. Bei ihrem letzten Treffen war er ihr im wahrsten Sinne des Wortes an die Wäsche gegangen. Und sie hatte es geschehen lassen. Trotzdem wusste er nicht, wie er sich jetzt verhalten sollte. Er beschloss, sich ganz nach ihr zu richten. Schließlich waren sie nicht allein.

»Wer ist das denn?« Gwen bemerkte nichts von dem Gefühlschaos um sie herum.

»Ein Geschenk.« Carter konnte den Blick nicht von Elizas dunklen, fragenden Augen losreißen.

»Ein Geschenk?«

Eliza blinzelte ein paar Mal, dann schaute sie Zod an. Sie holte tief Luft, ihr Lächeln fiel in sich zusammen.

»Für Eliza.«

Kopfschüttelnd drehte Eliza sich weg.

Samantha ging zu Gwen und ließ Zod an ihrer Hand schnüffeln. »Dann weißt du also Bescheid.«

Eliza warf einen Blick über die Schulter ... und wartete.

»Was soll ich denn wissen?«, fragte Carter.

Sam kniete sich neben Zod. Sie sah erst Carter von unten herauf an, dann streifte sie ihre Freundin mit einem kurzen Blick. »Wie heißt er denn?«, fragte sie.

»Zod.«

Gwen fing an zu lachen. Eliza schüttelte den Kopf. Sie stand noch immer mit dem Rücken zu ihnen.

»Zod?«

Der Hund bellte kurz auf. »Schaut mich nicht so an«, sagte Carter. »Der Name ist nicht meine Idee.«

»Und wem hat er ihn zu verdanken?«, fragte Gwen.

Samantha fixierte Eliza, die sich immer noch weigerte, irgendjemanden anzusehen. Gwen schaute nur verwirrt von einem zum anderen.

»Sam«, sagte Carter. »Könntest du ... Würdest du mit Gwen und Zod eine Runde durch den Garten drehen und Eliza und mich kurz alleine lassen? Vielleicht braucht der Hund auch einen Schluck Wasser oder so.«

Sam stellte keine Fragen. Sie griff nach der Leine. »Komm mit, Gwen.«

Als die Frauen und der Hund weg waren, wartete Carter auf irgendein Zeichen, dass Eliza sich seiner Gegenwart bewusst war. Sie sollte irgendetwas tun. Was, das war ihm fast schon egal.

»Ich will ihn nicht«, sagte sie schließlich.

Nicht: *Behalte ihn.* Nicht: *Ich will, dass du ihn wieder mitnimmst.*

»Anscheinend brauchst du ihn.«

Eliza schnaubte. »Tu nicht so, als würdest du den Grund nicht kennen.«

Noch immer sah sie ihn nicht an. Ihr Rücken war so steif, dass es sicher wehtat. Sie stand da, als würde sie beim geringsten Anlass aus dem Raum flüchten.

»Ich weiß nur zwei Dinge«, sagte Carter. »Zwei Freunde von dir haben mich gebeten, dir den Hund zu bringen.«

Sie schüttelte den Kopf. »Und was ist Nummer zwei?«

»Die Polizei versucht, dich zu beschützen.« Dass er inzwischen von dem Zeugenschutzprogramm erfahren hatte, behielt er für sich. Vielleicht würde sie es ihm ja selbst sagen. »Den Grund dafür kenne ich nicht, Eliza.«

Carter wagte sich ein wenig näher an sie heran. Als er nur noch eine Armlänge von ihr entfernt war, fragte er leise: »Was ist denn bloß los?« Er flüsterte beinahe.

»Lange Geschichte.«

»Ich bin ein guter Zuhörer.«

»Die hätten dich damit nicht behelligen sollen. Ich brauche keinen Schutzhund.«

»Dean meinte, von ihm und seinem Partner würdest du den Hund nicht annehmen.«

»Bingo.« Endlich drehte sich Eliza um. Ihre Augen bohrten sich in seine. »Ich will ihn immer noch nicht.«

»Aber du behältst ihn trotzdem, oder?«

Ihre Kiefermuskeln wurden hart. Ihre Augen schossen zu der Tür, durch die das Tier verschwunden war. »Ich weiß nicht.«

Carter legte ihr die Hand auf die Schulter. Als sie sie nicht abschüttelte, wurde ihm vor Erleichterung ganz flau. Irgendwo tief in ihren Augen glaubte er, Angst zu entdecken. Aber dann veränderte sich ihr Blick schon wieder. »Behalte ihn wenigstens eine Zeit lang. Bitte. Ich kann nicht immer bei dir sein.«

»Das erwarte ich auch nicht …«

»Du lebst alleine und Tarzana ist nicht die sicherste Gegend.«

»Aber auch nicht die übelste«, gab sie zurück.

»Verrätst du mir, warum … warum Dean und James mich gebeten haben, dir den Hund zu bringen? Warum die Detectives dich überhaupt kennen?«

Eliza schluckte ein paar Mal. Man sah ihr an, dass sie nach Worten suchte. »Die beiden übertreiben. Sie sind Cops und sehen überall Verbrecher. Und sie sind wachsam. Das ist alles.«

»Du hast eine Pistole in der Handtasche, Eliza. Das geht über bloße Wachsamkeit hinaus.«

Nun schüttelte sie seine Hand doch ab, trat ans Fenster und starrte in den Garten. Lange sagte sie nichts. Dann erzählte sie ihm, was er bereits wusste. »Ich bin in einem Zeugenschutzprogramm. Dean und Jim kümmern sich schon seit Jahren um mich. Der Kerl, der ihnen Sorgen macht, sitzt im Knast. Lebenslänglich. Von dem habe ich nichts zu befürchten. Mir Zod zu schicken, ist eine völlig überzogene Maßnahme. Wenn ich wirklich in Gefahr wäre, hätten sie mich längst weggebracht. Seit der Pressekonferenz sehen die beiden Gespenster.«

Carter spürte die Anspannung in seinen Armmuskeln und stellte fest, dass er die Hände zu Fäusten geballt hatte. Er hatte Angst um Eliza und war gleichzeitig wütend. »Wer steckt hinter dem allem? Vor wem beschützen sie dich?«

»Das ist nicht wichtig.«

»Quatsch.«

Eliza fuhr zu ihm herum. Sie stemmte die Hände in die Hüften. »Hör auf mit der Fragerei. Sicher wirst du von Blake bald hören, was Samantha ihm erzählt. Ich kann von meiner besten Freundin nicht verlangen, vor ihrem Mann Geheimnisse zu haben. Und er bespricht sowieso alles mit dir. Aber dabei bleibt es dann auch, Carter. Es gibt keinen Grund, dich, Sam und ihre Familie noch mehr zu gefährden.«

»Ich kann auf mich aufpassen.«

»Schon möglich. Aber was ist mit Sam? Und mit Eddie? In ein Zeugenschutzprogramm kommt man nicht wegen einer geklauten Brieftasche.«

»Das weiß ich.«

»Dann weißt du auch, dass ich den Mund halten muss. Eigentlich dürfte ich gar nicht hier stehen, sondern müsste weglaufen wie ein verängstigtes Kaninchen. Und glaub mir: Wenn es wirklich gefährlich wird, tauche ich ab.«

»Dean schickt dir einen Schutzhund. Die Cops machen sich Sorgen.«

»Die sind paranoid, nicht besorgt.«

»Warum bist du dir da so sicher?«

»Weil sie mir einen Hund schicken und keinen menschlichen Bewacher. Ich weiß, wovon ich rede, Carter. Ich kenne das alles schon seit vielen, vielen Jahren. Wenn es wirklich brenzlig wird, fackeln die nicht lange. Dann sorgen sie dafür, dass ich rund um die Uhr bewacht werde, helfen mir abzutauchen oder postieren so viele Leibwächter, dass man mich für den Präsidenten persönlich halten könnte.«

Carter wusste nicht, ob er erleichtert sein oder sich noch mehr Sorgen machen sollte.

Ihre Erklärung beruhigte ihn nicht wirklich. »Aber du behältst den Hund.«

»Wenn dann dieses Gespräch beendet ist?«

Für den Augenblick. »Ja.«

»Okay. Ich behalte ihn.«

Carter betrachtete das als Etappensieg. Sie hatte ihm ein paar Dinge verraten und er hatte es geschafft, ihr den Wachhund unterzujubeln.

Was Eliza noch nicht wusste, war, dass er plante, in jeder freien Minute gemeinsam mit dem Hund auf sie aufzupassen. Und wenn er einmal nicht bei ihr sein konnte, würde er eine Möglichkeit finden, jemand anderen zu ihr zu schicken.

Elf

Als Blake nach Hause kam, gab es eine spontane Dinnerparty. Eliza war froh über die Ablenkung. Zod saß zwischen ihr und Carter auf dem Boden und musterte die Menschen am Tisch. Polizeihunde wie der imposante Schäferhund waren darauf trainiert, sich nicht von Fremden füttern zu lassen. Aber das hielt gewisse Leute nicht davon ab, es zu versuchen.

»Ich bin überrascht, dass du dich so lange loseisen konntest, Carter.« Sam stocherte in ihrem Essen. Anscheinend hatte sie keinen Appetit. »Ich glaube nicht, dass wir seit dem Wahlkampfauftakt mehr als eine Stunde am Stück mit dir verbracht haben.«

Carter schaute Eliza an, dann den Hund. »Ein paar freie Tage würden mir nicht schaden.«

Gwen blickte auf. »Haben Gouverneure denn Urlaub?«

»Ich bin ja noch keiner.« Carter lächelte Gwen an und ließ einen Happen unter den Tisch fallen. Zod beäugte den Leckerbissen, wandte sich ab und bettete die Schnauze auf die Pfoten.

Eliza packte Carters Hand und legte sie energisch zurück auf den Tisch. Sein Mundwinkel verzog sich zu einem listigen kleinen Lächeln.

»Aber wenn du es mal bist – hast du dann überhaupt noch Zeit für dich selbst?«

»Das zeigt sich dann ziemlich schnell.« Carter versteckte den nächsten Happen, den er Zod hinwerfen wollte, in seiner Serviette. Dann griff er nach seinem Glas.

»Selbst unsere Regierung macht gelegentlich Ferien«, sagte Eliza zu Gwen. »Ach übrigens, wo ist eigentlich Neil?« Die Frage war an Blake gerichtet.

»Er holt Jordan und ihre Pflegerin aus dem Sommercamp ab.«

Eliza schüttelte den Kopf. Jordans einwöchigen Ausflug hatte sie völlig vergessen. Samanthas Schwester hatte den Geist eines Kindes, traute aber nicht vielen Menschen. Als Sams und Blakes Leibwächter hatte Neil auch für Jordan die Beschützerrolle übernommen. Anfangs hatte Eliza es seltsam gefunden, dass Sam und Blake ständig von einem Bodyguard begleitet wurden. Inzwischen betrachtete sie Neil als eine Art Familienmitglied. Neil sagte nicht viel, aber sein massiger Körper und sein stechender Blick wirkten auf potenzielle Eindringlinge oder Angreifer vermutlich ziemlich abschreckend.

»Wie ist es denn dieses Jahr gelaufen?«

Samantha lächelte. »Ganz gut, glaube ich. Mit Veränderungen kommt Jordan jetzt schon viel besser klar. Ich glaube, Eddie tut ihr gut.«

»Eddie tut jedem gut – nur nicht um drei Uhr morgens«, sagte Blake lachend.

»So schlimm ist er doch gar nicht.« Sam gab ihm einen Klaps auf den Arm.

»Dann ist Neil also morgen wieder hier?«, fragte Gwen.

Eliza war nicht entgangen, wie Gwen jedes Mal die Ohren spitzte, wenn von Neil die Rede war.

»Ja, gegen Mittag.«

»Vielleicht kann er mir dann beim Umziehen helfen.«

»Beim Umziehen?«, fragte Sam.

»Ich ziehe doch zu Eliza. Habt ihr das vergessen?« Gwen schaute von einem zum anderen.

»Ach Gwen ... Ich weiß nicht. Im Augenblick geht es ein bisschen drunter und drüber.« Eliza hatte Gwen ein paar Dinge über ihre Vergangenheit und die momentan unklare Lage erzählt. Gwen war überrascht und voller Mitgefühl gewesen, schien um ihre eigene Sicherheit aber nicht besorgt zu sein.

Sie wedelte mit der Hand. »Ach papperlapapp. Ich habe keine Angst vor irgendwelchen Gestalten aus deiner Vergangenheit. Außerdem bist du doch umso sicherer, je mehr Leute um dich sind.«

Zod richtete sich auf und leckte sich die Lefzen. Ein kurzer Blick in Carters schuldbewusstes Gesicht bestätigte Elizas Verdacht, dass er immer noch versuchte, den armen Hund zu füttern.

»Mein Haus ist längst nicht so gut gesichert wie dieses Anwesen, Gwen.«

»Aber für dich war es doch bisher auch sicher genug. Wenn du mich nicht bei dir haben willst, dann bitte …«

»Das habe ich nicht gesagt.« Eliza ließ sie den Satz nicht zu Ende sprechen.

»Dann ist doch alles gut. Neil kann mir morgen helfen, meine Sachen zu dir zu bringen. Und falls wir weitere Sicherheitsvorkehrungen treffen müssen, unterstützt er uns. Siehst du das nicht auch so, Blake?«

Bevor er seiner Schwester antwortete, warf Blake einen Blick in die Runde.

»So wie die Dinge liegen – aber natürlich nur, wenn du einverstanden bist, Eliza –, lasse ich eine Alarmanlage und Überwachungskameras in dem Haus in Tarzana installieren.«

Eliza holte Luft, aber Gwen ließ sie nicht zu Wort kommen.

»Prima Idee.«

»Klingt teuer«, sagte Eliza matt.

»Aber notwendig.« Carter verschränkte die Arme vor der Brust.

»Ich weiß nicht, ob ich Kameras in meinem Privatbereich haben will.«

»Für deine Sicherheit ist das ein kleiner Preis.«

Eliza zeigte auf den Hund, der Carter gebannt anstarrte. »Dafür haben wir ihn.«

»Und wenn ihr beide nicht zu Hause seid? Willst du nicht gerne wissen, ob ihr in eurer Abwesenheit Besuch hattet?«

Gegen Carters Einwand konnte Eliza schwer etwas sagen.

»So eine Anlage kann ich mir nicht leisten.«

Mindestens zwei Leute am Tisch schnaubten. Nur weil Elizas Freunde in Geld schwammen, hieß das noch lange nicht, dass sie ebenfalls reich war. Sicher, bei Alliance verdiente sie so gut, dass sie sogar etwas beiseitelegen konnte. Trotzdem quollen ihr nicht die Taschen über.

»Genau genommen«, sagte Samantha, »gehört das Stadthaus in Tarzana mir. Deshalb erwarte ich nicht, dass du das ganze Zeug selbst bezahlst.«

Eliza warf ihrer Freundin einen düsteren Blick zu.

»Was täte ich denn ohne dich, Eliza? Ich will nicht, dass dir etwas zustößt.«

Sams Worte besänftigten Eliza ein wenig. »Fair Play sieht aber anders aus.«

Sam zwinkerte ihrem Ehemann zu. »Ich spiele nicht fair. Ich will nur gewinnen.«

»Du freche Laus.«

»Gut, dass das nun geklärt ist.« Carter schob seinen Stuhl zurück und betrachtete kopfschüttelnd die unberührten Häppchen um Zods Schnauze. »Was ist das denn für ein seltsamer Köter?«

Eliza kicherte.

»Im Ernst. Welcher normale Hund würde so was einfach liegen lassen?«

»Polizeihunde fressen nur Spezialfutter. Sie müssen unbestechlich sein. Sonst würden die schlimmen Jungs ihnen vor jedem Einbruch ein saftiges Steak spendieren.« Eliza sammelte die Essensreste auf und legte sie auf ihren Teller. Dann kraulte sie Zod und lobte ihn.

»Das war ein Witz, oder?«

»Nein.«

Carter kratzte sich stirnrunzelnd am Kopf. »Und mir ist es als Kind noch nicht mal gelungen, unserem Hund beizubringen, hinter einem Ball herzurennen.«

»Ballspielen kommt für Zod vermutlich nicht infrage.« Eliza glaubte sich zu erinnern, dass Polizeihunde auch nicht mit anderen Hunden herumtollten. Eigentlich traurig. Dieser Hund war nur zur Arbeit abgerichtet.

Sie hoffte, dass sie ihn nicht lange brauchen würde.

Eliza schaute zu, wie Carter seine Textnachrichten, seine E-Mails und die Mailbox checkte. Seine Augen wurden immer kleiner. Vermutlich musste er sie mit Gewalt offenhalten. Falls er auch nur flüchtig an ihre sehr intimen gemeinsamen Momente dachte, ließ er sich nichts anmerken. Eliza hörte ihm zwar an, dass er um sie besorgt war. Aber ansonsten war ihre Unterhaltung eher höflich und unverbindlich.

Als sie sich nach dem Essen ins Familienzimmer setzten, gab Carter den Kampf auf. Die Augen fielen ihm zu, sein Kinn sank auf die Brust. Zod lag mit der Schnauze auf den Pfoten vor ihm auf dem Fußboden.

»Armer Kerl.« Gwen nickte in Carters Richtung.

Beim Anblick von Carters Brust, die sich ruhig hob und senkte, wurde Eliza warm ums Herz. »Ganz schön hart, so ein Wahlkampf.«

Sam tätschelte Blakes Knie und stand auf. »Ich lasse ihm ein Zimmer herrichten.«

Blake schüttelte den Kopf und sah zu Eliza hinüber. »Ich glaube nicht, dass er hierbleiben wird.«

»Warum denn das?«

»Mir hat er gesagt, er würde hinter Eliza herfahren, wenn sie nach Hause geht.«

Sam setzte sich wieder. »Gute Idee.«

»Ich finde den Weg auch alleine.«

»Das wissen wir. Aber er macht sich Sorgen. So wie wir alle.«

Eliza wollte gerade widersprechen, als Carters Hand von der Sofalehne rutschte, ihm in den Schoß fiel und ihn weckte. Er blinzelte ein paar Mal und merkte dann, dass ihn alle anschauten. »Ich bin eingeschlafen, oder?« Er wurde vor Verlegenheit rot.

»Wir wollten grade wetten, wann du anfängst zu sabbern«, frotzelte Blake.

Carter fuhr sich durchs Haar. Das Ergebnis war ein perfekt zerzauster Look. Eliza konnte ihn sich gut als kleinen Jungen mit schläfrigen Augen und in einem Flanell-Pyjama vorstellen. Sicher war er schon damals so unwiderstehlich süß gewesen wie jetzt.

»Du solltest hier übernachten«, sagte sie.

»Das solltet ihr beide tun«, sagte Samantha.

»Geht nicht. Ich treffe mich morgen schon ziemlich früh mit Mr Sedgwick.«

»Dem Immobilienmakler im Ruhestand?«

»Ja. Er hat seinen Kindern und Enkeln gedroht, alles, was er hat, seiner nächsten Freundin zu vermachen, wenn sie sich nicht endlich vertragen.«

Am Anfang ihrer Arbeit bei Alliance hatte Eliza gedacht, sie würde Beziehungen auf Zeit vorwiegend für jüngere Leute oder Leute in den mittleren Jahren arrangieren. Aber es gab auch Männer wie Sedgwick, der an seinem sechsundsiebzigsten Geburtstag im vergangenen Winter geschworen hatte, er würde im Frühjahr heiraten. Seine verwöhnten, nichtsnutzigen Kinder lagen ständig im Clinch und Sedgwick brauchte eine starke Frau, die sie zur Vernunft brachte.

»Wenn wir jemanden für ihn finden und ihm stößt etwas zu, werden die Kinder endlos gegen uns prozessieren.«

»Davon gehe ich aus«, sagte Eliza zu Samantha. »Ich muss eine Bingohalle voller stattlicher deutscher Witwen in seinem Alter finden.«

»Aber er will eine junge Frau.«

»Er möchte jemanden, der ihm Gesellschaft leistet«, widersprach Eliza. »Jemanden, mit dem er seine Zeit verbringen kann. Seine Kinder tauchen immer nur auf, wenn er etwas springen lässt. Ziemlich traurig, das Ganze.«

Eliza stand auf und gab damit das Zeichen zum Aufbruch.

»Rufst du mich morgen an?«, fragte Sam.

»Kontrollierst du mich jetzt?«

»Ja natürlich.«

Wenn Sam sich in ihrer Lage befunden hätte, hätte Eliza dasselbe getan. Deshalb nahm sie ihr die Besorgnis nicht krumm.

»Wir machen morgen einen Plan wegen der Alarmanlage. Nimmst du Zod mit, wenn du weggehst?« Als der Hund seinen Namen hörte, stand er auf und wedelte mit dem Schwanz.

»In Restaurants haben Hunde keinen Zutritt.«

Carter murmelte etwas, aber Eliza ignorierte ihn. »Ich müsste am späten Vormittag zurück sein.«

»Perfekt«, sagte Gwen. »Dann habe ich genügend Zeit, meine Siebensachen zu packen.« Sie umarmte Eliza.

Eliza bedankte sich bei Sam fürs Abendessen. Carter und Blake waren bereits auf dem Weg zur Tür.

Ein paar Minuten später standen Carter und Eliza draußen vor ihren Wagen.

»Sicher kann ich dir nicht ausreden, mir nach Hause zu folgen, oder?«

Carter schüttelte den Kopf und lächelte sie herausfordernd, aber müde an.

»Okay.« Lange würde er die Doppelbelastung als Wahlkämpfer und persönlicher Bodyguard sowieso nicht aushalten. Sie ging zu ihrem Wagen. Zod trottete neben ihr her.

»Was ist denn jetzt los? Keine Widerrede?«

»Dazu bin ich zu geschafft«, sagte sie über die Schulter hinweg. Carter lächelte. Dann fuhr er ihr nach.

Das Treffen mit Sedgwick wurde zum angenehmsten Teil von Elizas Tag. Zwar redete der alte Herr ununterbrochen darüber, dass die Jugend von heute nicht wusste, wie gut sie es hatte, und beklagte ausführlich den Verfall der Sitten. Aber das war immer noch besser als der Lärm, den Eliza bald darauf im Haus hatte.

Zod begrüßte sie an der Tür. Er musste dringend raus. Noch bevor er sein Geschäft erledigt hatte, klingelte das Telefon. Eliza hielt die Hintertür auf, damit der Hund wieder ins Haus konnte. Dabei hörte sie sich mit dem Handy am Ohr die beachtliche Liste von Handwerkern an, die Neil ihr in der nächsten Stunde schicken wollte.

»Parkview Securities kommt mit vier Elektrikern«, sagte Neil knapp und ohne Umschweife. »Sie tragen graue Overalls mit dem Firmenlogo und ihren Namen in Schwarz.«

Eliza lachte. »Und warum muss ich das wissen?«

»Weil du immer wissen solltest, wer bei dir ein- und ausgeht. Ich nehme an, das ist dir klar.«

Elizas Lächeln gefror. Neil klang, als würde ihm ihre Lage Kopfzerbrechen bereiten.

»Okay, Boss. Sonst noch was?«

Zod war fertig und trottete wieder ins Haus. Eliza schloss die Tür und konzentrierte sich auf Neils monotone Stimme.

»Zwei Elektriker arbeiten im Haus, zwei draußen. Sämtliche Türen und Fenster werden verkabelt und sie hängen dir Kameras in die Zimmer und Flure.«

»Im Schlafzimmer will ich unbeobachtet sein.«

»Schlafzimmer und Bäder werden nicht gefilmt.«

Immerhin.

»Der fünfte Mann kommt etwas später und installiert das eigentliche Überwachungsmodul. Sein Name ist Kenny Sands. Ihm gehört Parkview Securities. Er ist etwa eins fünfundsiebzig groß und wiegt um die neunzig Kilo. Er zeigt dir und Gwen, wie die Anlage funktioniert und wie ihr sie auch von unterwegs bedienen könnt.«

»Ist Gwen schon auf dem Weg hierher?« Eliza warf einen Blick auf die Uhr. Es war kurz nach Mittag.

Neil zögerte. »Wir sind gegen zwei Uhr bei dir.«

»Und wer wird die Kameras überwachen, Neil?«

»Derselbe Vierundzwanzigstunden-Sicherheitsdienst wie bei Samantha und Blake.«

In anderen Worten: von Neil handverlesene Überwachungsspezialisten.

»Noch Fragen?«

»Nur eine.«

Neil wartete. »Wieso rufst du mich an und nicht Samantha?« Ein Anruf von Neil war ungewöhnlich.

»Ich habe ihr gesagt, dass ich mich darum kümmere.«

»Hatte sie Angst, dass ich versuche, ihr die Aktion auszureden?«

»So etwas in der Art.«

»Aber mit dir legt sich keiner an.«

»Allzu viele haben es noch nicht versucht.«

Eliza lachte. »Kann ich mir vorstellen.«

Zwölf

Carters Handy summte in seiner Tasche. Er warf einen Blick auf die SMS von Neil. Sie bestand aus einem einzigen Wort.

Erledigt!

Jay gab ihm gerade wichtige Informationen zu den neuen Umfragen. Aber Carters Gedanken wanderten zu Eliza. Das Haus war gesichert und sie war nicht allein. Nicht dass Gwen sie im Ernstfall beschützen konnte. Aber wenigstens hatte Eliza Gesellschaft, wenn er nicht bei ihr war.

Eigentlich hatte er am Abend vorher nicht nach Hause fahren wollen. Er war Eliza in seinem Wagen gefolgt und dann noch um ihr Haus gegangen, um sicher sein zu können, dass sich niemand in einem finsteren Winkel versteckte. Sie hatte ihm schweigend, mit vor der Brust verschränkten Armen dabei zugesehen. Ihre Körpersprache sagte deutlich: *Lass mich in Ruhe.* Carter hatte den Wink verstanden und war doch zu sich gefahren.

»Hörst du mir zu?«, fragte Jay.

Carter schüttelte den Kopf. »Entschuldige. Ich war grade ganz weit weg.«

»Das habe ich gemerkt.« Jay warf mit einem düsteren Blick seinen Notizblock auf den Tisch. »Verdammt, was ist denn in letzter Zeit mit dir los?«

Carter rollte den Kopf hin und her und dehnte den Nacken. Dabei suchte er nach einer passenden Antwort. »Mir geht einfach ziemlich viel durch den Kopf.«

»Was nicht nur mir, sondern auch der Wählerschaft nicht verborgen bleibt. Willst du mir nicht sagen, was dein Problem ist?

Dann schaffe ich es aus der Welt und wir können wieder Wahlkampf machen.«

»Mein Problem ist nicht so leicht zu lösen, Jay.«

»Sollen wir wetten? Für so was bezahlst du mich schließlich. Ich sehe deine Probleme schon, bevor sie aus den Tiefen des Ozeans auftauchen. Also worum geht es? Um deine Familie? Eine Frau?«

Jay war ein Goldstück. Er arbeitete schon seit Jahren für Carter – anfangs als Assistent, inzwischen als Wahlkampfmanager. Endgültig hatte er sich Carters Vertrauen an dem Tag vor zwei Jahren erworben, an dem Carters Onkel, Senator Maxwell Hammond, unangekündigt in Carters Büro erschienen war.

Jay hatte den Senator natürlich sofort erkannt, aber als der Mann sich als Carters Onkel vorgestellt hatte, hatte Jay sich bedankt und ihn unschuldig gefragt, ob er einen Termin bei Richter Carter hätte.

Carter hätte zu gerne das Gesicht des alten Mannes gesehen. Maxwell hatte die Ausstrahlung eines Fünfsternegenerals. Sobald er einen Raum betrat, standen alle stramm und beugten sich seiner Autorität.

Nur nicht Jay.

Wie Jay richtig vermutet hatte, hatte Carter ein bisschen Zeit gebraucht, um sich auf den ebenso unerwarteten wie unerwünschten Besuch seines Onkels vorzubereiten. Carter hielt sich für halbwegs umgänglich. Aber Onkel Max war der selbst ernannte Patriarch der Familie und ein Kotzbrocken erster Güte.

Jay hatte Max hinhalten können, bis Carter herausgefunden hatte, warum sein Onkel bei ihm aufkreuzte.

Carter und Jay waren in Windeseile alle anliegenden Fälle durchgegangen und hatten nach Beteiligten gesucht, die zu Maxwells näherem Bekanntenkreis gehörten. Und tatsächlich: In einer Woche musste der Sohn eines Diplomaten vor Gericht erscheinen. In einem Fall, in dem Carter den Vorsitz hatte. Auf »Vorschläge« vonseiten seines Onkels vorbereitet, traf Carter sich am Abend mit ihm auf einen Drink in dem Hotel, in dem er abgestiegen war. Sie machten ein bisschen Smalltalk, plauderten über die Familie. Dann ging Max zum Angriff über. Er glättete den Kragen seines perfekt sitzenden Maßanzugs. Der Mann war fit, wies selbst um den Bauch keine überflüssigen Fettpölsterchen auf. Er war mit gutem Aussehen und Charisma gesegnet – zwei Komponenten, die ein Politiker sich für Geld nicht kaufen konnte. Aber die Jahre im Amt waren nicht spurlos an ihm vorbeigegangen. Graue Strähnen durchzogen sein Haar.

»Wie es aussieht, wirst du nächste Woche einen der Prescott Jungs vor dir haben. Eigentlich eine Privatangelegenheit.«

»Tatsächlich?« Carter hatte sein Glas gehoben und genau gewusst, was als Nächstes kommen würde.

»Junge Leute machen Fehler.«

Ja, sicher. Aber das hier war kein Kavaliersdelikt. Der verwöhnte junge Schnösel namens Joe Prescott II war in den letzten Jahren immer ungeschoren davongekommen, wenn er wieder mal etwas ausgefressen hatte. Jetzt war er dreiundzwanzig und ihm wurde eine Vergewaltigung zur Last gelegt. Die klare Beweislage würde das arrogante Grinsen für sehr lange Zeit aus dem Gesicht des Jungen wischen. Carter kannte bislang nur die Akten. Aber die Zeugenaussagen und die Beweise waren eindeutig.

Cops und Staatsanwälte liebten solche Fälle und einem Richter erleichterten sie seine Entscheidungen.

Joe hatte auf eine Jury verzichtet, weil er geglaubt hatte, den Richter beeinflussen zu können.

Carter hoffte, dass es bei der Spurensicherung keine Fehler gegeben hatte und dass alle Beweise vor Gericht zugelassen werden konnten. Dreckskerle wie Joe und seine einflussreichen Freunde mussten irgendwann lernen, dass es Richter gab, die sich nicht kaufen ließen. Egal von wem.

Max nahm einen Schluck von seinem Drink. »Das Mädchen ist unglaubwürdig. Schlechte Familie.«

»Und deshalb ist es in Ordnung?«

»Sei nicht albern. Prescott ist ein guter Junge. Er hat sich geändert.«

Carter lehnte sich zurück und weidete sich einen Moment lang am Unbehagen seines Onkels. Er konnte ein Lächeln nicht unterdrücken und genoss diesen kleinen Triumph über den Familienpatriarchen.

»Prescott ist eine Schande für jeden Träger eines Y-Chromosoms.« Max setzte sein Glas geräuschvoll ab. »Das Verfahren muss eingestellt werden.«

»Weil du sonst einen finanzkräftigen Unterstützer verlierst?«

»Sorg dafür.«

Carter wollte auf keinen Fall noch mehr Politiker wie seinen Onkel an der Spitze des Landes sehen. Weil er den alten Mann gut kannte, sagte er nichts weiter, beschloss aber, zu tun, was er konnte, um Joe in den Knast zu bringen.

Ein paar Tage später wurde Joe Prescott II schuldig gesprochen, verurteilt und ins Staatsgefängnis eskortiert. Dort hätte er eigentlich viel Zeit haben müssen, um über sein vermurkstes Leben nachzudenken.

Hätte.

Max sprach nie wieder über den Fall oder den Prozess. Aber nach fünfzehn Monaten wurde Joe im Rahmen einer allgemeinen Amnestieregelung aus der Haft entlassen.

Carter war außer sich. Er wusste, was passiert war. Er kannte die Strippen, die Onkel Max gezogen hatte, um den Jungen aus dem Knast zu bekommen.

»Nun sag schon. Ist es wegen Eliza?«

Jays Frage riss Carter aus seinen Erinnerungen zurück in die Gegenwart.

»Wie kommst du denn darauf?«

»Sie ist eine sehr schöne Frau. Kann einen Mann schon mal ablenken.«

Da hatte Jay recht. Carter vertraute ihm, wollte aber erst einmal nicht über Eliza sprechen. »Ich hatte vor dem Wahlkampf mal ein Leben.«

Jay lachte schallend auf. »Hattest du nicht. Ich kenne dich schon eine Weile, hast du das vergessen?«

»Nur weil ich es nicht vor dir ausgebreitet habe, heißt das nicht, dass ich keins hatte.«

»Erzähl keinen Mist. Hin und wieder eine Verabredung oder eine heiße Nacht – das kann man nicht als Liebesleben bezeichnen. Du hast praktisch rund um die Uhr gearbeitet. Mein Job war das reinste Kinderspiel. Bis zu deinem Auftritt auf dem Cowboyparkplatz.«

Die Rauferei auf dem Parkplatz hatte mächtig Sand ins Wahlkampfgetriebe gestreut und Carters Rivalen zu einem Vorsprung verholfen. Wenn Eliza seinen Antrag nur annehmen würde. Dann konnte er sie im Auge behalten und die rechtschaffenen Bürger von Kalifornien würden sehen, dass er der Richtige für den Job war.

»Wird deine Ablenkung dich von dem Lunch in Chicago fernhalten?«

»Nein.« Der Lunch in Chicago war wichtig. Carter musste Spenden für die Wahlkampfkasse sammeln. Genau wie bei dem Dinner einen Abend später in San Francisco. Wie in aller Welt sollte er sich eine Frau angeln – sich Eliza angeln –, wenn er ständig durch die Gegend jettete?

Und was, wenn tatsächlich jemand hinter ihr her war?

Was, wenn der Drecksack, der Elizas Eltern auf dem Gewissen hatte, auch Eliza eine Verabredung mit dem Tod verschaffen wollte? Carter zwang sich, sich wieder auf den Wahlkampf zu konzentrieren. »Gib mir doch noch mal die Namen von Montgomerys Unterstützern.«

Während Jay die Namen der Verbündeten des Gouverneurs von Illinois im Kongress herunterrasselte, gab Carter sich alle Mühe, nicht an Eliza und ihren vierbeinigen Freund zu denken, der sie in seiner Abwesenheit beschützen sollte.

Für einen Polizeihund …«, Eliza schrie Zod an und fuchtelte dabei mit dem sieben Zentimeter hohen Schuh, »… hast du ziemlich schlechte Manieren!«

Zod legte den Kopf schief und hechelte. Seine Miene strahlte keinerlei Schuldbewusstsein aus.

Eliza betrachtete die Zahnabdrücke am Absatz und merkte, wie ihr Blutdruck erneut in die Höhe schoss. Am liebsten hätte sie Jim und Dean eine Rechnung geschickt.

Die Haustür ging auf und eine ruhige weibliche Stimme kommentierte den Vorgang, als wäre gerade ein Flugzeug pünktlich gelandet. *Haustür!* Ähnlich nervige Ansagen gab es, wenn die Hintertür oder ein Fenster geöffnet wurde. Der Sirenenton, der die ganze Nachbarschaft weckte, ertönte nur, wenn die Alarmfunktion eingeschaltet war.

Das war einfach zu viel des Guten. »Böser Hund!«, schimpfte Eliza noch einmal. Dann ließ sie den Schuh auf die Arbeitsplatte fallen.

Gwen rauschte mit einer Kleidertasche über dem Arm in die Küche. »Ach hier bist du! Habe ich also doch richtig gehört.« Gwen trug ein perfektes Lächeln unter ihrer perfekten Nase. Jedes einzelne Haar lag exakt an seinem Platz. Eliza hätte darauf gewettet, dass Gwens Schulkameradinnen sie für ihre Vollkommenheit gehasst hatten.

»Ich erkläre der Töle gerade, dass meine Schuhe tabu sind.«

Gwen legte die Kleidertasche ab und drohte Zod mit dem Finger. »Hast du dich danebenbenommen?«

Zod ließ die Zunge aus dem Maul hängen. Seine braunen Augen wanderten von einer Frau zur anderen.

»Der Hund hat einen exquisiten Geschmack. Er zerkaut nur teure Schuhe. Vermutlich hat er vorher einem Mann gehört.«

»Wie kommst du darauf?«

»Meine Laufschuhe rührt er nicht an.«

»Vielleicht braucht er mehr Bewegung«, sagte Gwen. »Die Hunde auf Albany rennen ständig draußen herum und sind fast nie im Haus.«

Albany war das Anwesen von Gwens Familie in Südengland. Eliza war zu festlichen Anlässen hin und wieder dort gewesen. Auf Albany hatten die Hunde etliche Hektar zur Verfügung. Kein Vergleich zu Elizas briefmarkengroßem Garten.

»Ich frage mich sowieso, warum du hier wohnen willst und nicht in dem Schloss, in dem du aufgewachsen bist.« Eliza warf den ruinierten Schuh in den Müll.

Zod starrte sie an, als wüsste er, dass sie es nicht mit ihm aufnehmen konnte, und als wäre es ganz normal, dass er ihre Schuhe killte.

»Es gibt Wichtigeres im Leben als ein imposantes Haus.«

»Ich finde solche Häuser ganz angenehm.« Eliza liebte Sams Villa in Malibu, die Aussicht und den Pool. Sogar die Küche fand sie verlockend, obwohl sie normalerweise nur Fertiggerichte in die Mikrowelle oder in den Backofen schob. Sie behauptete immer, wenn sie mal eine richtig gute Küche hätte, würde sie lernen, Pasteten zu machen.

»Ich habe immer im Luxus gelebt und das auch genossen. Für mich gab es nie etwas anderes. Jetzt würde ich gerne zur Abwechslung mal mein eigenes Geld verdienen.«

Eliza lachte. »Richtig gelebt hast du erst, wenn du wochenlang mittags und abends nur 1-2-3-Nudelsuppe gegessen hast.«

Gwen riss entsetzt die Augen auf. »Klingt grässlich.«

»Überleg dir gut, was du dir wünschst, Gwen. Ich habe schon ein paar Mal von vorn anfangen müssen und das ist nicht lustig. Für dich ist Geldverdienen eine interessante Erfahrung. Aber für Leute wie mich ist es vor allem harte, altmodische Arbeit.«

»Harte Arbeit macht mir nichts aus.«

»Umso besser. Heute Abend müssen wir ran. Schnieke Veranstaltung im Royal Suites in Beverly Hills. Gehobenes Publikum. Exakt dein Ding.«

Gwen hob lächelnd das Kinn. »Ich bin schon ganz gespannt auf die Arbeit, die du mit Sam zusammen gemacht hast.«

Eliza hörte ein Geräusch und sah, wie Zod sich bei der Hintertür an ein weiteres Paar unbewachter High Heels heranpirschte.

Sie schrie den Hund an, er solle sich unterstehen, und brachte die Schuhe in Sicherheit.

»Schwer zu glauben, dass Zod Rindfleisch ignoriert, aber Schuhe zerkaut.«

»Diese kleine Schwäche behalten wir besser für uns. Sonst brechen demnächst die Schuhhändler bei uns ein.«

Dreizehn

Der Dresscode lautete: förmliche Abendgarderobe. Eliza ertrug solche Anlässe mit Fassung. Verrückt war sie nicht danach.

Das künstliche Lächeln und die hohlen Phrasen rollten von den Lippen der Gäste wie billige Anmachsprüche in einer Bierkneipe. »Wie schön, euch mal wieder zu sehen … Du siehst einfach hinreißend aus … Was für ein reizendes Kleid …«

Hinreißend? Reizend? So etwas sagte in der richtigen Welt kein Mensch.

Außer ein paar überspannten reichen Yuppies, die ihr Erbe schlau angelegt hatten und nicht wussten, wohin mit ihrem Geld.

Als Samantha Eliza zum ersten Mal mit auf einen dieser Empfänge genommen hatte, war sie fast über den Saum ihres Abendkleides gestolpert. Die Devise lautete: lächeln, plaudern, sich unter die Gäste mischen und dabei nach neuen Kunden Ausschau halten. Und nach Frauen, die bereit waren, diese Kunden zu heiraten. Anfangs hatte Eliza noch Mühe gehabt, sich mit den Reichen und Einflussreichen locker übers Tagesgeschehen zu unterhalten. Gwen fiel das ganz leicht. Als Tochter eines Herzogs verstand sie den Adel und Geldadel besser, als es Eliza je gelingen würde. Sobald sie ihre Mäntel abgegeben hatten, machte Gwen sich selbstständig.

Eliza trank bei solchen Anlässen niemals Alkohol, hielt aber stets ein Weinglas in der Hand und nippte ein- oder zweimal daran. Ein Verkäufer konnte auch als Außenstehender gute Geschäfte machen. Aber sie musste sich das Vertrauen ihrer Kunden erwerben, indem sie sich benahm wie sie.

Bislang war ihre Strategie recht gut aufgegangen.

Und kein Mensch ahnte, dass sie sich eine kompakte 9 mm an den Oberschenkel geschnallt hatte. Eine Handtasche wäre lästig gewesen. Aber eine Schusswaffe an der Garderobe abzugeben, war nicht besonders klug. Im vergangenen Jahr hatte sie die Waffe oft einfach zu Hause gelassen. Dank Dean und Jim hatte sie jetzt jedoch das Gefühl, sie wieder bei sich tragen zu müssen.

Plötzlich fühlte sie sich beobachtet. Unauffällig sah sie sich nach dem Augenpaar um, das sie anstarrte.

Gerade als sie die Suche aufgeben wollte, fiel ihr Blick auf die breiten Schultern einer vertrauten Gestalt.

Carter zwinkerte ihr über den Rand seines Glases hinweg zu. *Was macht der denn hier?*

In Elizas Bauch breite sich Wärme aus und wanderte weiter in südlichere Regionen. Carters imposante Präsenz und sein charismatisches Lächeln weckten das Interesse zahlreicher Damen. Im Vergleich zu seinem perfekt sitzenden Maßanzug wirkten selbst manche Smokings knittrig und angestaubt.

Viele Männer trugen Fliegen, aber Carter hatte sich für eine schlichte blaue Krawatte entschieden. Sehr patriotisch.

Carter wandte sich noch einmal der Gruppe zu, mit der er gerade geplaudert hatte. Dann schüttelte er einem Mann die Hand und steuerte auf Eliza zu.

Begleitet von vielen Blicken.

Gleich darauf stand er neben ihr und küsste sie auf die Wange, als würden sie einander immer so begrüßen. »Tut mir leid, dass ich so spät komme«, sagte er etwas lauter, als Eliza erwartet hatte.

»Spät?«, flüsterte sie. »Ich wusste gar nicht, dass du überhaupt hier bist.«

»Wirklich?« Er nahm ein Glas Wein vom Tablett eines Kellners. »Ich bin sicher, dass ich das gestern Abend erwähnt habe.«

»Und ich bin sicher, dass du das nicht getan hast.«

»Dann habe ich es wohl vergessen.«

Ha! Ohne es zu wollen, nahm Eliza einen Schluck Wein und schaute zu, wie Carter einem Gast auf der anderen Seite des Raumes zuwinkte. *Was hatte er vor?*

»Fliegst du nicht morgen irgendwohin?«

»In aller Frühe.«

»Und wie viele Stunden Schlaf hattest du letzte Nacht?« Er wirkte etwas ausgeruhter als am vergangenen Abend. Aber nur geringfügig.

»Ein paar.«

»Ein paar? Wenn du so weitermachst, kippst du aus den Latschen.«

Carter hob die Augenbrauen und ließ sein Hollywoodlächeln erstrahlen. »Höre ich etwa Besorgnis in deiner Stimme?«

Ertappt.

»Nein … Ja.«

Er grinste amüsiert.

»Ach, hör schon auf. Klar mache ich mir Sorgen um dich. Wenn du krank wirst, stecke ich mich an, und darauf kann ich verzichten.« Das klang selbst in ihren Ohren ziemlich lahm, aber auf die Schnelle fiel ihr nichts Besseres ein. Um nicht sehen zu müssen, wie Carter ihr ins Gesicht lachte, wandte sie sich ab.

Doch er legte ihr den Arm um die Taille. »Komm, ich will dich ein paar Leuten vorstellen.«

»Ich bin nicht zum Spaß hier. Ich arbeite«, protestierte sie, während er sie vor sich herschob.

»Ich auch.«

Sie wollte keine Szene machen, also lief sie nicht davon. Das angenehme Gefühl, das seine Hand in ihrem Kreuz auslöste, hätte sie gerne ignoriert. Selbst als sie eine Gruppe trinkender, lachender Männer erreichten, nahm Carter die Hand nicht weg. Er rückte sogar noch etwas näher an Eliza heran.

»Gentlemen«, sagte Carter mitten in das Gespräch hinein. »Ich möchte Ihnen eine Freundin vorstellen. Eliza Havens. Das hier sind …« Er nannte ein paar Namen, die sie sich eigentlich merken sollte, aber sofort wieder vergaß.

Carter erklärte, Eliza sei seit einiger Zeit Partnerin in einer aufstrebenden jungen Dienstleistungsfirma, nannte jedoch keine weiteren Details und beantwortete alle persönlichen Fragen über sie beide ausweichend. Die Männer waren höflich und schienen von allem, was Carter sagte, sehr angetan. Über Politik wurde nur oberflächlich diskutiert und wenn, dann lediglich übers Tagesgeschehen. Carter sagte, sie wollten sich hier einen schönen Abend machen – ohne tiefschürfende Debatten. Aber falls die Männer eine seiner Wahlkampfveranstaltungen besuchen wollten, hätten sie am Monatsende die Gelegenheit dazu. Bei diesem Event würde in aller Ausführlichkeit über Politik gesprochen werden. Spenden für den Wahlkampf waren natürlich willkommen.

Als das Gespräch ins Stocken kam, nahm Carter Eliza mit zu einer anderen Gruppe und das Spiel begann von vorn.

Nach einer halben Stunde war ihr Glas leer und sie hatte ein neues in der Hand.

Carters Hand lag fest in ihrem Rücken. Wenn der Blick eines Mannes in einer Gruppe länger als eine Sekunde an ihrem Ausschnitt hing, wurde der Druck von Carters Fingern kräftiger.

Aus dem Augenwinkel sah sie, wie Gwen sich von einem Grüppchen zum nächsten plauderte. Eigentlich wäre das ihre Aufgabe gewesen.

Eliza versuchte, sich nicht von Carters Nähe ablenken zu lassen. Sie musste sich die Namen und den Beziehungsstatus der Personen merken, die er ihr vorstellte.

Stenberg, ein Anwalt um die sechzig. Als er sein Glas an die Lippen hob, sah Eliza den goldenen Ring.

Der Nächste bitte.

McKinney, irgendein Investor. Kein Ring. Vermutlich Anfang siebzig. »Mr McKinney, nicht wahr?«

»Ja, richtig.« Er hatte einen leichten irischen Akzent.

»Wo ist denn Ihre Frau? Oder mag sie solche Empfänge nicht?«

Carter knuffte sie leicht in die Seite, sie knuffte zurück.

»Tut mir leid, mit einer Gattin kann ich nicht dienen.«

Carter schlug einen leichten Ton an. »McKinney und ich sind heute Abend die diensthabenden Junggesellen.«

Stenberg seufzte. »McKinney hat zwar keine so schöne Begleiterin wie Sie, Billings. Aber das heißt noch lange nicht, dass er noch zu haben ist.«

McKinney lachte herzhaft. »Meine letzte Scheidung war nun wirklich nicht meine Schuld. Glauben Sie den Medien kein Wort.«

»Ist es nicht erstaunlich, wie kreativ die Medienvertreter manchmal mit den Fakten umgehen?«, fragte Eliza. Sie nahm sich vor, McKinney auf dem Alliance-Radar zu behalten.

Von nun an bemühte sich Carter, Elizas etwas zu privaten Fragen nach dem Ehestand zuvorzukommen. Er stellte ihr neue Gesprächspartner gleich so vor, dass sie hörte, ob sie in festen Händen waren.

Eliza stellte ihr leeres Glas auf ein Tablett und schüttelte den Kopf.

Carter entschuldigte sie beide und führte sie hinaus auf eine Terrasse.

»Warum gehen wir hier raus?«

»Du siehst aus, als könntest du ein bisschen frische Luft vertragen.«

Das war richtig. Dass er es gemerkt hatte, ließ ihr Herz ein wenig schneller schlagen.

Die Luft war immer noch angenehm warm. Von Westen her wehte eine leichte Brise. »Fühlt sich an, als kämen die Santa-Ana-Winde.«

»So lange sie keine Waldbrände anfachen.«

Sommer, Wind und Feuer gehörten untrennbar zu Südkalifornien. Noch mehr als Erdbeben.

»Ich glaube, im Moment haben wir nichts zu befürchten.«

Carter blieb stehen und nahm widerstrebend die Hand von Elizas Rücken. »Du kommst sehr gut klar da drin. Gehst du oft mit Samantha auf solche Veranstaltungen?«

»Bevor sie Blake geheiratet hat, war Samantha ständig im Einsatz. Aber in den letzten zwei Jahren war ich meist allein unterwegs. Jetzt, wo Gwen mitarbeiten will, wird meine Liste von Empfängen vielleicht ein bisschen kürzer.«

»Funktioniert das überhaupt? Fragst du die Männer einfach, ob sie Single sind und Interesse an einem Dating-Service haben?«

»Ein bisschen subtiler sollte es schon sein. Die meisten Kunden kommen auf persönliche Empfehlung zu uns. Aber es schadet nichts, sich unters Volk zu mischen und die Fühler auszustrecken.«

»Klingt fast wie früher auf dem College, wenn man von seinen Freunden verkuppelt wurde.«

»Nur dass unsere Kunden etwas ganz Bestimmtes zu bieten haben und etwas ganz Bestimmtes erwarten.«

Carter dachte daran, dass Samantha und Blakes Liebes-Happy-End auch als arrangierte Zweckbeziehung begonnen hatte.

Er ertappte Eliza dabei, wie sie ihn musterte.

»Was ist?«

»Warum bist du wirklich hier, Carter? Und jetzt erzähl mir nichts von Arbeit. Du hast den ganzen Abend noch kein Wort über Politik gesprochen.«

Er stieß sich von dem Pfeiler ab, an den er sich gelehnt hatte, und ging einen Schritt auf sie zu. »Du hast recht. Mit meinem Wahlkampf hat das hier nichts zu tun.«

Ihr Instinkt riet ihr zum Rückzug. Doch sie blieb trotzig stehen, wo sie war.

»Womit denn dann?«

»Mit dir. Wenn ich dich gefragt hätte, ob ich dich auf die Veranstaltung begleiten kann, hättest du vermutlich Nein gesagt.«

»Ich brauche keinen Bodyguard.«

»Siehst du? Ich wusste, dass du das sagen würdest. Und ich wollte auch nicht als dein Bodyguard hier sein, sondern als dein Date.«

Ihr Mund wurde trocken, ihre Lippen machten Fischbewegungen.

»Mein Date?«

»Ja.«

»Warum?«

Carter legte ihr eine Hand auf die Taille und kam noch näher. »Ich kriege dich nicht mehr aus dem Kopf. Schon seit einiger Zeit.«

»Wirklich?« Ihre Kurzantworten nervten inzwischen sogar sie selbst.

Aber Carter lächelte unbeirrt.

»Wirklich. Also, was ist, Eliza? Gehst du mit mir aus? Zum Abendessen? Oder ins Kino?«

Abendessen? Kino? O Mann. Wann hatte sie das zum letzten Mal gemacht?

Und es war Carter, der sie um ein Date bat, der viel zu nahe bei ihr stand und von dessen Körperwärme ihr ganz heiß wurde.

»Hast du denn Zeit für ein Abendessen und einen Film?«

»Wenn du mitgehst, nehme ich sie mir.«

Eliza riss ihren Blick von seinem los. Er rutschte auf seine Brust. Seine breite, harte, ziemlich appetitliche Brust. »Ich weiß nicht, Carter. Zwischen uns herrscht nicht gerade die große Harmonie.«

»Heute Abend läuft es doch ganz gut.«

»Weil wir in einem Saal voller Leute sind.«

»Das wären wir in einem Restaurant auch. Und im Kino sowieso.«

Sie lachte. »Ich weiß nicht.«

Carter hob ihr Kinn und sah ihr in die Augen. Seine Finger zeichneten ihren Kieferknochen nach. Das reichte aus, um all ihre Sinne anzustacheln und ihr Rückgrat unter Strom zu setzen.

»Wir gehen nur zum Dinner. Wir sitzen einfach da und essen. Ein freier Abend täte mir wirklich gut.«

Eliza fixierte seine Lippen. Unwillkürlich tastete sich ihre Zungenspitze aus dem Mund und befeuchtete ihre Lippen.

Carter schnappte leise nach Luft.

Er war ihr so gefährlich nahe. Sie atmete den männlichen Duft seines Colognes, den Geruch, der sie nach ihrem kurzen, intimen Moment noch lange eingehüllt hatte.

»Geh mit mir zum Essen, Eliza.« Seine tiefe Stimme vibrierte in seiner Brust.

»Essen? Das kriege ich hin.«

Mit einem listigen Lächeln rückte er noch näher an sie heran. Seine Lippen waren schon so dicht bei ihren; sie verringerte den Abstand noch ein wenig.

»Ich will dich küssen.« Er streichelte mit einer Hand ihr Kinn, mit der anderen hielt er sie an der Taille fest.

Eliza nickte kaum merklich und wartete darauf, dass er seine Ankündigung in die Tat umsetzte.

»Aber ich glaube, das schieben wir noch auf.« Trotz seiner Worte wich er nicht zurück.

»Aufschieben?«

»Letztes Mal war ich ein bisschen zu schnell. Ich will nicht denselben Fehler zweimal machen.«

Als es Eliza gelang, den Blick von seinen Lippen loszureißen, sah sie das schelmische Blitzen in seinen Augen. »Mich zu küssen war ein Fehler?«

»Es war ein Vorgeschmack aufs Paradies. Nur dich zu drängen, war falsch. Das mache ich nicht noch mal.«

Und wenn sie gedrängt werden wollte? Übers Küssen zu reden und es zu tun, war nicht dasselbe. Sie war hungrig nach seinen Küssen und die Vorstellung allein würde sie nicht satt machen. Bevor sie zur Tat schreiten konnte, zog Carter sich zurück.

»Ich hole dich morgen Abend um sechs ab.«

»Was soll ich anziehen?«

»Etwas Legeres.«

Kein Problem. Viel schwieriger würde es sein, die Wartezeit bis zu dem versprochenen Kuss durchzustehen.

Vierzehn

Dean riss den schlichten Umschlag mit seinem Namen auf.

Heraus fiel ein Kassenzettel aus einem Kaufhaus, an den eine Notiz getackert war. *Euer schuhfressender Bettvorleger liebt Leder. Habt ihr ihm regelmäßig ein Stück Kuhhaut zum Kauen gegeben?*

Die Unterschrift lautete nur *E*.

Dean kratzte sich am Kinn und unterdrückte ein Lachen. Eliza hatte ihm tatsächlich die Rechnung für zwei Paar Schuhe geschickt. Die Summe auf dem Kassenzettel sagte ihm, dass sie sich teurere Treter geleistet hatte als sonst.

Er warf ihre Nachricht auf den Schreibtisch und schaltete den Computer an. Dann gab er den Namen des Kerls ein, der dafür verantwortlich war, dass Eliza sich jetzt mit Zod herumplagte, und fragte dessen derzeitigen Haftort ab.

Aus dem Eintrag ging hervor, dass der Typ innerhalb der Haftanstalt, in der er seit über einem Jahr einsaß, verlegt worden war. Dean notierte sich die Zellennummer. Er wollte wissen, wer die Zellengenossen des Drecksacks waren.

Dazu schrieb er eine kurze E-Mail an die Gefängnisverwaltung.

Dass der Mann wegen guter Führung gewisse Privilegien genoss, Zugang zu Zeitungen hatte und fernsehen durfte, wusste er bereits.

Dean wünschte sich fast, dass der Kerl endlich mal wieder einen Mithäftling verdrosch. Denn wenn der Knastbruder seine Privilegien verlor, war die Chance geringer, dass er Eliza im Fernsehen oder in der Zeitung sah.

Bislang hoffte Dean vergeblich.

Immerhin war Eliza in der vergangenen Woche unterhalb des Medienradars geflogen und hatte es geschafft, ihr Gesicht aus den Klatschspalten herauszuhalten.

Dean klopfte auf die Jackentasche, in der für gewöhnlich die Zigaretten steckten. Er biss sich auf die Unterlippe, als könnte er damit die Lust aufs Nikotin abstellen. Eliza zog ihn bei jeder Begegnung mit seiner Sucht auf. Er wollte ja aufhören. Deshalb hatte er die Kippen zu Hause gelassen. Er hatte seit dreizehn Stunden keine geraucht und war mit den Nerven am Ende.

In der Hoffnung, einen Suchtstoff durch den anderen ersetzen zu können, stürzte er seinen kalten Kaffee hinunter.

Die Schnarcher vom Gefängnis brauchen ja ewig mit der Antwort.

Dean schaute nach, wann er die Mail abgeschickt hatte. Vor grade mal zwanzig Minuten.

Er hatte sich einen denkbar schlechten Zeitpunkt ausgesucht, um wieder mal das Rauchen aufzugeben.

Anstatt ins Kino, gingen sie zum Minigolf. Carter hatte Angst, dass er in einem dunklen Saal mit weichen Sesseln sofort einschlafen würde. So konnte man keine Wahl zum »Date des Jahres« gewinnen.

Seine Begleiterin überraschte ihn mit ihrem Minigolftalent. Sie lochte fast immer mit dem ersten Schlag ein.

Auf der kleinen Anlage schenkte man ihnen nicht viel Beachtung. Die Familien und Teenies waren so mit sich selbst beschäftigt, dass sie den potenziellen nächsten Gouverneur des Staates Kalifornien gar nicht bemerkten. Und er war ausnahmsweise einmal glücklich darüber, unerkannt zu bleiben.

Auf seinen Schläger gestützt sah Carter zu, wie Eliza sich den Ball zurechtlegte.

»Diese Bahn schaffst du auf keinen Fall mit einem Schlag.«

»Willst du wetten, Hollywood?«

»Auf dem Schild hier steht, dass drei Schläge ein Spitzenergebnis wären.«

»Drei Schläge? Dass ich nicht lache. Es ist nur eine Frage des richtigen Winkels. Wie beim Bowling oder beim Billard.«

Carter sah mit zusammengekniffenen Augen zu, wie Eliza den Ball gefühlvoll anschlug. Er rollte eine kleine Schräge hinauf und durch einen schmalen Durchlass. Fünf Zentimeter vor dem Loch blieb er liegen.

»Siehst du?«

Noch ein kleiner Stoß und der Ball war im Loch. »Das war immer noch einer unter Par. Du müsstest diese Bahn und die drei nächsten mit je einem Schlag schaffen, um mich noch einzuholen.«

Carter legte seinen Ball zurecht und versuchte, die Winkel zu sehen, von denen Eliza gesprochen hatte. »Ich wusste gar nicht, dass du so viel sportlichen Ehrgeiz hast.« Er setzte seinen Schlag. Dann sah er zu, wie der Ball die Schräge hinauf und gleich wieder hinunterrollte. Ein paar Zentimeter vom Abschlagspunkt entfernt blieb er liegen.

Eliza lachte. »Was ich mache, mache ich richtig. Sonst kann ich es gleich bleibenlassen.«

Er versuchte es mit einem zweiten Schlag und diesmal rollte der Ball bis durch die schmale Lücke. »Von wem hast du das?«

»Von meinem Vater. Er war ein Optimist und glaubte, dass man mit Willenskraft und harter Arbeit alles schaffen kann.« Ihre Stimme wurde weicher. Als Carter von seinem Ball aufblickte, sah er, dass sie in den Himmel starrte. Er hatte sie noch nie über ihre Eltern sprechen gehört.

»Dann hat er wohl ziemlich viel gearbeitet.«

Eliza seufzte. »Achtzehn Stunden täglich. Er hatte einen Vollzeitjob und einen Nebenjob und war der Meinung, eine Mutter sollte zu Hause bleiben und die Kinder großziehen.«

Carter stieß den Ball am Loch vorbei.

Eliza erzählte weiter. »Meine Mom hat den Haushalt gemacht, gekocht und sogar Brot gebacken. Das ganze Haus roch dann nach Hefeteig. Manche Kinder wünschen sich, dass ihre Mutter Kekse bäckt. Aber ich war am glücklichsten, wenn ich mir richtig dick Butter auf frisch gebackenes, noch warmes Brot streichen konnte.«

Da konnte Carter nicht mitreden. Gebacken hatte seine Mutter nie.

»Wir haben immer gemeinsam zu Abend gegessen. Mein Dad kam nach Hause, duschte und zog nach Suppe, Hauptgang und Dessert zu seinem Zweitjob los. Er hat sich nie beklagt. Wenn ich jammerte, weil er so wenig Zeit für mich hatte, sagte er immer, ich hätte es noch gut. Fast alle meine Schulfreunde waren Schlüsselkinder, die ihre Eltern kaum zu Gesicht bekamen.«

»Ich wünschte, ich hätte deine Eltern kennenlernen können«, sagte Carter leise.

Eliza schüttelte lächelnd den Kopf. »Sie hätten dich gemocht und dir vielleicht sogar verziehen, dass du ein Republikaner bist.«

»Ach!« Er lachte. »Demokraten!«

»Optimisten. Geholfen hat es leider nicht.«

»Sie haben ein schlaues Mädchen großgezogen.«

Sie zeigte mit dem Schläger auf den vergessenen Ball. »Du kannst versuchen, mich mit Komplimenten abzulenken. Aber ich weiß, dass du schon einen Schlag über Par bist.«

Carter holte aus. Diesmal traf er nicht mal den Ball. Er musste hinnehmen, dass Eliza ihn auslachte. »Ich glaube, als Golfer machst du keine Karriere.«

»Bist du immer so schadenfroh, wenn du gewinnst?« Er grinste, weil er wusste, wie sehr sie es genoss, ihn aufzuziehen.

»Immer.«

Carter stöhnte.

Nach dem Minigolf gingen sie in ein einfaches Restaurant und setzten sich auf die Terrasse mit Meerblick. »Ich hoffe, das ist okay für dich.«

Eliza zuckte mit den Schultern. »Ich liebe Krabbenbuden.«

Der Lärm aus der Gaststube drang bis zu ihnen heraus. Im Fernseher über der Bar lief ein Play-off-Spiel. »Ich brauche mal eine Pause von all den schnieken Lokalen.«

»Kann ich mir vorstellen.« Eliza griff nach der Speisekarte und schaute ihn über den Rand hinweg an. »Du weißt sicher, dass Frauen bei einem Date nie Krabben essen sollen?«

»Tatsächlich?«

»Man kriegt fettige Finger, die Dinger sind teuer und mit den Händen zu essen, wirkt nicht sehr elegant.«

Carter hoffte, dass er nicht das falsche Restaurant ausgesucht hatte. Das Minigolfspielen hatte ihm Spaß gemacht, er hatte gerne zugehört, wie Eliza von ihren Eltern erzählte und hoffte, dass der Abend weiterhin so entspannt verlaufen würde.

»Aber was bestellst du dir dann?«

»Königskrabbenbeine mit einer Extraportion Butter.« Die Antwort kam schnell.

Er lachte. »Heißt das, dir ist es egal, welchen Eindruck du bei unserem ersten Date hinterlässt? Du bringst mein Frauenbild ins Wanken.«

Sie legte die Speisekarte weg. »Ich mag Krabben eben.«

»Obwohl sie fettig sind?«

Eliza nickte in Richtung eines Paars an einem anderen Tisch. »Ich binde mir die Serviette als Lätzchen um.«

Er flocht die Hände ineinander und beugte sich vor. Er mochte ihre ungekünstelte Art. Eine Strähne ihres vollen dunklen Haars hatte sich aus dem Clip gelöst. Carter schob sie ihr hinters Ohr und ließ die Finger länger als nötig dort liegen. An das Gefühl, sie zu berühren, konnte er sich gewöhnen. So lange wie heute war er noch nie mit ihr allein gewesen und er genoss die Zweisamkeit.

Sie erzählten einander von ihrem allerersten Krabbenessen und waren sich einig, dass die kleinen Gabeln, die man in den Restaurants dafür bekam, komplett nutzlos waren. Dann kam das Essen und bald lief Eliza ein Tropfen warme Butter übers Kinn. Carter wischte ihn weg.

Ihre Augen saugten sich an seinen fest, das Gespräch kam ins Stocken. Er konnte nur zurückstarren.

Sie war schön. Wenn sie näher bei ihm gesessen hätte, hätte er die Gesprächspause nutzen und sie küssen können. Aber er konnte sich schlecht über den Tisch und die Teller beugen. Im Augenblick musste er sich damit zufriedengeben, mit dem Daumen die Innenseite ihres Handgelenks zu streicheln.

»Zum Krabbenessen braucht man beide Hände, Hollywood.«

Carter schaute hinunter auf ihre schmale Hand. Sie zog sie nicht weg und das gab ihm Hoffnung. Er bemerkte das Aufflackern von Verlangen in ihrem Blick. Er küsste ihre Hand. Vermutlich sah er dabei aus wie ein Volltrottel, aber das war ihm egal.

Dann seufzte er, ließ ihre Hand widerstrebend los und aß weiter.

Auf der Heimfahrt lachten sie über ein Youtube-Video, in dem die Prinzessin von Dänemark einen älteren Herrn dabei ertappte, wie er ihr auf den Ausschnitt starrte.

»Ich wüsste zu gerne, wie er das seiner Frau erklärt hat«, sagte Eliza kichernd.

»Sicher hat er behauptet, er hätte sich nur für ihren Diamantanhänger interessiert.«

»Die neuen Medien sind einfach unschlagbar. Online sieht man viel bessere Sachen als im Fernsehen.«

Carter hielt in ihrer Einfahrt und hastete um den Wagen, um ihr herauszuhelfen. Doch anstatt sie zur Haustür zu begleiten, nahm er ihre Hand und blieb mit ihr am Auto stehen. »Das war ein richtig schöner Abend«, sagte er. Er hatte nicht ein Mal an Politik gedacht und fast vergessen, dass er sein Telefon ausgeschaltet hatte. Wenn er das verdammte Ding wieder anschaltete, konnte er sich auf etwas gefasst machen.

»Nicht übel fürs erste Date.«

»Heißt das, ich komme in die engere Auswahl für ein zweites?«

»Mal sehen.«

Natürlich war er in der engeren Auswahl. Sie wollte ihn nur zappeln lassen.

Die Gardinen des vorderen Fensters bewegten sich. Auf Eliza wartete nicht nur ein Polizeihund. Auch Gwen war offenbar noch wach.

»Und wenn ich dich mit Hummer und Dom Pérignon besteche?«

»Vielleicht mag ich gar keinen Champagner.«

Carter schob sich so dicht an sie heran, dass sie zwischen ihm und dem Wagen gefangen war. »Wir waren gemeinsam auf drei Hochzeitsfeiern. Du magst Champagner, das weiß ich. Und vorzugsweise den besten.«

Sie fixierte seine Lippen. »Hummer finde ich auch ganz erträglich.«

Er beugte sich zu ihr und fand ihre Lippen. Seufzend schmolz sie in seine Arme. Carter drückte sie mit seinem Körper gegen den Wagen. Vor der Haustür oder an ein Auto gelehnt hatte er zum letzten Mal in der Highschool ein Mädchen geküsst. Aber es war nicht anders als damals: leidenschaftlich und heiß. Und genau wie damals würde es auch beim Küssen bleiben. Seltsamerweise stachelte das Wissen, dass sie heute nicht weitergehen würden, seine Leidenschaft noch an.

Sie spürte seine Erregung an ihrem Bauch. Sicher war Eliza klar, welche Wirkung sie auf ihn hatte. Aber sie zog ihn nicht nur körperlich an. Sie hatten den ganzen Abend geredet und gelacht und ihr Zusammensein genossen. Wenn Eliza die Krallen ausgefahren hatte, hatte er die Zähne gefletscht. Aber diesmal hatten sie sich nicht gestritten, sondern über ihre unterschiedlichen Meinungen gelacht.

Als sie sich jetzt bei dem Kuss an ihn drängte, erübrigte sich die Frage, ob sie miteinander im Bett landen würden. Es ging nur noch ums Wann. Carter fand den Gedanken sehr erregend und berauschte sich an der Vorfreude.

Mit einem leisen Seufzen beendete er den Kuss. »Ich sollte dich zur Tür bringen, bevor Gwen den Hund loslässt.«

Eliza lehnte die Stirn an seine Brust. »Wenn du mir vor einem Monat gesagt hättest, dass ich bald eine englische Mitbewohne-

rin und einen deutschen Hund haben würde, hätte ich dich aus-
gelacht.«

»Und jetzt hast du beides.«

»Und du solltest jetzt nach Hause fahren und schlafen. Musst
du morgen nicht schon wieder im Flieger sitzen?«

Musste er.

Er küsste sie noch einmal kurz, dann brachte er sie zur Tür.

Zod bellte, aber sie hörten, wie Gwen ihm ein Kommando gab.

»Ich rufe dich morgen früh an.«

»Das musst du nicht, Carter.«

»Mit *Müssen* hat das nichts zu tun.«

Sie lächelte. Anscheinend gefiel ihr die Antwort. Mit den
kleinen Dingen – so wie mit dem Handkuss heute – brachte er
sie immer am meisten zum Strahlen.

Das musste er sich merken.

Wir haben ein Problem.« Dean warf die alte Zeitung auf Jims
Schreibtisch und wartete, bis er sie zu sich zog.

»Was ist das?«

»Der Unterhaltungsteil der ›Hollywood Tribune‹. Schau dir
Seite fünf an.«

Dort wurde über die Harrison-Hochzeitsfeier in Texas berichtet. Auf dem großen Foto in der Mitte stand Eliza neben der
Braut.

»Ja … und? Der Bericht ist schon ein paar Wochen alt. Warum
ist das jetzt plötzlich ein Problem?«

Dean lehnte sich an den Schreibtisch und verschränkte die
Arme. »Ich habe mir erlaubt, mal wieder nach dem kleinen
Ricky zu sehen. Wie du weißt, wurde er letztes Jahr nach San
Quentin verlegt.« Keiner von ihnen war glücklich darüber ge-
wesen, dass Ricardo nun wieder in Kalifornien war.

»Kalter Kaffee.«

»Rate mal, mit wem er sich die Zelle teilt.«

Jim trommelte mit den Fingern auf die Zeitung. »Keine Ahnung.«

»Sagt dir der Name Harris Elliot etwas?«

Eine Sekunde lang sah Jim ihn fragend an. Dann fiel ihm die Kinnlade herunter.

Seine Augen schossen zu dem Foto zurück.

»Samantha Elliot Harrisons Vater.«

»Bingo.«

»Kacke.«

»Aus zuverlässigen Quellen weiß ich, dass Harry den Aufsehern, die ihm Zeitungsberichte über seine Töchter oder Bilder von ihnen bringen, Börsentipps gibt. Wollen wir wetten, dass dieses Foto auch irgendwo in seiner Zelle liegt?«

»Flitzkacke.«

Fünfzehn

Eliza saß vor Karens Schreibtisch und musterte die blonde Schönheit. Karen leitete Moonlight Villas, ein teures Pflegeheim für Erwachsene mit Handicaps, und stand in der Kartei von Alliance. Zumindest hoffte Eliza, dass es noch so war.

»Okay – was führt Sie zu mir? Haben Sie einen Mann für mich gefunden?« Karen sah umwerfend aus, war intelligent und hätte problemlos selbst einen Mann finden können. Aber sie wollte, dass Alliance ihr einen begüterten Heiratskandidaten vermittelte, damit sie weiterhin die Zeit und die Mittel hatte, Gutes zu tun.

Unglücklicherweise schüchterte Karens Schönheit manche Männer, die infrage kamen, regelrecht ein. »Der Einzige, der im Augenblick Ihren finanziellen Ansprüchen genügen würde, ist ein Herr in sehr reifem Alter. Er will seinen Kindern eins auswischen.«

Karren kniff die eisblauen Augen zusammen. »Wie reif?«

»Sechsundsiebzig.«

»Autsch.«

Eliza zuckte die Schultern. »Ich weiß. Aber er ist ein netter Kerl und ich glaube, er will seine Kinder zur Vernunft bringen, indem er ihnen Angst einjagt. Eigentlich braucht er eine resolute ältere Italienerin, die ihn bemuttert und seinen Kindern mit dem Rührlöffel droht.«

Karen lachte. »Klingt wie meine Tante Edie.«

»Ist sie Italienerin?«

»Beinahe. Mein verstorbener Onkel Joe war ein Bilderbuchitaliener. Das hat wohl auf sie abgefärbt. Die beiden haben lange in New York gelebt. Dann kam Onkel Joes Lungenemphysem und sie sind wegen des besseren Wetters nach Kalifornien gezogen. Tante Edie ist jetzt schon seit zehn Jahren Witwe.«

Eliza wurde ganz zappelig. »Meinen Sie, Ihre Tante hätte Lust auf ein Blind Date?«

»Mit Ihrem reichen Kunden?«

»Warum nicht?«

»Keine Ahnung«, sagte Karen. »Eigentlich ist sie ganz zufrieden, spielt mittwochs Bingo und freitags Skat.«

Eliza beugte sich vor. »Vorschlag: Ich arrangiere für Sie ein Treffen mit Stanly. Dann können Sie ihn kennenlernen. Falls Sie anschließend nicht wie ich der Meinung sind, dass er die starke Hand einer älteren Frau braucht, suche ich ihm eine jüngere.«

»Das klingt vielleicht gierig … aber was springt für mich dabei raus?«

»Wenn es zwischen Ihrer Tante Edie und Stanly Sedgwick funkt, bitte ich Sedgwick um eine großzügige Spende für die Jugendarbeit. Sie engagieren sich doch noch für benachteiligte Jugendliche, oder?«

Karen machte ein nachdenkliches Gesicht. Man mochte die hübsche Blondine für oberflächlich halten, weil sie unbedingt einen reichen Mann heiraten wollte. Aber sie wollte Gutes tun und dafür brauchte sie Geld.

»Würden Sie diesen Mann mit Ihrer eigenen Tante verkuppeln?«

»Ich habe keine Tante. Aber wenn ich eine hätte, dann ja.«

»Okay. Ich treffe mich mit ihm.«

Zum ersten Mal hatte Eliza das Gefühl, tatsächlich Amor zu spielen. Sie wollte für Stanly die Richtige finden und keine reine Vorzeigefrau, mit der er nur seine Kinder und Enkel erschrecken konnte.

$\mathcal{E}$liza gab Gwen den Gehörschutz, damit ihre Ohren nichts abbekamen.

»Ist das wirklich nötig?« Gwen schob den Kopfhörer vorsichtig über ihre perfekt sitzende Frisur.

»Ich habe Waffen im Haus, Gwen. Und wenn man nicht damit umgehen kann, sind sie gefährlich.«

»Das ist doch absurd. Solange ich sie nicht anfasse, kann mir doch nichts passieren.« Gwen warf einen düsteren Blick auf die beiden Schießeisen, die Eliza auf die Bank gelegt hatte.

»Eigentlich hast du recht. Solange keiner damit auf dich zielt, sind sie harmlos. Aber du wolltest ja unbedingt bei mir einziehen.« Eliza hatte leise gesprochen. Jetzt schaute sie nach, ob ihnen jemand zuhörte. Aber noch hatten sie die Anlage für sich, sie waren früh genug gekommen. »Ich möchte dir nur vorsichtshalber ein paar Dinge zeigen.«

Gwen sah aus, als wollte sie widersprechen. Deshalb zog Eliza ihr unschlagbarstes Argument aus dem Ärmel. »Es wäre schrecklich für mich, wenn dir wegen meiner Vergangenheit etwas zustoßen würde. Also lass mich dir wenigstens beibringen, wie du dich verteidigen kannst.«

Gwen legte den Kopf schief. »Aber bei dir einzuziehen, war tatsächlich meine Entscheidung. Ich wollte das so.«

»Und *ich* will, dass du jetzt mit mir übst.«

»Ist ja gut.« Gwen griff nach dem Revolver.

Eliza stellte sich neben sie und begann mit der Unterrichtsstunde. »Meine Waffen sind immer geladen. Geh am besten davon aus, dass jede Waffe, die du in die Hand nimmst, geladen ist.«

Gwen zuckte zurück, als hätte sie sich verbrannt.

»Beißen tut sie nicht.« Eliza nahm den Revolver und öffnete die Trommel. Nach einer kurzen Erklärung, wie man erkannte, dass die Waffe geladen war und wie man sie richtig hielt, feuerte Eliza ein paar Schüsse ab. Das Knallen vibrierte trotz der Ohrenschützer durch ihren Schädel. Die Papierzielscheibe hing knapp zehn Meter weit weg und Eliza traf immer ins Schwarze. So wie es sich für jemanden gehörte, der mit zehn Jahren das Schießen gelernt hatte.

Für Gwens ersten Versuch stellte sich Eliza hinter sie. »Stell dich fest auf beide Füße. Den Rückschlag wirst du deutlich spüren. Lass aber auf keinen Fall los.«

Gwen nickte und zielte, wie sie es bei Eliza gesehen hatte. Vor lauter Konzentration schob sie die Zunge zwischen die Lippen wie ein kleines Kind. Mit erstauntem Blick drückte sie ab. Zum Glück ließ sie die Waffe nicht fallen, als die Kugel aus dem Lauf raste, aber ihr Arm schnellte in die Höhe. Eliza suchte mit zusammengekniffenen Augen nach einem Loch in der Zielscheibe. Fehlanzeige. Gwens Grinsen reichte trotzdem von einem Ohr zum anderen.

»Nicht übel«, sagte Eliza.

»Aber das ging daneben.«

Eliza ließ die Zielscheibe per Knopfdruck näher heranfahren. »Versuch's noch mal.«

Diesmal schoss Gwen ein Loch in das Papier. Allerdings nicht innerhalb der menschlichen Silhouette. Trotzdem war sie ganz aus dem Häuschen. Ihre Anspannung und die Aufregung legten sich. Nach vierzig Schüssen übten sie mit der kleineren Waffe weiter.

Gwen war ein Naturtalent. Schon beim Verlassen der Schießhalle wollte sie wissen, wann sie wieder hier üben würden.

»Männer sehen das vielleicht anders, aber für mich sind Frauen die besseren Schützen.«

Auf der Heimfahrt hielten sie an einer Ampel. Eliza sah sich im Rückspiegel die nachfolgenden Fahrzeuge genau an.

»Hattest du schon immer eine Waffe?«

»Ja.«

»Unser Wachpersonal zu Hause hat auch welche. Aber wir durften sie nie anfassen. Wenn ich darauf bestanden hätte, hätte mir vielleicht jemand das Schießen beigebracht. Aber ich dachte, das wäre nicht nötig.«

»Vermutlich hast du ja recht.«

»Mit etwas so Gefährlichem in der Hand fühlt man sich ziemlich stark«, sagte Gwen nachdenklich.

Die Ampel sprang auf Grün. Eliza warf einen weiteren Blick auf die Autos hinter ihnen.

»Denk immer daran: Du schießt, um zu töten.« Eliza hatte sämtliche Tipps und Tricks, die sie von Dean und Jim kannte, an Gwen weitergegeben.

»Ich glaube nicht, dass ich absichtlich jemanden verletzen könnte.«

»Wenn dir jemand etwas antun will, kannst du es garantiert.«

»Meinst du wirklich?«

Ein Wagen verließ die Abbiegespur und scherte hinter ihnen ein. Das Gerede über Waffen und Selbstverteidigung machte Eliza nervös. Das neue Mercedesmodell war in L. A. sehr beliebt. Sicher war der Wagen nicht derselbe wie der, der vorher vor der Schießhalle gestanden hatte.

»Wenn es um Leben und Tod geht, ist man zu allem fähig.«

Gwen wedelte mit der Hand. »So schlimm wird es schon nicht kommen.«

»Hoffen wir's.«

Gwen schnaubte, dann wechselte sie das Thema. »Wann siehst du Carter wieder?«

Sein Name zauberte ein Lächeln auf Elizas Lippen. »Er ist noch bis morgen in Sacramento.«

»Die Blumen, die er dir geschickt hat, sind wunderschön.«

Anstatt des üblichen Dutzends Rosen hatte Carter Orchideen und weiße Lilien für sie ausgesucht. Ein bisschen ärgerte sich Eliza, dass sie sich wie ein typisches Weibchen über die männliche Aufmerksamkeit freute. Trotzdem seufzte sie jedes Mal auf, wenn sie ins Wohnzimmer kam und die Blumen sah. Sie machte sich nichts vor. Carter hatte es geschafft, sich durch ihren Verteidigungswall zu schmuggeln, und sie dachte jeden Tag unzählige Male an ihn. Ganz zu schweigen, von dem, was ihr nachts durch den Kopf ging.

Eliza merkte, dass Gwen sie aus dem Augenwinkel musterte. »Was ist?«

»Nichts.«

Ja, klar. Wenn eine Frau »Nichts« sagte, steckte immer etwas dahinter.

Beim Abbiegen suchte sie im Rückspiegel nach dem Mercedes. Wie erwartet folgte er ihnen nicht.

Paranoid.

Zod bellte hinter der Tür und drängte ins Freie, sobald sie offen war. Eliza sah zu, wie er vor dem Pinkeln überall herumschnüffelte. Sie zog die Schuhe aus. Aber anstatt sie im Flur stehenzulassen, verstaute sie sie im Garderobenschrank. Sie musste den Hund ja nicht in Versuchung führen.

Gwen hörte den Anrufbeantworter ab, während Eliza die Waffen zum Reinigen auf die Arbeitsplatte legte.

Ein Anrufer hatte gleich wieder aufgelegt. Sam lud sie für Samstag zum Lunch ein und Karen bat um einen Rückruf.

Gwen stellte sich unter die Dusche, um den Geruch von Pulverdampf loszuwerden, Eliza rief Karen an.

»Stanly war beim ersten Date aufgeregt wie ein Teenager.«

»Er ist ein Schatz.«

»Ich verstehe jetzt, warum Sie die Richtige für ihn finden wollen und nicht nur eine Frau auf Zeit.«

»Schön, dass wir einer Meinung sind!«

»Ja. Und wenn er zwanzig Jahre jünger wäre, würde ich ihn für mich haben wollen«, sagte Karen.

»Zwanzig?«

»Okay. Dreißig. Tante Edie könnte vielleicht ein bisschen zu anstrengend für ihn sein. Aber einen Versuch ist es wert.«

Eliza freute sich. »Haben Sie seine Kinder gesehen?«

»Nein. Wir haben uns in einem Café getroffen. Aber sein Fahrer hat beim Warten mit jemandem telefoniert. Vermutlich wissen seine Lieben also, dass Stanly mit einer jüngeren Frau aus war.«

Eliza hoffte, dass Stanlys Kindern der Angstschweiß auf der Stirn stand. »Soll ich ihn fragen, ob er Ihre Tante kennenlernen möchte? Oder wollen Sie das machen?«

»Ich habe ihm vorgeschlagen, am Donnerstag mit Tante Edie und mir zu Abend zu essen.«

»Ahnt er, dass wir ihn verkuppeln wollen?«

»Vermutlich nicht. Aber ich glaube, er war erleichtert, als ich ihm sagte, ich könnte keine romantischen Gefühle für ihn entwickeln, und ihn zu dem Abendessen einlud.«

»Prima. Sonst hätte er sich vielleicht Viagra verschreiben lassen müssen.«

»Herrje.« Karen lachte. »Er ist so erpicht darauf, seinen Kindern eine Lehre zu erteilen, dass er sich schon allein deshalb auf das Date am Donnerstag eingelassen hat. Um seine Verwandtschaft nervös zu machen, ist ihm alles recht. Und als ich ihm dann noch von Tante Edies Risotto erzählte, konnte er nicht widerstehen.«

»Und was sagen Sie Ihrer Tante?«

»Nur dass ich jemanden zum Essen mitbringe. Das ist sie gewöhnt.«

»Ich will gleich am Freitagmorgen wissen, wie es gelaufen ist.«

»Geht in Ordnung.«

Sechzehn

Langsam wird das zur Gewohnheit, Detectives.« Carter lehnte sich mit verschränkten Armen an den Türrahmen von Deans und Jims Büro. »Ich bringe Eliza nicht noch einen schuhverrückten Hund.«

Jim und Dean schüttelten Carter die Hand.

»Danke fürs Kommen.«

Wie beim ersten Mal gingen sie in den Befragungsraum, damit sie ungestört reden konnten.

»Wie läuft es mit Zod?«

»Abgesehen von seinem Schuhtick macht er sich ganz gut. Eliza nimmt ihn zwar nicht mit, wenn sie weggeht. Aber er bewacht das Haus.«

Dean und Jim warfen einander einen langen Blick zu.

»Was ist denn?«

»Wir nehmen an, Eliza hat Ihnen gesagt, warum sie den Hund braucht?«

»Hat sie.«

»Hat sie es auch Mrs Harrison erzählt?«

»Eliza und Samantha sind beste Freundinnen. Was glauben Sie?«

Wieder schauten die Cops einander an.

»Wissen Sie, ob Mrs Harrison noch Kontakt mit ihrem Vater hat?«, fragte Jim.

»Sie meinen, ob sie ihn im Knast besucht?« Die Frage überraschte Carter.

»Ja.«

»Blake meint, die beiden hätten seit der Urteilsverkündung nichts mehr miteinander zu tun gehabt. Warum?«

Als Jim seinem Partner schon wieder einen vielsagenden Blick zuwarf, wedelte Carter ungeduldig mit der Hand. »Warum?«

»Mrs Harrisons Vater sitzt in derselben Zelle wie der Mann, der für den Tod von Elizas Eltern verantwortlich ist.«

»Sam hat keinen Kontakt zu ihrem Vater. Ich sehe da kein Problem.«

»Samantha will vielleicht nichts mehr mit ihrem Vater zu tun haben. Aber womöglich interessiert er sich dafür, was seine Tochter macht. Wir wissen, dass Mr Elliot Fotos von ihrer Hochzeitsfeier in der Zelle hatte. Ahnen Sie jetzt, worauf wir hinauswollen, Mr Billings?«

Carters Puls beschleunigte sich. Plötzlich und völlig unerwartet spürte er den Drang, seine Handflächen zu kratzen. »Eliza war noch ein Kind, als ihre Eltern ermordet wurden.« Noch bevor Carter den Satz zu Ende gesprochen hatte, wusste er, dass die Männer ihm nicht den Gefallen tun würden zu sagen, damit seien ihre Sorgen unbegründet.

Dean schlug einen Ordner auf und reichte Carter ein Foto. Darauf schmiegte sich eine Frau, die Eliza frappierend ähnlich sah, an einen kräftigen Mann in den Vierzigern. Neben ihnen stand ein kleines Mädchen mit einem dunklen Pferdeschwanz und Zahnlücke. Die Kleine lächelte keck in die Kamera.

»Eliza sieht nicht nur aus wie ihre verstorbene Mutter, sie spricht auch wie sie.«

Carter strich mit dem Finger über das Bild. Eliza war schon damals ein hübsches Kind gewesen.

»Wenn Eliza weiterleben will wie bisher, braucht sie unbedingt Schutz.«

Carters Gedanken rasten. Die Unruhe draußen auf dem Flur bemerkte er erst, als die Tür aufging und sich ein vertrauter haariger Kopf hereinschob.

»Ich hoffe, hierfür gibt es einen wirklich guten Grund.« Eliza betrat den Raum gleichzeitig mit Zod. Als sie Carter sah, schnappte sie erst einmal nach Luft. »Was machst du denn hier?«, fragte sie dann.

»Wir haben ihn gebeten herzukommen.« Dean schloss die Tür hinter ihr. Er tätschelte den Hund und schob Eliza einen Stuhl hin.

Carter stand auf und ging zu ihr. Das dunkle Haar floss ihr über die Schultern wie Seide. Er griff nach ihrer Hand und flocht seine Finger durch ihre. Sofort hörten seine Handflächen auf zu jucken.

»Was ist los?« Elizas herausforderndes Lächeln fiel angesichts der ernsten Gesichter in sich zusammen. »Was ist passiert?«

»Nichts. Bis jetzt«, sagte Jim.

Dean vergrub die Hände in den Hosentaschen. »Sie brauchen engmaschigere Sicherheitsvorkehrungen.«

»Wieso das denn? Mister Zod macht seine Sache doch ganz gut.«

»Aber nur, wenn Sie ihn auch immer bei sich haben. Soweit wir wissen, gehen Sie jedoch öfter ohne ihn weg.«

Carter wand sich unter Elizas bohrendem Blick. Jetzt wusste er, wie sich eine Petze fühlte.

»Große, furchteinflößende Hunde, die zubeißen könnten, sind nicht überall willkommen.«

»Deshalb brauchen Sie einen Leibwächter.«

»Ich habe ein topmodernes Überwachungssystem im Haus und eine zielsichere Mitbewohnerin. Das dürfte doch wohl reichen.« Eliza schlug einen forschen Ton an. Doch Carter spürte, wie ihre Handfläche feucht wurde.

»Das reicht eben nicht.«

Eliza schüttelte den Kopf. Carter wusste, was jetzt kommen würde. »Ich laufe ganz bestimmt nicht mit einem Aufpasser im Schlepptau durch die Gegend, Dean.«

»Und wenn ich das übernehme?«, fragte Carter.

»Musst du nicht ins Wahlkampfbüro? Du kannst nicht den Bodyguard für mich spielen.«

Das wollen wir erst mal sehen.

»Sie organisieren sich einen Leibwächter oder Sie tauchen ab.« Deans Ton war unerbittlich. »Das ist kein Witz.«

Eliza schüttelte den Kopf.

»Verdammt, Eliza!«, rief Dean.

Alle zuckten zusammen, sogar der Hund.

Carter ließ Elizas Hand los und stellte sich zwischen sie und die Männer. »Kann ich einen Moment allein mit ihr sprechen?«

Jim stand auf und ging zur Tür.

Dean starrte Eliza an. »In Ordnung. Aber bevor Sie noch mal Nein sagen, sollten Sie eines wissen.« Er zeigte mit dem Finger auf sie. »In Ricardos Zelle wurde ein Foto von Ihnen gefunden.«

Dean stapfte aus dem Zimmer. Jim folgte ihm.

Carter sah, dass Eliza blass geworden war. Ihre Augen wirkten glasig und als er sich neben sie kniete, sah sie ihn nicht an. Er nahm ihre Hände zwischen seine und hielt sie fest.

»Ist das ein Bluff?«, fragte sie.

Carter war sich nicht ganz sicher. Aber anscheinend gaben Deans Worte ihr zu denken. »Warum sollte er bluffen?«

»Damit ich tue, was er sagt.«

»Deine Sicherheit liegt Dean wirklich am Herzen. Ich glaube nicht, dass er dich anlügen würde, nur damit du gehorchst.«

Eliza stieß einen langen Seufzer aus und schloss die Augen. »Verdammt«, flüsterte sie.

Aus Carters Sicht ließ sich das Problem leicht lösen. Er musste nur Eliza davon überzeugen.

»Ich habe den perfekten Plan.«

»Ich ziehe in einen unterirdischen Bunker in Mexiko?«

Er kniete sowieso schon vor ihr. Also nahm er seinen Mut zusammen. »Heirate mich.«

Sie riss die Augen auf. »Ich dachte, das hätten wir bereits geklärt.«

Das war kein Nein.

»Ja, aber damals ging es darum, dass mir eine Hochzeit helfen würde, gewählt zu werden. Jetzt geht es darum, dich vor dem

Wahnsinnigen zu schützen, der für den Tod deiner Eltern verantwortlich ist. Mit einer Unterschrift können wir zwei Fliegen mit einer Klappe schlagen.«

Elizas Blick wurde ein wenig weicher. »Wenn du mich heiratest, laufen dir alle deine Freundinnen weg.«

Sie hatte immer noch nicht Nein gesagt. Carters Hände wurden feucht.

»Die Lady, mit der ich mich zurzeit gelegentlich verabrede, würde sich sicher nicht hintergangen fühlen.«

Eliza lächelte gequält. »Du bist doch ständig unterwegs. Wie willst du da mein Bodyguard sein?«

»Wenn du meine Frau bist, kann ich dich bewachen lassen wie eine First Lady.«

»Ich weiß nicht …«

»Liegt es an mir? In letzter Zeit lief es doch ganz gut mit uns. Haben dir die Blumen nicht gefallen?«

»Sie sind wunderschön.«

»Habe ich mich beim Krabbenessen zu ungeschickt angestellt?«

Jetzt lachte sie, sagte aber immer noch nicht Nein. »Wir reden übers Heiraten.«

»Unsere besten Freunde haben aus noch viel nüchterneren Gründen geheiratet und sind jetzt sehr glücklich. Ich will nicht, dass du in einem Bunker in Mexiko verschimmelst. Außerdem schuldest du mir noch ein Hummeressen.«

Sie sah ihn nachdenklich an und sagte nicht Nein.

»Wenn sich die Wogen geglättet haben, kann ja jeder von uns einen Rückzieher machen.«

Sein Herz zog sich zusammen. Er wusste nicht, ob es der Schmerz darüber war, dass sie ihn verlassen könnte, oder die Freude darüber, dass sie über seinen Antrag nachdachte.

»Wir leben in einem freien Land.«

Sie nickte bedächtig. »Wir bräuchten eine Hochzeitsfeier. Nichts allzu Aufwendiges, aber schon so, dass die Medien die Heirat nicht zum reinen Wahlkampfmanöver erklären.«

»Viel Zeit können wir uns nicht lassen. Je früher du meine Frau wirst, desto besser.« Sein Herz setzte einen Schlag lang aus.

»Gwen und ich haben inzwischen Übung im Planen von Hochzeiten. Wir können am Montag verheiratet sein.« Eliza starrte beim Reden auf seine Brust.

Carter hob ihr Kinn und schaute ihr in die Augen. »Ist das ein Ja?«

»Ich glaube … Okay, ja. Das ist ein Ja.«

In Carters Herz blühte plötzlich eine Frühlingswiese. Eliza würde Mrs Carter Billings werden. Anstatt darüber nachzugrübeln, was alles schiefgehen konnte, sah er eine strahlende Zukunft und ein Happy End vor sich.

Sie erwiderte sein Lächeln und er besiegelte die Abmachung mit einem Kuss.

*N*ichts auf der Welt hätte Eliza auf die folgende Woche ihres Lebens vorbereiten können. Fast von der Minute an, in der sie Carters Antrag angenommen hatte, klebten Tag und Nacht Beschützer an ihr. Bei jedem Schichtwechsel meldeten sie sich, damit sie wusste, wer sie bewachte. Ansonsten verhielten sie sich sehr diskret. Sie waren wie Schatten in Anzügen. Ein paar trugen auch unauffällige Straßenkleidung und sahen überhaupt nicht aus wie Leibwächter. Aber Eliza wusste, dass alle bewaffnet waren und im Ernstfall schießen würden. Joe, der früher schon zeitweise Carters persönlicher Bodyguard gewesen war, koordinierte die Bewachung zusammen mit Neil.

Samantha und Gwen zeigten sich nur mäßig überrascht von der Ankündigung, dass Eliza und Carter heiraten würden. Sie gratulierten, als hätten sie mit nichts anderem gerechnet. Sams Erklärung dafür war einfach. *Du bist eine vernünftige Frau und die*

Entscheidung für Carter ist vernünftig. Ein Teil von Eliza fragte sich, was aus der großen Liebe geworden war, die doch der eigentliche Grund für den Gang zum Standesamt sein sollte. Aber das Leben war nun mal kein Wunschkonzert. Sie würde eine Vernunftehe mit Carter eingehen. Gefühle spielten dabei eine untergeordnete Rolle.

Selbst als er ihr auf Knien den Heiratsantrag gemacht hatte, was sie sehr süß fand, hatte er nichts von Liebe gesagt. Nein, er hatte nur von der Lösung ihrer jeweiligen Probleme gesprochen. *Vernünftig.*

Der Mann, der sie gebeten hatte, seine Frau zu werden, mochte das Charisma eines Rockstars und die Intelligenz eines Verfassungsrichters besitzen – aber er hatte nicht behauptet, der perfekte Partner für sie zu sein. *Vernünftig.*

Dabei nahm der Gedanke, Mrs Carter Billings zu werden, ihr fast den Atem. *Nicht vernünftig. Heiß!*

»Erde an Eliza ... Eliza bitte kommen.« Sam wedelte mit der Hand vor Elizas Gesicht herum.

»Entschuldige.«

»Schon in Ordnung. Im Moment ist alles ein bisschen viel, ich weiß. Also – was hättest du gerne?«

Eliza betrachtete die abgebildeten Blumensträuße und zeigte auf den ersten, der ihr gefiel. Orchideen und Lilien, genau wie die, die Carter ihr vor etwas mehr als einer Woche geschickt hatte.

»Perfekt. Und welche Torte?«

Eliza deutete auf ein schlichtes, aber elegantes Design. »Was den Geschmack angeht, bin ich mir nicht sicher. Ich weiß nicht, was Carter gerne mag.«

Gwen saß kopfschüttelnd neben Eliza. »Auf Schokolade scheint er jedenfalls nicht zu stehen. Dabei mögen die meisten Männer diesen Geschmack. Vielleicht solltest du Vanille nehmen.«

Eliza fand es irritierend, dass Gwen Carters Vorlieben besser kannte als sie. Aber Blake und Carter waren seit Jahren beste

Freunde. Ganz so lange kannte Eliza Carter noch nicht. Es ging aber noch deutlich extremer, das wusste sie. Samantha und Blake hatten schon eine Woche nach ihrem ersten Zusammentreffen geheiratet.

Eliza kreuzte zwei Vanillekombinationen an – eine mit Erdbeerfüllung und eine mit Sahne.

Erledigt!

»Und jetzt?«

Mit dem Partyservice hatten sie bereits am Vortag gesprochen. Auch klassisch elegante Abendkleider für Samantha und Gwen waren bereits ausgesucht.

Weil die Hochzeit eine ziemliche Hau-ruck-Aktion war, würde die Feier auf Samanthas und Blakes Anwesen stattfinden. Eliza fand das gut. Die Aussicht war traumhaft und der Pazifik gab eine herrliche Kulisse ab.

»Ich habe mit dem Fotografen gesprochen, der auch die Bilder in Texas gemacht hat. Er kommt gerne her. Anscheinend ist es in Texas jetzt noch heißer als vor zwei Monaten und der Fotograf hat grade Zeit.«

»Ich hätte angenommen, dass er ständig ausgebucht ist.« Eliza vermutete, dass Sam ihm einen ordentlichen Zuschlag bezahlte und ihn vielleicht sogar mit dem Privatjet abholen ließ. Sie danach zu fragen, würde zu nichts führen. Und abgesehen davon hatte Eliza für Sams Texas-Hochzeit das gelbe Kleid erduldet.

»Anscheinend nicht«, sagte Gwen schmunzelnd.

Eindeutig. Jemand hat eine saftige Sonderprämie bekommen.

Samantha hakte auf ihrem Notebook die erledigten Aufgaben ab. »Wir haben nur ein paar Tage, um ein Brautkleid zu finden. Ich würde sagen, wir fangen heute noch damit an.«

»Ich möchte etwas Schlichtes.« Eliza gehörte nicht zu den Frauen, die sich von klein auf eine Traumhochzeit ausgemalt hatten. Vielleicht lag es daran, dass sie ohne Familie aufgewachsen war. Sie war immer davon ausgegangen, dass sie eines Tages von einem Standesbeamten oder von einem kitschigen Elvis-Imitator in Vegas verheiratet werden würde.

Dass sie sich jetzt mit Carter eine feierliche Zeremonie wünschte, überraschte sie selbst. Möglicherweise war das eine Nebenwirkung ihrer regelmäßigen Einsätze als Sams Trauzeugin.

Eine halbe Stunde später waren die drei Frauen auf dem Weg zu einer Boutique, um last minute das perfekte Brautkleid zu erstehen.

Carter scrollte auf seinem Smartphone durch eine Liste von Trauringen, während Jay die Termine der nächsten Wochen herunterrasselte.

»Gouverneur Montgomery hat dich zu einem Staatsbankett eingeladen. Wir müssen dafür andere Termine verschieben. Aber du solltest hingehen. Seine Unterstützung sichert dir Wählerstimmen.«

Ein Solitär oder ein Diamant in einer Fassung mit anderen Steinen?

»Wann ist das Dinner denn genau?«, fragte Carter.

»Am Freitag in zwei Wochen.«

Eine Woche nach der Hochzeit. Die perfekte Gelegenheit, um seine Frau der Öffentlichkeit zu präsentieren. »Ich brauche zwei Einladungen.«

»Ach?«

Carter fand einen Solitär schöner, aber Eliza mochte dicke Klunker lieber, als sie zugab. Trotz aller Burschikosität war sie im Herzen ein Partygirl.

»Ja. Und die Termine ab diesem Samstag bis zum Mittwoch streichen wir.«

Carter dachte an Elizas scheußliches gelbes Kleid bei Samanthas und Blakes letzter Hochzeitsfeier. Er klickte eine Auswahl seltener gelber Diamanten an und war innerlich schon auf hässliche Steine vorbereitet. Aber was er sah, gefiel ihm.

Mehr noch: Er entdeckte den perfekten Ring.

Er speicherte das Foto auf dem Telefon und warf einen Blick auf die Uhr. Der Juwelier würde ihn nach Ladenschluss bedienen müssen, aber das war sicher kein Problem.

Jay räusperte sich.

»Entschuldige.« Carter steckte das Telefon weg. »Du kannst mich doch freischaufeln, oder?«

Jays missmutige Miene zeigte, was er davon hielt. »Ja, sicher«, sagte er gepresst. »Lieferst du mir einen Grund für die Absagen? Oder soll ich mir etwas ausdenken?«

Carter stand auf und steckte die Hände in die Taschen. »Eliza und ich heiraten am Samstag. Auf dem Anwesen der Harrisons. Du stehst auf der Gästeliste und kannst gerne jemanden mitbringen. Anschließend flittern wir ein paar Tage und danach bin ich wieder voll einsatzfähig.«

Jay blieb der Mund offen stehen.

»Wenn wir weg sind, setzt du dich bitte mit den Detectives zusammen, die Eliza von der Pressekonferenz abgeholt haben. Ihr müsst euch über die Sicherheitsvorkehrungen für sie und unser Heim unterhalten.«

Jay klappte den Mund wieder zu und warf die Hände in die Luft. »Augenblick! Du heiratest?«

»Am Samstag.«

Jay streckte die Hand aus. »Gratuliere. Kluger Zug. Damit kannst du die Scharte vom letzten Monat beinahe auswetzen.«

Dass die Hochzeit Teil einer Imagekampagne war, wollte Carter weder dementieren noch bestätigen. »Sag irgendetwas über eine Privatangelegenheit, um die ich mich kümmern muss. Eine Erklärung geben wir erst nach der Hochzeit ab. Ich möchte keinen Medienzirkus.«

»Klar, kein Problem. Und wie war das mit den Cops?«

Carter schüttelte den Kopf. »Das ist kompliziert. Aber sicher versorgen sie dich mit allem, was du brauchst, damit das FBI die nötigen Sicherheitsvorkehrungen veranlasst.«

»Das FBI?«

Carter tätschelte Jays Schulter. »Ich sage ja – es ist kompliziert.« Er gab Jay Deans Karte. »Du wirst die beiden bei der Hochzeit sehen.« Carter schaute noch einmal auf die Uhr. »Ich muss los.«

Einen Trauring kaufen.

Siebzehn

In drei Tagen würde er heiraten und seit sie Ja gesagt hatte, war Carter noch keine Minute mit seiner Braut allein gewesen.

»Hast du nicht gesagt, wir gehen Abendessen?« Eliza spähte stirnrunzelnd durch die Windschutzscheibe.

»Tun wir.« Carter hielt vor einem Parkplatzwächter an und schälte sich aus dem Wagen. Er nahm Eliza an der Hand und sagte dem Mann, sie wären gegen Mitternacht wieder zurück.

Blakes Pilot wartete an den Stufen des Privatjets auf sie und hieß sie an Bord willkommen.

Carter wusste, dass Eliza in den letzten Jahren manchmal mit dem Flugzeug mitgeflogen war. Trotzdem ließ das luxuriöse Fortbewegungsmittel ihre Augen strahlen.

»Verrätst du mir, wohin wir fliegen?« Eliza legte den Sitzgurt an.

Seine Hände wurden feucht. »Ja. Sobald wir in der Luft sind.«

»Hast du Angst, dass ich weglaufe?«

Er lachte. »Vielleicht.« *Genau.*

Der Pilot ließ das Flugzeug zur Startbahn rollen.

Mühelos trugen die Motoren sie in den Himmel. Als sie die Reiseflughöhe erreicht hatten, sage Eliza: »Vielleicht hast du es dir schon gedacht, aber ich stehe nicht wirklich auf Überraschungen. Ein Geschenk mit einer dicken Schleife ist gerade noch in Ordnung, aber …«

»Wir fliegen nach Tucson. Ich stelle dich meinen Eltern vor.«

»Oh.« Einen Moment lang war sie sprachlos.

»Ich habe ihnen gesagt, dass ich dich zum Abendessen mitbringe.«

»Wissen sie, dass wir heiraten?«

»Ja.«

Eliza fing an, an einem Fingernagel zu knabbern. Carter fand das süß. »Dein Vater war früher Polizist, nicht wahr?«

»Dreißig Dienstjahre in New York City.«

»Hast du seinetwegen Jura studiert?«

Eliza hatte anscheinend gemerkt, dass sie an den Nägeln kaute. Sie nahm schnell die Hand vom Mund weg.

»Das war sicher einer der Gründe. Ich habe erlebt, wie hart mein Vater immer gearbeitet hat, und war dabei, wenn er den Fernseher anschrie, weil wieder mal ein Anwalt alles zunichtemachte. Mit meinen Kumpels habe ich oft Anwalt und Detective gespielt.«

Eliza lachte.

»Ich habe einen Tatort aufgebaut und mein Freund Roger hat die Beweise gesichert.«

»Klingt wie eine Nerd-Version von Räuber und Gendarm.«

»War es auch. Mein Vater hat sein Leben lang für ein System gearbeitet, das große Mängel hat. Ich wollte dazu beitragen, sie zu beheben. Für Männer wie ihn.«

Eliza machte es sich in dem breiten Ledersessel bequem und streifte die hochhackigen Schuhe ab. »Ich habe mich immer gefragt, wie du dir den Wahlkampf leisten kannst. Die meisten erfolgreichen Politiker kommen aus begüterten Familien. Aber dein Dad ist von seinem Polizistengehalt sicher nicht reich geworden.«

»Das stimmt. Eigentlich konnten wir uns mein Jurastudium gar nicht leisten. Ich war auf der Suche nach einer ertragreichen Anlagemöglichkeit, da traf ich Blake. Er baute gerade sein Transportunternehmen auf und brauchte Investoren. Also bin ich ein halbes Jahr lang nicht studieren gegangen und habe ihm die gesparten Gebühren gegeben.«

»Das muss ganz schön hart gewesen sein.«

»War es. Aber Blake war … Blake. Er hat nie versucht, mir seine Geschäftsidee zu verkaufen. Er sagte nur, er würde mein

Geld verdreifachen. Blake war fest entschlossen, seinem Vater zu beweisen, dass er ohne ihn erfolgreich sein konnte, und ich habe an ihn geglaubt.«

Wie die Geschichte weitergegangen war, wussten sie beide. Blakes Transportunternehmen hatte sich großartig entwickelt und ihm Millionen eingebracht.

»Heißt das, du bist Blakes Partner?«

»Stiller Teilhaber. Ich habe genommen, was ich fürs College brauchte. Den Rest konnte er investieren, wie er es für richtig hielt.«

»Wow. Das wusste ich nicht. Ich dachte, ihr beide wärt einfach nur Freunde.«

»In erster Linie Freunde, in zweiter Linie Geschäftspartner. Ich habe nie Rechenschaft darüber verlangt, was er mit meinem Geld macht oder wie er es anlegt.«

»Ich wünschte, ich könnte auch so erfolgreich investieren.«

Carter schüttelte den Kopf. »Blakes Firma ist ein Privatunternehmen. Aber sicher kann Sam ein gutes Wort für dich einlegen.«

»Was ist mit meinem Bräutigam? Sollte die Zukünftige eines stillen Teilhabers nicht auch einen gewissen Stellenwert haben?«, frotzelte sie.

Ihm gefiel, wie sich das anhörte. *Die Zukünftige.* »Vielleicht kann ich etwas für dich arrangieren.«

Sie lachten. Als der Pilot durchsagte, sie könnten die Sitzgurte lösen, ging Carter zur Minibar und öffnete eine Flasche Wein.

»Erzähl mir von deiner Mutter. Wie ist sie so?«

»Meine Mom ist toll. Sie hat Humor und nimmt sich nicht allzu ernst. Dass sie für meinen Vater so viel aufgegeben hat, hat sie nie bereut.«

»Aufgegeben? Wie meinst du das?«

Carter reichte ihr ein Glas Pinot Grigio und setzte sich wieder.

Wer sich für seine Familie interessierte, konnte leicht einiges über sie herausfinden. Aber was er Eliza als Nächstes sagte, wusste nicht jeder.

»Meine Mutter ist eine Hammond. Hammond wie Senator Hammond.«

Einen Moment lang sah Eliza ihn fragend an. Dann wurde ihr klar, von wem er sprach.

»Maxwell Hammond?«

»Ja.«

Sie stieß einen Pfiff aus. »Viel Geld und noch mehr Einfluss.«

Carter nahm einen Schluck Wein und ließ den fruchtigen Geschmack über seine Zunge fließen. »Damit wollte die Familie meine Mom und meinen Dad auseinanderbringen. Aber es hat nicht geklappt.«

»Wie süß. Ich meine, natürlich ist es übel, dass deine Familie versucht hat, die Beziehung zu verhindern. Aber dass das nicht funktioniert hat, finde ich cool.«

»Damals gab es wohl unschöne Szenen. Das Verhältnis zwischen Mom und ihrem Bruder hat sich nie wieder ganz eingerenkt und wenn ich ihn gelegentlich irgendwo treffe, benimmt er sich nicht gerade wie ein fürsorglicher Onkel. Moms Seite der Familie sehe ich allerdings nur bei Hochzeiten oder Beerdigungen.« Ironischerweise war Carters Kandidatur für das Gouverneursamt genau das, was die Familie seiner Mutter sich für ihn gewünscht hätte. Aber diese Leute waren ihm nicht wichtig. Er tat es für seinen Vater. Auf die Hammonds gab er keinen Pfifferling.

Eliza stellte noch ein paar Fragen über seine Familie und seine Jahre in New York.

Er erzählte ihr von Roger und Beverly und schlug vor, die beiden und ihr kleines, erst eine Woche altes Mädchen zu besuchen, wenn wieder etwas Ruhe eingekehrt war.

»Mr Billings, Miss Havens, wir befinden uns im Landeanflug. Bitte schnallen Sie sich an.«

Carter setzte sich neben Eliza und schloss den Sitzgurt. Sie starrte aus dem Fenster und fing an, an den Nägeln zu knabbern. Er nahm ihre Hand zwischen seine und hielt sie fest. »Du wirst ihnen gefallen.«

»Ich bin nicht nervös«, behauptete sie.

Ja, klar.

$\mathcal{E}$liza wusste nicht, was sie erwartet hatte. Aber die Leute, die für Carters Existenz verantwortlich waren, überraschten sie.

Abigail Billings sah man ihr Alter kaum an. Sie war eine jugendlich wirkende Sechzigerin mit einem fast faltenfreien Gesicht und rotblondem Haar, das bestimmt allmonatlich von einem Friseur auf Vordermann gebracht wurde.

Carters Vater wurde Cash genannt und Eliza sah seine Augen verschmitzt aufblitzen, als er sie an der Tür musterte.

»Sie sind also die Frau, die meinem Sohn Fesseln anlegen will«, sagte er grinsend.

Abigail gab ihrem Mann einen Klaps auf den Arm und Eliza staunte, wie ähnlich Carter seinen Eltern war. »Ich glaube, mit den Handschellen warten wir bis nach der Hochzeit.«

Cash prustete los, Carter wurde rot.

»Die Frau gefällt mir, Carter.« Cash schob Eliza in das gemütliche Wohnzimmer. Das Haus lag direkt neben einem der vielen Golfplätze von Arizona. Es war zwar keine Villa, aber auch kein typisches Vorstadthaus.

»Wir haben uns sehr darauf gefreut, Sie kennenzulernen, Eliza. Wir wussten gar nicht, dass Carter eine Freundin hat.« Abigail bot Erfrischungen an, Carter setzte sich mit Eliza aufs Sofa.

»Eliza und ich kennen einander schon seit Jahren.«

»Das hast du mir am Telefon erzählt«, sagte Cash.

»Aber wirklich eng befreundet sind wir noch nicht lange.« Eliza nahm an, dass Carters Eltern sich fragten, wie lange sie schon zusammen waren, und versuchte, so ehrlich wie möglich zu sein. Die beiden waren freundlich, aber auch besorgt. Carter war ihr einziges Kind und sie konnte es ihnen nicht verübeln, dass ihnen die Blitzhochzeit Kopfzerbrechen bereitete.

»Eliza ist eng mit Samantha befreundet«, erklärte Carter. »Ich glaube, wir haben uns wegen unserer gemeinsamen Freunde lange nicht getraut, ein paar Schritte weiterzugehen.«

Eliza spürte, dass Carter sie anlächelte, und grinste zurück. Auf sie traf diese Aussage eindeutig zu. Davon, dass sie sich im Nu in die Haare kriegten, wenn sie im selben Zimmer waren, sagte er verständlicherweise nichts.

»Anscheinend stört euch das nun nicht mehr.«

Carter hob das Kinn. »Und sicher kannst du sehen, weshalb«, sagte er zu seinem Vater.

Eliza wurde ganz warm von Carters verstecktem Kompliment. Es klang selbst in ihren Ohren überzeugend.

»Aber wozu die plötzliche Hast? Warum gleich heiraten?«

Eliza bekämpfte den Drang, an den Nägeln zu kauen, versuchte locker zu bleiben und überließ die Antwort Carter.

»Aus mehreren Gründen. Erstens will ich der ganzen Welt zeigen, dass Eliza mir gehört.«

»Ich wusste gar nicht, dass du so ein Neandertaler bist«, frotzelte sie. Gehören hieß soviel wie beschützen. Sie versuchte, keine tiefere Bedeutung in seine Worte hineinzulesen.

Carter griff nach ihrer Hand.

»Und außerdem?«, fragte Abigail.

Carters Züge wurden weich, seine Augen suchten Elizas. »Ich glaube, der ist nicht schwer zu erraten.«

Wow. Elizas Herz schlug einen Purzelbaum. Carter hätte wirklich in Hollywood Karriere machen können. Wenn sie nicht die wahren Gründe für ihre Hochzeit gekannt hätte, hätte sie geglaubt, dieser Mann wäre bis über beide Ohren verliebt.

Abigail seufzte.

Cash stand auf und ging zu seinem Sohn.

Carter zog Eliza vom Sofa hoch, dann schüttelte sein Vater ihm die Hand und umarmte ihn herzlich. »Gratuliere, Sohn.«

Eliza spürte leichte Gewissensbisse, als Cash auch sie umarmte und in der Familie willkommen hieß.

Beim Abendessen plauderten sie ungezwungen. Abigail fragte nach Elizas Eltern und sie antwortete, sie seien gestorben, als sie noch ein Kind war. Ein Anflug von Trauer trat auf das Gesicht der anderen Frau, aber Carter wechselte bereits das Thema.

Fast ohne es zu wollen, stellte Eliza sich ihre Eltern neben Carters Eltern vor. Sie wären begeistert von ihm gewesen und hätten ihm den Wunsch, sie zu beschützen, hoch angerechnet. Aber wenn ihre Eltern noch am Leben gewesen wären, wäre aus ihr und Carter vermutlich nie ein Paar geworden.

Abigail riss Eliza aus ihren Gedanken. »Hat Carter dich schon vor meinem Bruder gewarnt?«

»Er hat mir kurz von ihm erzählt.«

»Er ist Politiker. Glaub ihm kein Wort.«

»Hey!«, schimpfte Carter als Antwort auf die Bemerkung seines Vaters.

»Anwesende natürlich ausgenommen.«

»Mein Mann hat recht, Eliza. Max weiß immer alles besser und hält sich auch für etwas Besseres. Wenn er eine Schwachstelle wittert, stürzt er sich darauf.« Abigail servierte während ihrer Warnung den Kaffee. »Darin übertrifft er sogar noch meinen Vater.«

»Ist es wirklich so schlimm?«

»Schlimmer. Das einzig Gute an meinem Bruder ist meine Schwägerin Sally. Ehrlich gesagt weiß ich gar nicht, wie sie es mit ihm aushält. Sie ist ein lieber Mensch, hat aber keine eigene Meinung. Für jemanden wie Max ist das ideal.«

»Das klingt traurig.« Eliza konnte sich nicht vorstellen, einen Mann über sich bestimmen zu lassen.

»Wenn du sie näher kennenlernen würdest, kämt ihr sicher wunderbar miteinander aus. Aber Max würde diese Freundschaft mit Sicherheit torpedieren. Glaub also nicht, dass es an dir liegt.«

»Kommen die alle auch zur Hochzeit?«, fragte Cash.

Eliza wusste, dass Carter seine Großeltern sowie Max und Sally eingeladen hatte. Nach allem, was sie bisher über seinen Onkel gehört hatte, hoffte sie beinahe, dass er die kurzfristige Einladung ablehnen würde.

»Max und Sally kommen. Von John und Carol habe ich noch nichts gehört.« John und Carol waren Carters Großeltern. Eliza fand es merkwürdig, dass er ihre Vornamen benutzte.

»Ich versuche morgen, meine Mutter festzunageln, und rufe euch dann an.«

Am Ende des Abends hatte Eliza das Gefühl, Carters Eltern schon ewig zu kennen. Sie freute sich darauf, sie bei der Hochzeit wiederzusehen, und wusste, dass sie ihr einen Weg durch das familiäre Minenfeld weisen würden.

»Deine Eltern waren so echt«, sagte Eliza auf der Fahrt zurück zum Flughafen.

»Was hattest du denn erwartet? Schaufensterpuppen?«

»Du weißt, was ich meine.«

Carter wechselte die Spur und fuhr auf den Freeway.

»Das sagen alle. Mein Dad war jahrzehntelang ein Cop. Das *echte* Leben kennt er also nur zu gut. Aber wenn die Leute hören, aus welcher Familie meine Mutter kommt, erwarten sie immer eine Art Jackie Kennedy.«

Das konnte Eliza sich vorstellen. Abigail hatte etwas Vornehmes, wirkte aber gleichzeitig sehr natürlich. »Du hast Glück, solche Eltern zu haben.«

Carter sah sie an. Auf seine Züge trat Mitgefühl. Er griff nach ihrer Hand und drückte sie sanft. »Es tut mir leid.«

»Das braucht es nicht.«

»Es ist aber so. Ich hätte mir denken müssen, dass ein Treffen mit meinen Eltern dich an deine erinnert.«

»Meine Eltern waren auch glücklich. Der Besuch bei deinen Eltern hat mich an die guten Zeiten erinnert.«

»Ich wünschte, deine Eltern könnten unsere Hochzeit erleben«, sagte Carter.

»Wenn sie noch am Leben wären, würden wir nicht heiraten.«

Carter zog die Stirn kraus.

»Schon möglich«, murmelte er.

Was bedeutet das?

Der Heimflug verlief ereignislos und ruhig. Eliza wusste nicht genau, womit sie Carter verstimmt hatte, aber sie spürte eine Veränderung an ihm. Die Stille, der Wein und die späte Uhrzeit sorgten dafür, dass sie ein paar Mal eindöste.

Ein Bewacher folgte ihnen vom Flughafen bis zum Haus, wo Carter sie absetzte, ohne sie auch nur zu umarmen.

Eliza konnte nicht schlafen. Die Erinnerung an die schönen Jahre mit ihren Eltern wich den Gedanken an die Zeit nach ihrem Tod. Die leere Hülle ihres Lebens hatte sich mit Bitterkeit gefüllt und als Panzer um ihr Herz gelegt. Schon lange hatte sie niemanden mehr dort hineingelassen.

Aber das hatte sich nun geändert. Ihre Freundschaft mit Samantha und die Zuneigung zu den Menschen, die sie umgaben, auch zu Carter, machten sie verletzlich.

Wieder einmal fragte sie sich, ob ihre Entscheidung richtig war. Zod lag zusammengerollt neben ihrem Bett. Eliza hatte immer nur Wachhunde gehabt, nie ein anderes Haustier. Für so etwas brauchte man Wurzeln und sie hatte gelernt, lieber keine zu schlagen.

Dass sich nun doch welche gebildet hatten, raubte ihr den Schlaf.

Was passiert, wenn mein Leben in sich zusammenfällt? Sie machte sich keine Illusionen: Irgendwann würde es so weit sein. Das Glück war nie von Dauer.

Hör auf zu grübeln, Lisa! Sie drehte ihr Kopfkissen, drückte die Wange an die kühle Stelle und rollte sich zu einem festen kleinen Ball zusammen. *Hör auf nachzudenken!*

Achtzehn

Das ist jetzt nicht euer Ernst.« Eliza starrte kopfschüttelnd auf das Seidentuch, das Gwen, Sam und Karen ihr hinhielten. Anscheinend sollte es ein Brautkleid darstellen. Eliza wich kopfschüttelnd zurück.

»Stell dich nicht so an, Eliza. Du heiratest morgen. Ich hätte damals auch gerne eine Junggesellinnenparty gehabt, aber die Zeit war zu knapp.«

Junggesellinnenparty? Sonst noch was? »Dafür heiratest du ja jedes verdammte Jahr noch mal.«

»Aber das ist nicht dasselbe!« Samantha und Karen marschierten ins Haus. Dabei winkten sie dem süßen Wachmann zu, der am Ende der Einfahrt in seinem Wagen saß.

Zod fing an zu bellen. Aber Eliza sagte ihm in der Sprache, die er verstand, er solle das lassen.

»Bist du überrascht?« Gwen drückte ihr eine Plastiktiara auf den Kopf.

Überrascht? Sie hatte sich gerade auf einen langen, langweiligen Fernsehabend eingestellt und gehofft, dass die öden Serien sie einlullen würden. Seit dem Besuch bei Carters Eltern hatte sie von ihm nur eine einzige SMS bekommen und hegte inzwischen gewisse Zweifel an ihrer Entscheidung, diesen Mann zu heiraten.

»Ich bin überwältigt«, sagte Eliza zu ihrer Hausgenossin.

»Weil du Karen und Sedgwick zur Hochzeit eingeladen hast, dachte ich mir, ich bringe sie einfach mit.« Samantha schleppte ein paar Flaschen teuren Wein in die Küche.

Eliza lächelte Karen an. Sie wusste, dass sie ihr vertrauen konnte. »Gute Idee.«

»Wir wollten mit dir nach Hollywood fahren. Auf dem Sunset Boulevard gibt es den perfekten Club für solche Anlässe. Aber dein Aufpasser hat etwas dagegen.«

Insgeheim freute Eliza sich über die Idee der Mädels. Gwen zauberte wie aus dem Nichts eine kleine Torte in Knotenform auf den Tisch. Sie war mit den Namen Eliza und Carter verziert.

Samantha öffnete eine Weinflasche und schenkte allen ein. »Manchmal vermisse ich dieses Haus.«

»Mrs Sweeny kocht immer noch jeden Freitag Fisch und verstänkert damit die ganze Nachbarschaft«, erinnerte Eliza ihre Freundin.

Samantha rümpfte die Nase. »Tatsächlich?«

»Und der kleine Kläffer von gegenüber bellt den ganzen Tag«, fügte Gwen hinzu.

Sam schüttelte den Kopf. »Auf irgendeine Art fehlt das Haus mir trotzdem.«

»Auf eine unerklärliche.«

Gwen schüttelte den Kopf. »Dem möchte ich mich nicht anschließen.« Der gestelzte britische Akzent verstärkte die Wirkung ihrer Worte. »Das Haus ist wirklich kein Palast. Aber man fühlt sich hier frei.«

»Und das sagt eine Frau, die sonst nur Luxus kennt.«

»Luxus und jede Menge Einschränkungen. In London lief ständig ein Leibwächter mit mir herum, der mich vor allem Möglichen beschützten sollte. So wie der junge Bodyguard, der uns vor spärlich bekleideten Männern bewahren soll, die mit ihren knackigen Hintern wedeln. Nach einer Weile wird so ein Aufpasser mehr als lästig. Hier einfach ganz normal wohnen zu können, ist eine Wohltat für mich.«

Eliza trank genüsslich einen Schluck Wein. »Soso.« Sie hoffte nur, dass die Sicherheitsleute irgendwann wieder abgezogen wurden.

»Will mir jemand erklären, warum der Wachmann überhaupt draußen steht?«, fragte Karen.

Samantha war auf diese Frage offenbar vorbereitet. »Eliza heiratet morgen den Mann, der der nächste Gouverneur von Kalifornien werden kann. Bestimmte Sicherheitsmaßnahmen sind da unvermeidbar.«

Karen antwortete mit einem schlichten »Oh« und stellte keine weiteren Fragen.

Mit den Weingläsern in der Hand gingen sie ins Wohnzimmer und schalteten die Stereoanlage an.

Eliza hätte gerne gewusst, was Carter gerade machte …

»$\mathcal{D}$u heiratest morgen.« Blake zeigte mit seinem Whiskeyglas auf Carter. »Das muss gefeiert werden.«

»Als hättest du es am Abend vor deiner Hochzeit noch mal richtig krachen lassen.«

»Dafür fehlte mir die Zeit. Aber ich hole das seither jedes Jahr nach.«

Carter sah Neil dabei zu, wie er zum dritten Mal innerhalb einer Stunde sein Whiskeyglas leerte.

»Ach deshalb heiratest du immer wieder.« Carter genoss das samtige Feuer des zwanzig Jahre alten Whiskeys und das Geplänkel mit seinem besten Freund.

»Ich heirate jedes Jahr, weil ich Sam beim ersten Mal nach Vegas geschleppt habe. Sie hat etwas Besseres verdient. Aber du … Du machst es gleich beim ersten Mal richtig.«

Wirklich? Blake wusste, dass Carter Eliza heiratete, um sie zu beschützen. Auch dass er damit im Wahlkampf punkten konnte, war kein Geheimnis.

»Wenn du meinst.«

»Warum du heiratest, ist egal.« Neil schien Carters Gedanken zu lesen. »Im Moment interessiert nur, dass das hier dein letzter

Abend als Junggeselle ist. Du bist berechtigt, dein Hirn noch mal kräftig mit Alkohol zu marinieren.«

Carter wandte sich an Blake. »Du hast dir damals nicht die Kante gegeben.«

»Dazu war ich viel zu beschäftigt. Ich musste mit meinem Anwalt den Vertrag aufsetzen. Das ist bei dir nicht der Fall.«

Verdammt. An einen Ehevertrag hatte Carter gar nicht gedacht. Zwar befürchtete er nicht, dass Eliza ihn ausnehmen wollte. Aber so kühl, wie sie kürzlich abends gewesen war … Er schüttelte den Gedanken ab.

»Los, Carter. Dein Glas ist leer, wir müssen uns ranhalten. Die Nacht ist kurz.«

Sein Aufstöhnen ging in der Musik aus dem Radio unter.

Das hörte sich regelrecht nach Arbeit an.

*E*liza hatte eine in silbernes Papier eingeschlagene Schachtel in der einen und eine scharlachrote in der anderen Hand.

»Weil wir so wenig Zeit haben, haben wir die Brautparty und den Junggesellinnenabschied zusammengelegt.« Karens Blick war bereits etwas verschwommen und Gwen kicherte bei jedem Wort beschwipst vor sich hin.

In der ersten Schachtel lag ein durchsichtiger weißer Seidenteddy mit einem kleinen Umhang, der Eliza kaum über den Hintern reichen würde.

»Der ist süß, Karen!«

»Los, jetzt das andere Päckchen!«, sagte Karen.

Die rote Schachtel war kleiner und klapperte beim Schütteln. »Muss ich Angst haben?«

»Anspringen wird es dich nicht.« Karens hintersinniges Grinsen machte Eliza nervös.

Und tatsächlich. Der Inhalt der zweiten Schachtel war skandalös. »Handschellen? Heiliger Bimbam!«

Gwens Gekicher wirkte ansteckend. Es tat gut, mal wieder richtig albern zu sein. So war Eliza vor lauter Anspannung in letzter Zeit kaum noch gewesen.

»Jetzt meine.« Gwen drückte Eliza ihre Geschenke in die Hand. »Ich fürchte, die sind ein bisschen praktischer. Ich wüsste nicht mal, wo ich Sexspielzeug kaufen sollte.«

»Melrose«, sagten Samantha und Karen wie aus einem Mund. Wieder prusteten alle los.

»Das erste Geschenk ist etwas Neues.«

In der elegant verpackten kleinen Schachtel steckten Perlenohrringe mit kleinen, mit Diamantsplittern besetzten Goldkettchen. »Die sind traumhaft. Aber das war doch nicht nötig!«

»Papperlapapp. Sie passen zu deinem Kleid und werden dein Gesicht wunderbar einrahmen.«

»Aber das ist doch viel zu viel, Gwen.« Sicher hatten die Ohrringe ein kleines Vermögen gekostet.

»Ach, quatsch nicht. Los, mach das nächste Geschenk auf. Etwas Geborgtes.«

Die längliche Schachtel mit der Goldschleife war ganz leicht. Eliza entnahm ihr eine Tiara mit einem Schleier.

»Die hat mir mein Vater für den Debütantinnenball geschenkt. Damals war ich sechzehn. Ich habe sie extra aus England herschicken lassen und hoffe, du wirst sie tragen.«

»Sind die echt?« Eliza strich mit den Fingern über die Steine, mit denen die Krone besetzt war.

»Aber klar.«

»Ich glaube, so viele Diamanten auf einmal habe ich noch nie im Leben gesehen«, sagte Karen.

»Ich auch nicht.« Eliza schüttelte den Kopf. »Die Tiara muss doch unfassbar wertvoll sein.«

»Ja, sicher. Eindruck zu machen, war meinem Vater immer sehr wichtig.« In Gwens Stimme lag eine gewisse Bitterkeit.

»Ich fühle mich geehrt.«

Gwen küsste Eliza auf beide Wangen.

»Ach ja. Hier ist noch was.« Gwen nahm einen kleinen Umschlag aus der Schachtel und holte eine Münze heraus. »Ein Sixpencestück für deinen Schuh.«

»Eine Kupfermünze?«

»Du weißt doch: ›Etwas Altes, etwas Neues, etwas Geborgtes und etwas Blaues brauchst du – und dazu eine Münze für deinen Schuh.‹«

Eliza wog das Kupfergeld in der Hand, dann legte sie es zurück.

In der nächsten Schachtel fand sie etwas Blaues von Samantha. Einen Strapsgürtel und eine babyblaue Korsage mit passendem Slip.

»Das wird Carter sicher gefallen«, seufzte Gwen.

Elizas erster Gedanke war, dass Gwen damit bestimmt richtig lag. Dann schoss ihr durch den Kopf, dass sie und Carter noch nie miteinander intim gewesen waren. Abgesehen von der kurzen, etwas schrägen Episode in der Küche. Aber eigentlich zählte das nicht.

Und wer sagte denn, dass in ihrer Hochzeitsnacht etwas passieren würde? Sie schlossen eine Zweckehe. Was konnte man da erwarten?

»Eliza?«

Bei der Vorstellung, dass Carter ihr das Hochzeitskleid auszog und darunter den blauen Hauch von Wäsche vorfand, wurde ihr ganz warm.

»Eliza?«

Würde ihm das gefallen? Mochte er so etwas? Welcher Mann mochte so etwas nicht?

»Haaaalloooo?«

»Was ist?«, fragte Eliza viel zu laut.

Karen verschüttete fast ihren Wein, Zod sprang auf und rannte zum Fenster.

»Du warst ganz weit weg«, sagte Karen.

Zod bellte und Gwen befahl ihm, das zu lassen.

»Tut mir leid. Ich dachte grade … an Carter.«

»Kann ich mir vorstellen.«

Zod bellte weiter. Plötzlich bekam Eliza eine Gänsehaut. »Was ist denn, Zod?«

Die Frauen im Zimmer verstummten.

Eliza löschte die Lichter, dann zog sie die Gardine zur Seite und spähte hinaus.

»Wahrscheinlich eine Katze«, sagte Karen.

Der Polizeihund raste zur Hintertür.

Eliza erschauerte. Verschüttete Erinnerungen wurden wach. Sie folgte Zod und schnappte sich unterwegs ihre Handtasche.

Zod kratzte an der Hintertür.

»Was ist denn?«, fragte eine der Frauen hinter ihr.

Eliza griff nach ihrer Pistole und entsicherte sie. Dann stieß sie die Tür auf und ging breitbeinig in Schussposition.

»Bleib!«, befahl sie dem Hund.

Zod blieb wie erstarrt stehen und bellte in die Dunkelheit.

»Wer ist da?«

Samantha schob sich neben sie. »Siehst du was?«

»Noch nicht. Geh lieber in Deckung.« Eliza schaltete die Außenbeleuchtung ein, sah aber nichts Verdächtiges.

»Ich lasse den Hund los!«, schrie Eliza in Richtung der dunklen Ecken, die das Licht nicht erreichte.

Keine Antwort, aber Zod bellte weiter.

Eliza wartete noch zwei Sekunden, dann sagte sie: »Such!«

Zod jagte in den Garten. Er rannte zum hinteren Teil des Zauns und sprang daran hinauf. Dann trabte er schnüffelnd umher.

Ein Geräusch am Zaun an der Seite des Hauses sorgte dafür, dass Zod wie elektrisiert in diesen Bereich des Gartens stürmte.

»Miss Havens?«, rief ein Mann.

»Keine Bewegung!«, schrie Eliza die Stimme an.

»Verdammter Mist.« Der Mann hörte sich an wie einer der Wächter, die Carter vor Elizas Haus postiert hatte.

»Keine Bewegung!« Eliza rannte auf die Stimme zu. »Aus, Zod!« Zod blieb bellend und knurrend stehen. Falls der Wachmann auf die Idee kam wegzurennen, hatte er ein ernstes Problem. Für solche Fälle war Zod auf Angriff programmiert.

Als Eliza bei Zod ankam, drückte Russell, der Wachmann, sich mit dem Rücken an den Zaun. Vor ihm stand zähnefletschend der wütende Hund.

Eliza packte Zod am Halsband und steckte die Pistole weg. »Haben Sie jemanden gesehen?«, fragte sie den Wächter.

Russell ließ Zod nicht aus den Augen. »Nur den Hund.«

Eliza marschierte mit Zod durch den Garten und schaute in sämtliche dunkle Ecken.

Wer war da? Wer war da gewesen?

»Alles in Ordnung«, sagte Eliza eine halbe Stunde später am Telefon zu Carter. »Wahrscheinlich nur eine Katze.« Dabei wusste sie genau, dass Zod sich dann nicht so wild gebärdet hätte.

»Die Sache gefällt mir nicht.«

»Ich glaube, ich habe überreagiert. Wir haben gefeiert und hatten ein bisschen was intus. Es ist wirklich alles okay.«

»Trotzdem. Du solltest bei mir schlafen.«

»In der Nacht vor unserer Hochzeit?«

»Sicher. Warum nicht?«

»Das bringt Unglück.« Unfassbar, sogar sie wusste, dass man den Bräutigam so kurz vor der Hochzeit nicht mehr sehen durfte.

»Ammenmärchen.«

»Ja, wahrscheinlich. Aber ich komme klar. Falls tatsächlich jemand da war, hat Zod ihn vertrieben. Derjenige kommt heute sicher nicht noch mal zurück. Russell hat auch niemanden gesehen«, fügte sie zur Vorsicht noch hinzu.

»Aber …«

»Kein Grund zur Sorge, Carter. Wirklich.«

»Wenn dir etwas passiert …«

»Mir passiert nichts. Aber es ist lieb, dass du dir Gedanken machst.«

»Wir heiraten morgen. Natürlich mache ich mir Gedanken.«

Wirklich? Tatsächlich? »Ich bin nervös«, sagte sie kleinlaut.

»Wegen morgen?«

»Ja.«

»Ich auch ein bisschen.«

Wie nervös? »Willst du es immer noch durchziehen? Weil … Falls du es dir anders überlegt hast …«

»Nein! Ich bin aufgeregt, nervös – alles, was der Bräutigam vor der Hochzeit sein sollte. Aber mir sind keine Zweifel gekommen.«

Eliza lächelte ins Mundstück des Telefons und drückte den Hörer fester ans Gesicht. »Mir auch nicht«, seufzte sie.

»Dann sagen wir morgen beide Ja?«

Sie nickte. »Abgemacht.«

»Gut«, sagte er. »Und jetzt komme ich rüber und hole dich ab.«

»Vergiss es, Carter. Gwen und ich kommen klar. Und Neil stellt sicher noch vor Mitternacht zwei weitere Wachleute vors Haus.«

»Drei.«

Eliza lachte. »Siehst du? Dann ist doch alles gut.«

»Ah ja.«

»Genieß deine letzte Nacht als Junggeselle.«

»Ich würde lieber im Zeitraffer gleich auf morgen springen.«

»Wenn du das möglich machst, wählen dich die Kalifornier sofort.«

Carter lachte.

»Also dann bis morgen«, sagte er.

»Ich bin die in dem weißen Kleid.«

»Darauf freue ich mich schon.«

Selbst als Carter aufgelegt hatte, stand Eliza noch lange mit dem Hörer in der Hand da.

Neunzehn

Wie in aller Welt konnte Samantha das jedes Jahr machen? Eliza saß stocksteif auf einem Stuhl, während Gwen an ihren Haaren herumzupfte und Tracy, die für das Make-up zuständig war, Mascara auf Elizas Wimpern auftrug.

»Du hast sehr ausdrucksvolle Augen«, sagte Tracy.

»Ach ja? Was sagen sie denn?«

»Dass du nervös bist. Sehr nervös.«

Dem konnte Eliza nicht widersprechen. Zum Glück waren ihre Nägel frisch lackiert. Sonst hätte sie sie komplett abgekaut.

Samantha kam ins Zimmer. Sie trug ein umwerfendes dreiviertellanges Kleid mit hoher Taille. Es war perfekt für eine Hochzeit im Freien. Praktisch wie eh und je hatte Eliza darauf bestanden, dass die Kleider der Frauen öfter tragbar sein mussten. Die Farbe lag irgendwo zwischen Weinrot und Burgunder und unterstrich die zurückhaltende Eleganz des Outfits. Gwen und Sam hatten sich das Haar aufgesteckt und trugen Halsketten mit schlichten Diamantanhängern. Die beiden sahen umwerfend aus. Eliza musste unwillkürlich lächeln.

»Es freut dich sicher zu hören, dass Carter bereits hier ist und sich unten mit den Gästen unterhält.«

»Ist er so nervös wie die Braut?«, fragte Gwen.

Elizas und Sams Blicke trafen sich im Spiegel, während Tracy mit dem Lidschatten hantierte.

»Er sieht toll aus und hat nach Eliza gefragt.«

»Er will sicher sein, dass ich hier bin.«

»Ich glaube nicht, dass er daran gezweifelt hat.«

Tracy trat einen Schritt zurück. »Fertig.« Im selben Moment klopfte jemand an die Tür.

Samantha ließ Carters Mutter herein.

»Ich hoffe, ich störe nicht.« Sie schloss die Tür hinter sich.

»Ich bitte dich.« Eliza wollte aufstehen und sie begrüßen. Aber Gwen steckte gerade die Tiara in ihrem Haar fest und legte ihr den Schleier auf dem Rücken zurecht.

»Ich wollte dir nur sagen, dass alles bereit ist. Sogar mein grässlicher Bruder ist rechtzeitig angekommen.«

»Und deine Eltern?«

»Die sind auch da. Aber keine Sorge – Szenen mögen sie nicht. Hochzeiten eignen sich zwar prima als Bühne für Familiendramen. Aber meine Verwandten wollen auf keinen Fall wegen irgendwelcher Entgleisungen in der Zeitung stehen. Die Hemmungen fallen erst, wenn wir ganz unter uns sind.«

»Das kommt mir bekannt vor, Mrs Billings. Mein Vater hat die Medien gehasst und wollte Skandale immer um jeden Preis vermeiden«, sagte Gwen. »Geschafft.« Sie hatte die Tiara mit einer letzten Haarnadel an Elizas Frisur fixiert, trat einen Schritt zurück und begutachtete ihr Werk. »Zauberhaft.«

Eliza betrachtete sich im Spiegel. Das Oberteil des Kleides ähnelte einem Wickeltop. Es war tief genug ausgeschnitten, um etwas Dekolleté zu zeigen, und in einem ähnlichen Stil gehalten wie Gwens und Sams Kleider. Nur war ihres weiß, bodenlang und hatte eine kleine Schleppe. Die glatte Haut ihrer nackten, sanft gebräunten Arme bildete einen ansprechenden Kontrast zu dem weißen Seidenstoff. Ihre Mutter wäre hingerissen gewesen, ihr Vater hätte geweint. Beim Gedanken an die beiden stiegen Eliza Tränen in die Augen.

»Aber nicht doch!«, schimpfte Tracy. »Heulen kannst du nach den Fotos.«

Gwen lachte und Samantha stellte sich neben Eliza. »Du wirst ihm den Atem rauben.«

»Mein Sohn ist ein beneidenswerter Mann.«

Eliza versteckte sich hinter ihrem Lächeln. Ihre Schwiegermutter musste nicht wissen, dass diese Ehe aus ganz praktischen Gründen geschlossen wurde. »Danke.«

»Ich habe etwas für dich.« Abigail zog eine kleine Schachtel aus ihrer Handtasche. »Es gehört in die Abteilung Alt und Blau. Samantha meinte, etwas Geborgtes und etwas Neues hättest du schon.«

In der Schachtel lag ein Tennisarmband mit einem eisblauen Aquamarin und in Platin gefassten Diamanten.

»Wow.«

»Cash und ich haben mit unserer Hochzeit fast die ganze Familie gegen uns aufgebracht. Außer meine Omi. Das hier hat sie mir an meinem Hochzeitstag geschenkt und mich gebeten, es später an meine Tochter oder Schwiegertochter weiterzugeben.« Abigail legte Eliza das Armband um.

Erneut peinigten Eliza Gewissensbisse wegen der Umstände ihrer Eheschließung. Aber sie nahm das Schmuckstück an und umarmte Carters Mutter. »Danke!«

Noch ein Klopfen an der Tür. »Ladys? Seid ihr fertig?«, fragte Blake.

Sam öffnete die Tür einen kleinen Spalt. »Wir kommen.«

Gwen zupfte noch einmal Elizas Kleid zurecht und Samantha gab ihr den Brautstrauß.

Dann mal los.

»Bereit?«, fragte Samantha.

»Jetzt oder nie.«

Sie öffneten die Tür. Draußen im Flur wartete Dean. Als er Eliza sah, blieb ihm der Mund offen stehen. Sie fand es passend, dass er sie zum Altar führte. Mit ihm fühlte sie sich enger verbunden als mit jedem anderen, der mit ihrem Fall zu tun hatte, und er hatte ihr den Wunsch nicht abschlagen können. Außerdem hatte sie ihm erklärt, falls Fotos von ihnen beiden bis zu ihrem Feind durchdringen würden, würde er wenigstens sehen, dass sie immer gut beschützt war. Von dem Mann, der sie zum Altar führte, und dem Mann, dessen Braut sie nun war.

»Wow«, presste Dean hervor.

»Sie sehen auch ganz passabel aus.« Eliza kämpfte gegen den Knoten im Magen und ihre Nervosität. Das feuchte Glitzern in Deans Augen war keine besondere Hilfe.

Dean hielt ihr den Arm hin, beugte sich zu ihr und flüsterte: »Ich fühle mich verpflichtet, Ihnen einen guten Rat mit auf den Weg zu geben.«

»Nicht nötig.«

»Prima. Ich selbst habe es zwar geschafft zu heiraten, aber nicht, verheiratet zu bleiben.«

Eliza lachte auf. Dann sah sie Dean von der Seite an. Sein Gesicht war völlig ernst und er schien fast ein wenig beleidigt zu sein, dass sie lachte. Sie küsste ihn auf die Wange. »Danke.«

»Wofür?«

»Dass Sie sich so lieb um mich kümmern.«

Er blinzelte. »Das ist doch selbstverständlich. Außerdem ist es höchste Zeit, dass ich die Verantwortung mal einem anderen zuschieben kann.«

Lachend stiegen sie miteinander die Treppe hinunter.

Carter war stolz, dass alle nur Augen für seine Braut hatten. Als sie in den Sonnenschein hinaustrat und ihr Blick den seinen am Ende des Rasenwegs fand, verflog seine Nervosität. Der kitschigen Gedanken, die ihm in diesem Augenblick durch den Kopf gingen, schämte er sich nicht.

Eliza war einfach perfekt. Eine echte Traumfrau. Und sie würde die Seine werden.

Sie lachte über eine Bemerkung von Dean und das Blitzen in ihren Augen ließ ihre Schönheit noch heller strahlen.

Dean führte sie zu ihm und wartete, bis Carter ihm in die Augen sah.

»Passen Sie gut auf sie auf«, sagte er.

»Mache ich.«

Carter nahm Elizas Hand, drückte sie und drehte sich dann mit ihr zum Pastor.

Der Pastor sprach von der Zukunft, der Gegenwart ... von Liebe. Er ermahnte sie, einander an jedem Tag ihres Lebens zu ehren und zu achten. Dann fragte er die Anwesenden, ob jemand etwas vorzubringen hätte, was gegen eine Vermählung der beiden spräche.

Einen Moment lang hielt Carter den Atem an. Wenn jetzt irgendwer einen Piep sagte, dann konnte er etwas erleben.

Alle schwiegen, wie es sich gehörte.

An Elizas Miene erkannte Carter, dass sie dasselbe dachte wie er.

Dann fragte ihn der Pastor, ob er Eliza für immer lieben, achten und ihr die Treue halten wollte. Sein Ja kam aus tiefstem Herzen.

Vielleicht lag es an Elizas Gesichtsausdruck. Jedenfalls glaubte er ihr, als auch sie die Frage mit Ja beantwortete.

Jetzt forderte der Pastor sie zum Tausch der Ringe auf und Carter drehte sich zu Blake. Sein bester Freund hielt ihm den Trauring hin, den er für Eliza ausgesucht hatte. Sie würde ihn gleich zum ersten Mal sehen.

Carter spürte, wie sie das Schmuckstück anstarrte. Sie wurde blass und einen Moment lang glaubte er, er müsste sie stützen. Mit offenem Mund schaute sie ihm in die Augen. Dann blinzelte sie und lächelte ihn strahlend an. »Nimm diesen Ring als Zeichen meiner Treue.«

Anschließend ließ Carter sich von ihr den Ring anstecken, den sie für ihn ausgesucht hatte: ein schlichtes, mattiertes Goldband mit abgeschrägten Rändern. Nun endlich erklärte der Pastor sie zu Mann und Frau.

Ihr einstimmiges Aufseufzen brachte die Gäste zum Lachen.

Einen Moment lang gab es nur sie beide. Der Pastor verschwand genauso wie die Gäste und das Meer. Es gab nur sie beide. Carter rückte ganz nahe an Eliza heran, schlang den Arm um ihre Taille und legte die Lippen auf ihre.

Dass die Kameras diesen Augenblick festhielten, war ihm egal. Und auch dass seine Eltern ihnen gerührt zusahen, machte ihm nichts aus. Dieser Moment gehörte nur ihm und Eliza. In diesen Sekunden wusste er, dass er sie nicht nur geheiratet hatte, um sie zu schützen.

Das hier ging tiefer.

Es war für immer.

Nach dem Kuss ließ er sie nicht gleich los, denn er spürte, dass sie weiche Knie hatte.

Dann gratulierte ihnen der Pastor und sie strahlten in die Kameras.

Auf dem Weg durch den Mittelgang drückte Eliza seine Hand.

Seine Quelle hatte ihm gesagt, er würde während der Freizeit am Abend erfahren, ob seine Informationen richtig waren. Der zukünftige Gouverneur würde mit Sicherheit wenigstens kurz im Fernsehen erscheinen. Immerhin hatte der Mann gerade geheiratet.

Die Medien gierten nach solchen Meldungen.

Er ließ den Blick über seine Mithäftlinge in ihrer blauen Anstaltskleidung schweifen und wusste, dass viele von ihnen auf eine Begnadigung durch den nächsten Gouverneur hofften.

Für ihn gab es diese Hoffnung nicht.

Aber falls sein Informant recht behielt, wusste er, was er zu tun hatte.

Er konnte trotz seiner armseligen Existenz noch einmal ein Zeichen setzen. Und er würde einen hohen Preis dafür bezahlen.

Trotzdem – besser als nichts.

Viel besser als nichts.

Senator Hammond. Es ist mir ein Vergnügen.« Eliza wünschte sich Carter an ihre Seite, aber er plauderte ein gutes Stück entfernt mit Blake und einem seiner einflussreichen Freunde.

Sie streckte dem Senator die Hand zur Begrüßung hin. Carters Onkel beugte sich zu ihr und deutete einen Wangenkuss an. »Herzlichen Glückwunsch.«

»Danke.« Und jetzt? Eliza hoffte, dass Carter ihre Blicke spürte und sie rettete.

»Ich nehme an, Sie wissen, was auf die Gattin eines hochrangigen Politikers zukommt. Ich habe mir sagen lassen, dieses Leben sei nicht ganz einfach.«

Wo sind meine magischen Kräfte, wenn ich sie brauche? Los doch, Carter. Schau zu mir rüber. »Ganz so schlimm wird es sicher nicht werden.«

Hammond lachte. Doch sein anschließendes Lächeln wirkte gekünstelt. Verkniffen. »Wie kommt es, dass ich bis zu dem unseligen Ereignis vor der Bar in Texas noch nie etwas von Ihnen gehört habe?«

Carter!

»Diskretion ist doch das A und O – nicht wahr?«

Hammond zögerte. »Ja, sicher.«

Seine Worte hingen in der Luft wie eine stickige Rauchwolke. »Schön, dass Sie so kurzfristig Zeit hatten, Max.«

In der nächsten Sekunde wollte Eliza zum ersten Mal im Leben eine andere Frau küssen. Abigail stand plötzlich an ihrer Seite und erlöste sie.

»Sieht aus, als wäre dein Sohn in deine Fußstapfen getreten, Abby. Heiratet Knall auf Fall jemanden, den die Familie nicht kennt«, zischte Max.

»Solche Ehen sollen ja sehr glücklich sein. Apropos: Wo ist Sally?«

Maxwell starrte seine Schwester feindselig an.

Grundgütiger, wie hielt Abigail das bloß aus?

»Sie hilft unserer Mutter. Vielleicht kannst du ja auch mal nach ihr sehen.«

Abigail nahm Eliza lächelnd am Arm. »Gute Idee. Komm, Eliza. Ich stelle dir die Matriarchin des Clans vor.«

Damit ließen sie Max mit seinem Drink in der Hand stehen.

»Heiliger Bimbam!«, schnaufte Eliza. »Ist er immer so borstig?«

»Ja, leider. Er hat doch hoffentlich nichts allzu Gehässiges gesagt, oder?«

»Nein. Aber ich glaube, er mag mich nicht.«

Abigail legte Eliza den Arm um die Schulter. »Schön. Wenn es anders wäre, würde ich mir Sorgen machen.«

Verrätst du mir, warum so viele Kollegen hier sind?«

Carter überlegte, ob er seinen Vater mit einer Ausrede abspeisen konnte. Er spielte auf Zeit. »Wie soll ich das verstehen?«

»Bitte, wenn du es so haben willst, dann formuliere ich die Frage neu …« Cash nickte in Deans Richtung. »Dean ist ein Cop, gehört aber nicht zu Elizas Familie. Und ich nehme an, der Mann, mit dem er grade redet, ist sein Partner. Die beiden haben sich inzwischen mit vier Leuten unterhalten, die zwar hier sind, aber nicht als Gäste. Dann haben wir Neil, den Ex-Marine. Er arbeitet doch noch für Blake, oder?«

Carter nahm einen Schluck von seinem Drink. »Ja, könnte man sagen.«

»Draußen beim Einparkservice steht ein Jungkollege mit einem Polizeihund und ich bin mir sicher, ich habe noch gar nicht alle Cops entdeckt, die diese Party bewachen. Okay, und jetzt noch mal die Frage: Was machen die hier?«

Carter zögerte. »Das ist kompliziert, Dad. Ich fürchte, für eine Erklärung ist das jetzt weder die richtige Zeit noch der richtige Ort.«Cash senkte die Stimme. »Bist du in … Wirst du bedroht?«

Carter hörte Eliza mit ein paar Gästen lachen. »Nein, alles gut.«

Cash folgte seinem Blick. »Du weißt, du kannst immer auf mich zählen.«

Wieder einmal wurde Carter bewusst, wie gut sein Vater seinen Job immer gemacht hatte. Vielleicht war es Zeit für ein paar Nachforschungen. Dean und Jim waren nette Kerle, aber sie durften ihm nicht viel darüber sagen, warum Eliza unbedingt Bewachung brauchte.

Carter winkte Neil zu sich und bat ihn um einen Stift. Dann schrieb er Ricardo Sanchez' Namen auf eine Serviette und gab sie seinem Vater. »Er sitzt in San Quentin«, flüsterte er. »Sieh zu, was du über ihn herausfinden kannst.«

Cash drückte seinem Sohn die Hand. »Habe ich dir in letzter Zeit mal gesagt, wie stolz ich auf dich bin?«

Carter klopfte ihm auf die Schulter. »Eine Stunde ist es sicher schon her.«

Der Fotograf hielt den ganzen Tag mit der Kamera fest. Während Blakes Rede stand Carter neben Eliza. Voller Besitzerstolz legte er ihr den Arm um die Taille.

Nach dem Anschneiden und Verteilen der Torte küsste Carter ihr den Zuckerguss von den Fingerspitzen und wurde belohnt: Er sah Leidenschaft und Verlangen in ihren Augen aufblitzen.

Über die Hochzeitsnacht hatten sie nie gesprochen. Carter wartete auf ein Zeichen von ihr. Aber wenn sie ihm nur den allerkleinsten Wink gab, würde er die Ehe vollziehen und endlich dem betörenden Chemiecocktail zwischen ihnen auf die Spur kommen, der immer explosiver wurde.

Sie schaute zu, wie er den letzten Bissen Torte schluckte. Er wusste, dass sie ihn nicht abweisen würde. Deshalb beugte er sich zu ihr und küsste sie. Sie schmeckte noch süßer als der Kuchen. Sein Kuss nahm ihr den Atem.

Eine Stunde mussten sie noch durchhalten, dann konnten sie zusammen verschwinden. Wenn er mit ihr allein war, würde er sich ein Bild von der Tiefe ihres Verlangens machen. Carter konnte es kaum erwarten.

Zwanzig

Auf dem Rücksitz der Limousine, die sie zum Flugplatz fuhr, pflückte Eliza sich Reiskörner aus dem Haar. Zum ersten Mal an diesem Tag atmete sie tief durch. »Wow. Das war verrückt.«

Carter half ihr mit den Körnern. »Gut verrückt?«

Ihr taten die Wangen weh vom Lächeln. »Hmhm. Gut verrückt.«

Nickend ließ er den Reis zu Boden fallen. »Habe ich dir schon gesagt, wie schön du bist?«

»Ja, hast du.«

»Stimmt ja auch.« Er lachte.

Der Wagen fuhr los. Die Gäste würden alleine weiterfeiern.

Eliza wischte ihm ein paar Reiskörner von der Schulter. »Du hättest wirklich dein Glück in Hollywood versuchen sollen, Carter. Nicht mal der Smoking wirkt an dir wie gemietet.«

»Ist das ein Kompliment?«

»Hmhm.« Ihre Finger wanderten von seiner Schulter zu seinem Hals.

»Sagst du jetzt immer zu allem hmhm?« Er legte die Hand auf ihren Oberschenkel und zog erwartungsvoll eine Augenbraue hoch.

»Vielleicht«, antwortete sie zur Abwechslung.

Er lachte. »*Hmhm* gefällt mir besser.«

Sie hatten zwar aus Vernunftgründen geheiratet, aber niemand konnte ihnen verbieten, diese Ehe zu genießen. Wenn man aus Samanthas und Blakes Verbindung etwas lernen konnte, dann sicherlich, dass das Verlangen stärker war als jede Vernunft.

Vor allem bot sich das an, wenn es sich beim Objekt der Begierde um den eigenen Ehemann handelte.

Eliza drückte die Lippen auf seine und freute sich diebisch, wie überrascht er war. Doch dann zog er sie in seine Arme und der Kuss wurde tiefer. Er rieb ihre nackten Arme und legte die Lippen an ihr Ohr. »Du willst das wirklich?«

Eliza warf einen Blick auf die Glasscheibe zwischen ihnen und dem Fahrer. »Wir können einander ganz gut leiden, sind erwachsen und seit Kurzem sogar verheiratet.«

Carter lehnte sich zurück und nahm ihr Gesicht zwischen die Hände. »Ich hätte nie gedacht …«

»Ich weiß. Aber das macht es nur noch besser.«

Er küsste sie noch einmal. Diesmal heftiger und mit noch mehr Verlangen. Die Hitze in Elizas Bauch strebte nach Süden. Ihre Hand glitt in sein Jackett und traf auf harte Muskeln.

Carter rutschte von ihr weg. »Vielleicht unterhalten wir uns lieber noch ein bisschen. Sonst bringe ich uns beide in Verlegenheit.«

Eliza wischte sich über die Lippen und lehnte sich zurück. Carter warf durch das Heckfenster einen Blick auf den Wagen, der ihnen folgte.

»Wie lange dauert denn der Flug?«

»Zu lange.«

Die Bodyguards würden mit ihnen in der Maschine sitzen. Ungestört würden sie erst in ihrem Hotel in Kauai sein.

Der Fahrer brachte sie direkt zu Blakes und Samanthas Jet. Zu Elizas Verwunderung wartete dort ein halbes Dutzend Paparazzi auf sie.

»Anscheinend hat sich unser junges Glück herumgesprochen.«

Russell und Joe eskortierten sie die Treppe hinauf ins Flugzeug. Oben am Eingang drehte Eliza sich zu den Fotografen um und winkte huldvoll wie eine Präsidentengattin. Carter schüttelte den Kopf, doch seine Augen lachten.

Im Flugzeug bat sie Carter, ihr mit dem Reißverschluss des Kleides zu helfen. Als er ihn an ihrem Rückgrat entlang nach unten zog, seufzte er auf. Beide schauten zu dem Bett in der Kabine, dann lächelten sie einander an. Eliza wusste, woran er dachte. »Das ist keine gute Idee, Hollywood. Zwei Leibwächter, ein Pilot und ein Copilot – für mich viel zu viel Publikum.«

»Es gibt eine Tür.«

»Aber keine sehr dicke. Und was ist, wenn es Turbulenzen gibt?«

»Bis Kauai sind es noch fünf Stunden«, gab er zu bedenken.

Eliza drückte sich mit einem Arm das Kleid an die Brust und legte die freie Hand auf seine. »Wie lange kennst du mich jetzt?«

»Über zwei Jahre.«

Sie schob ihn aus der Tür. »Fünf weitere Stunden bringen dich nicht um.« Sie machte die Tür hinter ihm zu und schlüpfte in ein bequemeres Kleid.

Carter wollte den Kopf gegen das Klapptischchen schlagen. Eliza schaute mehr als einmal zur Tür der Schlafkabine. Die Bodyguards hatten ihr eigenes kleines Abteil und würden nicht einmal merken, wenn sie sich zurückzogen. Als Carter gerade vorschlagen wollte, dass sie sich doch ein wenig ausruhen könnten, forderte der Pilot sie auf, die Gurte zu schließen, weil mit Turbulenzen zu rechnen sei.

Das war vor zwei Stunden gewesen. Abgesehen von einem Gang zur Toilette und einem zur Minibar klebten sie in ihren Sitzen.

»Mir fällt gerade etwas ein.« Eliza nippte an ihrem Wein. »Ich war noch nie bei dir zu Hause. Mit dem Packen habe ich auch noch nicht angefangen. Und was wird Gwen jetzt machen?«

»Keine Sorge. Ich glaube, ihr neues Leben gefällt ihr. Und Neil wird rund um die Uhr für ihre Sicherheit sorgen und sie nicht aus den Augen lassen.«

Daran hatte Eliza noch gar nicht gedacht. »Das wird ihr gefallen.«

»Wie soll ich das verstehen?«

»Na ja, sie wird sich freuen, ihn um sich zu haben. Ich glaube, sie kann ihn ziemlich gut leiden.«

Carter drehte sich zu ihr. »Neil? Im Ernst?«

»Gesagt hat sie es nicht. Aber wenn sie von ihm redet, guckt sie immer ganz verträumt. Und wag es bloß nicht, ihm das zu sagen.«

Er lachte. »Aus der Highschool sind wir ja zum Glück inzwischen raus. Aber ich gebe zu, das kommt überraschend.«

»Noch kommt ja nichts.« Eliza biss sich auf die Lippen. Was sagte sie denn da? »Ich meine, ich glaube nicht, dass Gwen bereits irgendwelche Signale ausgesendet hat.«

Carter zwinkerte. »Ich habe gewisse Zweifel, dass das passieren wird. Und dass Neil von sich aus eine Beziehung mit Blakes Schwester anfängt, kann ich mir auch nicht vorstellen.«

»Weil er Blakes Angestellter ist?«

»Es ist noch komplizierter. Aber falls Gwen ihm auch gefällt, wird er noch besser auf sie achtgeben, als er es sowieso schon tut. Um sie musst du dir also keine Sorgen machen. Und wenn du willst, schicke ich Jay gleich nach der Landung eine SMS, damit er deinen Umzug organisiert. Dann sind deine Sachen schon bei mir, wenn wir zurückkommen.«

»Ich würde mein Zeug lieber selbst zusammenpacken. Außerdem habe ich ja genügend Helfer.« Sie neigte den Kopf in Richtung der Leibwächter, die in ihrem Abteil Karten spielten. »Was glaubst du, wie lange brauchen wir sie noch?«

»Keine Ahnung. Ehrlich.«

Eliza hätte gerne gewusst, bis wann sich die Situation wieder normalisieren würde. Nur wie sollte es mit ihr und Carter weitergehen, wenn die Bewacher eines Tages weg waren? Verdammt, sie war erst ein paar Stunden verheiratet und grübelte bereits, wie lange ihre Ehe halten würde.

Das Flugzeug sackte plötzlich um ein paar Meter ab. Eliza krallte sich an die Armstützen ihres Sitzes. Carter legte die Hand auf ihre. »In kleineren Maschinen spürt man die Turbulenzen viel mehr.«

»Mr und Mrs Billings, wir müssen noch ein paar Schleifen fliegen. Das Wetter über Hawaii lässt momentan keine Landung zu. Wir warten auf den richtigen Augenblick für den Anflug.«

Eliza schluckte. »Bist du als Kind viel geflogen?« Sie wollte sich von den Bocksprüngen der Maschine ablenken.

»Manchmal in den Ferien, wenn meine Eltern einem Hammond-Treffen nicht aus dem Weg gehen konnten. Und du?«

»Nicht oft. An einen Flug zusammen mit meinen Eltern erinnere ich mich gar nicht. Später war ich hin und wieder mit dem Flugzeug unterwegs. Aber so starke Turbulenzen habe ich noch nie erlebt.«

»Sie sind nicht angenehm. Aber wenn du so viel fliegst wie Blake, ist eine eigene Maschine ziemlich praktisch.«

Beim nächsten Luftloch kippte Elizas Weinglas.

Carter richtete es schnell wieder auf, damit ihr Kleid nichts abbekam.

»Du fliegst auch andauernd durch die Gegend.«

Er nickte. »Blake und ich haben uns schon überlegt, ob ich mir auch einen Flieger anschaffen soll.«

Wieder sank das Flugzeug ab.

Eliza schluckte. »Du möchtest eine eigene Maschine haben? Ist das nicht furchtbar teuer?«

»Nicht, wenn man sie viel nutzt.«

»Bitte …«

»Okay. Ja. Ein Schnäppchen ist das nicht. Aber ich reise oft mit meinem ganzen Team und das auch noch kurzfristig. Blake will ich auch nicht immer um einen Gefallen bitten. Es wird Zeit, dass ich meine schwarzen Kassen plündere.«

»Du hast schwarze Kassen? Ich habe nur einen Notgroschen in einer Kaffeebüchse im Küchenschrank. Aber für einen Privatjet reicht das nicht ganz.«

Wieder schüttelten Böen das Flugzeug.

»Wir leben nur einmal. Also kann ich mein Geld auch ausgeben.«

Was will er mir damit sagen?

Eliza betrachtete den Diamanten, den er ihr an den Finger gesteckt hatte. Der Stein hatte Kardashian-Dimensionen. Manchmal wollte sie fast an seiner Echtheit zweifeln. Aber nach dem, was Carter gerade gesagt hatte, behielt sie das lieber für sich. Irgendwann musste sie sich für den Ring bedanken. Aber sie wartete noch auf den passenden Moment.

Endlich setzte das Flugzeug zur Landung an. Eliza spürte ein Plopp in den Ohren.

Beim Aufsetzen auf der Rollbahn seufzte sie. Sie hatte zwar nicht ernsthaft Angst vor einem Absturz gehabt, aber der Flug hatte an ihren Nerven gezerrt.

An der Flugzeugtür schlug ihnen der Regen ins Gesicht. Der Flugplatz stand teilweise unter Wasser und der Wagen, der eigentlich auf sie warten sollte, war noch nicht da.

Wenigstens war es noch hell, aber sie hatten zwei Stunden Verspätung. Es gab zwar kein dicht gedrängtes Besichtigungsprogramm, das dadurch durcheinandergeriet, aber nach dem langen Tag und dem unruhigen Flug stand ein kuscheliges Bett in einem Fünfsternehotel ganz oben auf ihrer Wunschliste.

»Anscheinend ist ein Teil der Straße weggespült worden. Aber die Leute hier meinen, das ließe sich im Lauf der nächsten Stunde beheben.«

»Und ich dachte, in Hawaii scheint immer die Sonne. So wie in Südkalifornien.« Die pappig-feuchte Luft, die sich auf Elizas Haut legte, machte ihr klar, dass sie sich getäuscht hatte.

»Um diese Jahreszeit regnet es hier häufig. Aber meistens nur kurz und heftig.«

Damit hatte Carter recht. Aber bis die Straße wieder passierbar war, dauerte es seine Zeit. Erst nach zwei weiteren Stunden erreichten sie das Hotel.

Mit einer Blumengirlande um den Hals wankte Eliza wie in Trance in die Lobby. Die Flechtmöbel und das großzügige Foyer würde sie ein andermal bewundern. Im Augenblick sehnte sie sich nur nach einer heißen Dusche und einem Bett.

Im Zimmer wartete ein Korb mit Obst, Käse und Wein auf sie. Ein Geschenk von Carters Eltern.

»Ich mag deine Eltern.«

»Sie mögen dich auch. Willst du als Erstes duschen?«

Als Eliza sich unter den heißen, wohltuenden Wasserstrahl stellte, war es auf ihrer inneren Uhr bereits nach Mitternacht. Was für ein Tag. Sie dachte an die vielen Momente, in denen sie heute die Gesichter ihrer Eltern vor sich gesehen hatte. Ihr Lächeln. Auch wenn sie nicht körperlich anwesend gewesen waren, im Geist hatte sie sie gespürt.

Obwohl es so spät war, schlüpfte sie in die Dessous, die für diese besondere Nacht gedacht waren. Sie konnte nur hoffen, dass Carter sich beim Duschen nicht allzu viel Zeit ließ. Sonst war sie vielleicht eingeschlafen, bevor er aus dem Bad kam.

Make-up legte Eliza keines mehr auf. Ein wenig Lipgloss musste reichen. Plötzlich merkte sie, dass sie einen Fingernagel in den Mund gesteckt hatte. »Es ist Carter, Lisa. Reiß dich zusammen. Es gibt keinen Grund, nervös zu sein«, flüsterte sie. Noch ein letztes Mal fuhr sie mit der Bürste durch ihr Haar. Dann lächelte sie ihr Spiegelbild an und öffnete die Badezimmertür.

»Du kannst jetzt ...« Die Worte erstarben auf ihren Lippen.

Carter hatte Jackett, Krawatte und Schuhe ausgezogen und auf dem Bett auf sie gewartet. Der Schlaf machte seine Züge weicher. Fast gerührt beobachtete Eliza, wie seine Brust sich ruhig hob und senkte.

Sachte deckte sie ihn zu. Dann streifte sie den seidenen Bademantel ab und schlüpfte mit einem wohligen Seufzen zwischen die kühlen Laken.

Carter regte sich nicht.

Eliza drehte sich auf die Seite und sah ihm beim Schlafen zu.

$\mathcal{D}$as Sonnenlicht drang durch ihre geschlossenen Lider und zog in ihrem Kopf die Gardinen auf.

Irgendetwas kitzelte sie an der Nase. Sie wollte sich kratzen. Dann roch sie eine Mischung aus einem dezenten Moschusduft und Seife.

Carter.

Noch bevor sie die Augen öffnete, wusste Eliza zwei Dinge. Erstens hatte sie die Arme fest um ihren Mann geschlungen, der irgendwann mitten in der Nacht aus seinen Kleidern und unter ihre Decke geschlüpft war. Und zweitens schlief ihr Mann nicht mehr.

Sie hörte sein Herz an ihrem Ohr schlagen, das in seine Armbeuge gebettet war. Eines ihrer Beine lag über seinen, als gehörte sich das so.

Seine Finger streichelten sanft ihren Rücken und ihren Oberschenkel.

Wie hatte sie es geschafft, sich derart mit ihm zu verknoten? Kuscheln war eigentlich nicht ihr Ding. Normalerweise.

Aber mit Carter schien gar nichts normal zu laufen.

So unauffällig wie möglich versuchte sie, von ihm wegzurobben.

Aber Carter ließ es nicht zu. Seine Hand hielt ihren Oberschenkel fest.

Eliza öffnete die Augen. Alles, was sie sah, war Carters nackte Brust. Die hatte sie zwar auch schon an Sams Pool bewundern können, aber das war nicht dasselbe. Einen Moment lang bestaunte sie seine Muskeln aus der neuen Perspektive, dann schloss sie seufzend die Augen.

Daran konnte sie sich gewöhnen.

Sie schmiegte die Wange an ihn.

»Du kommst hier nicht weg.« In seiner Stimme schwang ein Lachen mit. »Es hat ewig gedauert, bis ich mich getraut habe, meine Hand da hinzulegen.« Er drückte ihren Schenkel ein wenig fester, damit sie wusste, was er meinte. »Und seit zwanzig Minuten würde ich gerne ein Stückchen höher wandern. Aber ich wollte dich nicht wecken.«

Bei seinen Worten wurde ihr ganz warm. Sie stellte sich vor, wie er mit sich gekämpft hatte. Normalerweise war er nicht sehr zögerlich. Aber offenbar wollte er sie nicht überrumpeln. »Ich bin nicht diejenige, die gestern Nacht eingeschlafen ist.«

Er stöhnte. Dabei kroch seine Hand fast beiläufig an ihrem Schenkel hinauf. »Bekenne mich schuldig. Es tut mir leid.«

»Wir waren beide hundemüde.«

Sie spreizte die Hand auf seiner Brust. Ein Sonnenstrahl, der durchs Fenster fiel, verfing sich in dem Diamantring.

»Ich bin gegen drei aufgewacht und zu dir unter die Decke geschlüpft. Ich hoffe, das war in Ordnung.«

Seine Finger tanzten über die Rundung ihrer Hüfte und schoben sich unter ihren seidenen Slip. Ein Schauer freudiger Erwartung überlief sie. »Kein Problem.«

Carter drehte sich auf die Seite und sah Eliza in die Augen. »Guten Morgen«, flüsterte er.

Dann bedeckte er ihre Lippen mit zarten Küssen, ging auf eine zärtliche Entdeckungsreise. Sie schmeckte einen Rest Minze in seinem Atem und bedauerte, ihm nicht dieselbe Frische bieten zu können.

Aber mit seinem langen Kuss zeigte er ihr, dass ihm das nichts ausmachte. Er knabberte an ihren Lippen, bis sie sich öffneten und seine Zunge mit ihrer spielen konnte. Erst als ihre Muskeln sich entspannten, merkte Eliza, wie stocksteif sie unter ihm gelegen hatte. Carter drückte sie in die weichen Laken, schob die Hand unter ihrem Nachthemd hinauf bis zu ihrer Taille.

Er küsste sie, als ginge es um sein Leben, und hörte immer nur auf, wenn er Luft holen musste. In einer kleinen Pause strich sie über seine Brust. Wann fand er die Zeit zum Trainieren? Oder hatte er einfach gute Gene? Öfter, als sie zugeben wollte, hatte sie sich gefragt, wie es wohl wäre, ihn zu berühren. Aber nicht einmal im Traum hatte sie sich vorstellen können, wie wunderbar er sich anfühlte.

Er fuhr mit dem Daumen über die Seite ihrer Brust und erweckte die Haut dort zum Leben.

»Du kannst das wirklich gut«, sagte sie, als er ihren Hals küsste.

»Küssen?« Er biss sie zart ins Ohr.

»Mir das Gefühl geben, ich wäre die einzige Frau auf der Welt.«

Seine Hand wanderte von ihrer Brust zu ihrer Wange. Er richtete sich ein wenig auf und als sie die Lider öffnete, starrte sie direkt in seine dunkelblauen Augen. »Du bist die einzige Frau in meiner Welt, Eliza.«

Seine Bemerkung traf sie mitten ins Herz. Die Wärme in seinem Blick ließ sie etwas sagen, was ihr noch nie zuvor über die Lippen gekommen war. »Ich heiße Lisa. Das war mein Name, bevor … Lisa.«

Einen Moment lang unterbrachen seine Hände die Erkundung ihres Körpers und er raunte kaum hörbar: »Hast du das je irgendjemandem gesagt?«

»Nein«, flüsterte sie. »Das wollte ich nie. Bis jetzt.«

Sein Lächeln erreichte seine Augenwinkel und er zog sie noch fester an sich. »So lange wir hier alleine sind, benutze ich deinen richtigen Namen.«

Sie ärgerte sich über die Tränen, die plötzlich in ihren Augen brannten. Sie war nicht traurig, sondern glücklich, dass sie einem anderen Menschen so sehr vertrauen konnte. »Ja, bitte.«

Dann drängte sie ihren Schenkel zwischen seine, kuschelte sich fester in seine Arme, suchte seine Lippen und genoss seinen Geschmack. Die Härte, die sie am Bauch spürte, ließ keinen Zweifel daran, wie erregt er war. *Er schläft nackt.* Sie legte diese neue Information in einem Fach in ihrem Gehirn ab und überließ sich seinen gemächlichen, betörenden Berührungen.

Carters lässig hingehauchte Küsse brachten sie um den Verstand. Ihre Haut prickelte, ihr Körper begann, sich schmerzhaft nach ihm zu sehnen. Carter hingegen schien keine Eile zu kennen. Er beschäftigte sich ausführlich mit ihrem Mund, ihrem Gesicht und ihrem Hals.

Eliza krallte die Finger in die Muskeln an seiner Hüfte und staunte über die Perfektion seines Körpers. Sie mochte jede Stelle, die sie berührte, wollte mehr. Bald reichte ihr die Reibung seines Beins zwischen ihren nicht mehr aus. Sie strich an seiner Hüfte entlang, fand mit den Fingerspitzen die Spitze seiner Erektion.

Carter stöhnte. Seine Lippen und seine Zunge wanderten zu einer Stelle unterhalb ihres Schlüsselbeins. Ihre Brüste verlangten ungeduldig nach Aufmerksamkeit. Mit einer kleinen Bewegung wies sie ihm den Weg. Verdammt, er ließ sich so viel Zeit. Endlich schob er das dünne Nachthemd und den BH beiseite und ließ die Zunge um ihre aufgerichtete Brustwarze kreisen. Er leckte sie, als wäre sie aus süßer Sahne und als wollte er erst aufhören, wenn die ganze Schüssel leer war.

Plötzlich schnürte ihr das bisschen Stoff, das sie noch am Leib trug, beinahe die Luft ab. Der Drang, seine Haut an ihrer zu spüren, wurde übermächtig. Sie nahm die Finger von seiner Erektion und nestelte an ihren Dessous. Carter verstand den Hinweis und befreite sie davon.

Die Röte stieg ihm ins Gesicht, während sein Blick an ihrem fast nackten Körper entlang wanderte.

»Ich trainiere regelmäßig«, frotzelte sie.

»Das sieht man. Ich habe gewusst, dass du atemberaubend schön bist.«

Sie wand sich unter ihm. Seine heiße Härte war so nahe und so kurz davor, ihnen beiden Befriedigung zu schenken. »Du hast dir vorgestellt, wie ich aussehe?«

»Ununterbrochen.« Er küsste erneut ihre Brustwarze und der kleine Stofffetzen, den sie noch trug, wurde feucht.

»Sogar, wenn wir uns gestritten haben?«

Er rutschte tiefer, küsste die Stelle unter ihrer Brust und dann ihren Bauch. »Dann ganz besonders. Du bist Feuer und Leidenschaft. Davon wollte ich mich schon immer persönlich überzeugen.« Er schob einen Finger unter den Bund ihres Slips.

Als er ihre feuchte, erregte Mitte fand, schnappte sie nach Luft.

»Du bringst mich um«, raunte er.

Lachend hob sie die Hüften an, damit er ihr den Slip ausziehen konnte. Er schaute zu, wie sie die Hüften wand.

»Tod beim Sex. Ich weiß nicht, ob es das tatsächlich gibt oder nur in der männlichen Vorstellungswelt.«

Wieder berührte er ihre empfindlichste Stelle, fast so wie vor ein paar Wochen in ihrer Küche. »Ich will dich schmecken. Überall. Aber ich glaube, so lange halte ich es nicht mehr aus«, sagte er.

Auch sie brachte das Warten fast um den Verstand. »Dann zur Sache, Hollywood.« Verführerisch spreizte sie die Beine ein wenig.

Carter streckte die Hand nach dem Kondom auf dem Nachtkästchen aus. Offenbar hatte er es vorsorglich dort deponiert.

»Ich nehme die Pille«, sagte sie.

Er zögerte. »Willst du damit sagen, wir brauchen das hier nicht?«

Will ich das? Sie war nicht von gestern und hatte noch nie ohne Kondom mit einem Mann geschlafen. Das Risiko war einfach zu groß. »Ich … normalerweise … bis jetzt habe ich immer …«, stotterte sie. »Aber wenn wir es nicht …« *Was brabble ich denn da?* »Wenn wir es nicht benutzen, sind wir trotzdem sicher. Über so was haben wir noch nie geredet.«

Er schloss die Hand um das Kondom, beugte sich über sie und küsste sie noch einmal. »Stimmt«, flüsterte er. »Und bei mir ist auch alles in Ordnung.« Unter seinen Küssen verflog der peinliche Moment wie Feenstaub im Wind.

Einen Moment lang hörte er auf, sie zu küssen. Sie sah ihn an.

»Ich will dich, ohne dass etwas zwischen uns ist, Lisa.«

Ihn zum ersten Mal ihren Namen sagen zu hören, trieb ihr Tränen in die Augen. »Das will ich auch.«

Er grinste von einem Ohr bis zum anderen. Dann warf er das Kondom in eine Ecke und schob sich zwischen ihre Schenkel.

Sein Blick senkte sich in ihre Augen, sein heißes Fleisch in ihres. Für sie war das letzte Mal schon einige Zeit her, aber Carter raunte, sie solle ganz locker bleiben und ihn machen lassen. Sein

Blick wurde glasig, seine Stirn senkte sich auf ihre. »So schön«, murmelte er.

Und das war es auch. Die Hitze, die Zärtlichkeit seiner Berührungen, das Vertrauen, das sie zu dem Mann empfand, der ihren Körper in Besitz nahm. Auch anderen Männern hatte sie ihren Körper schon anvertraut – aber nie ohne Schutz und nie unter ihrem richtigen Namen. Carter war ihr Ehemann und das, was sie taten, war mehr als Sex. Es war ein Liebesakt.

Das Wort Liebe verfing sich in ihrem Kopf, aber sie scheuchte es weg. Liebe machte Menschen verletzlich und Lisa konnte sich nicht leisten, verletzlich zu sein.

Sie hob die Hüften leicht an und Carter war tief in ihr. Er atmete in kurzen Stößen. Sie passten perfekt zueinander. Elizas Muskeln zogen sich bereits um ihn zusammen, forderten mehr.

Insgeheim hatte Eliza ab und zu versucht, sich Carter im Bett vorzustellen. Aber dass er ein so vollendeter Liebhaber war, hatte sie sich in ihren kühnsten Träumen nicht ausgemalt. Sie wollte ihn auf den Rücken drehen und das Kommando übernehmen und gleichzeitig abwarten, was er als Nächstes mit ihr anstellen würde.

»Carter?«

Er zog sich langsam ein klein wenig zurück. »Ich komme mir vor wie ein Teenager. Ich will dich ganz langsam genießen und eine Sekunde später will ich einfach loslegen und dich nehmen.«

Sie schlang grinsend die Beine um seine Taille. »Langsam war schön. Und jetzt nimm mich.«

»Dem Himmel sei dank. Halt dich fest.«

Einen Moment lang dachte Eliza, er würde sie aufziehen. Aber dann fing er an, sich zu bewegen. Sich an ihn zu klammern, wurde immer schwieriger, mit jeder Bewegung drückte er sie fester aufs Bett. Die Kraft und die Geschwindigkeit, mit der er ihre Lust anstachelte, überwältigten sie. Er fand den perfekten Rhythmus, die perfekte Reibung.

Stöhnend grub sie die Finger in seinen Rücken. »Ja …« Sie drängte sich an ihn, stachelte ihn an. Doch er ließ sich von ihr nicht hetzen, zögerte den heißesten Moment hinaus. »Mehr«, schrie sie. »Bitte.«

Er lachte leise auf. Mit dem nächsten Stoß nahm er ihr den Atem. Ihr Orgasmus kam ohne Vorwarnung und war wie ein Feuerwerk.

Sie rang nach Luft, aber Carter war noch nicht fertig. Ihr wurde fast schwindelig von den betörenden Worten, die er ihr ins Ohr flüsterte.

Sie wollte weinen vor Glück über die schiere männliche Kraft, mit der er sie in Besitz nahm.

»Ich will dich zum Schreien bringen«, sagte er. Dabei drückte er ihre Brust so fest, dass sie es beinahe tat. Ihre Zähne gruben sich in seine Schulter und er stöhnte auf.

Vielleicht würden ihre Wortscharmützel, ihr ständiges Kräftemessen im Alltag sich auf ihr Liebesspiel übertragen. *Wie aufregend konnte das denn werden?*

Carter fachte ihre Lust erneut an. »Ja«, stöhnte sie zwischen zwei Atemzügen.

In diesem Moment war es um ihn geschehen. Der heiße Strom, der sich in sie ergoss, katapultierte auch sie an den Ort, an dem die Regenbogen wohnten. Ihr Körper bekam gar nicht genug von ihm. Bebend zog sie sich um ihn zusammen.

Carter lag mit wild klopfendem Herzen auf ihr. Eliza – nein, *Lisa,* korrigierte er sich in Gedanken – rang nach Luft. Und ja, verdammt, er fühlte sich dabei wie ein Gott. Ihr Körper sog seinen Samen bis zum letzten Tropfen auf. Das fühlte sich unbeschreiblich gut an. Ohne Kondom hatte er nur als junger Mann Sex gehabt. Es nun mit Lisa so zu tun, war ein Geschenk. Dankbar genoss er es.

»Verdammt heiße Sache, Hollywood.«

»Heißt das, du gibst ein ›Like‹?« Er stützte sich auf die Ellbogen und sah in ihr zufriedenes Gesicht.

Die Muskeln in ihrem Inneren zogen sich erneut um ihn zusammen.

Er stöhnte auf.

»Wenn ich dir sagen würde, wie bombastisch das war, würde das dein Riesenego nur noch mehr aufblasen.«

Er küsste sie auf die Nase. »Das müssen wir unbedingt verhindern.«

Sie wand die Hüften und fuhr mit dem Fuß über sein Bein. »Genau.«

Mit einer geschmeidigen Bewegung drehte er sich und hob sie auf sich, ohne ihre tiefe Verbindung abbrechen zu lassen.

Aufrecht saß sie auf ihm und streckte die kecken Brüste vor. Sofort umschloss er sie mit den Händen. Mit diesem hübschen Teil ihres Körpers hatte er sich noch viel zu wenig beschäftigt.

»Diese Stellung eröffnet ganz neue Möglichkeiten.«

»Der Meinung bin ich auch.« Er zog sie zu sich, küsste sie zärtlich und begann, diese Möglichkeiten auszuloten.

Einundzwanzig

Sie aßen, tranken, lachten und liebten sich wie glückstrunkene Jungvermählte. Carter wollte so lange wie möglich ein glückstrunkener Jungvermählter sein. Aber leider ging die Zeit auf der Insel viel zu schnell vorbei.

Im Licht von Petroleumfackeln saßen sie unter dem Sternenhimmel und schauten den Hulatänzerinnen zu. Eine hawaiianische Band trommelte den Takt, zu dem die Frauen die Hüften schwangen. Carter und Eliza tranken bunte Cocktails und applaudierten den Künstlern.

»Ich will gar nicht glauben, dass wir morgen schon wieder wegmüssen.« Eliza schmiegte sich in Carters Arme.

»Genau dasselbe habe ich auch gerade gedacht.«

»Wäre es nicht wunderbar, wenn wir einfach hierbleiben könnten? Keine Schwerverbrecher, kein Telefon, keine Schäferhunde mit Schuhtick?«

An den Dreckskerl, der Elizas Sicherheit bedrohte, wollte er im Augenblick am allerwenigsten denken. Aber die Realität holte ihn gnadenlos ein. Er hatte sie geheiratet, um sie zu schützen. Aber was, wenn er das gar nicht konnte?

Verdammt, bei dieser Vorstellung sah er rot. Seine Augen wanderten zu den Bodyguards, die immer in der Nähe waren.

Was, wenn das nicht ausreichte?

Er küsste Elizas Scheitel und starrte in das Feuer vor den Tänzerinnen. »Ich beschütze dich.«

Eliza malte mit dem Finger Kreise auf seinen Schenkel. »Ich weiß. Aber wenn mir trotzdem etwas …«

Er wand sich, wollte die Worte, die sie gleich aussprechen würde, nicht hören. »Dir passiert nichts! Dafür sorge ich.«

Sie schaute ihn an und küsste ihn sanft. Dann legte sie den Finger auf seine Lippen. »Aber falls doch … dann mache ich dir keinen Vorwurf.«

Plötzlich sah er sie leblos und blass vor sich liegen. Ihm wurde fast übel. Er biss die Zähne zusammen und scheuchte den Gedanken weg. »Das wird nie geschehen. So was darfst du nicht sagen und noch nicht mal denken.« Sein unwirscher Ton brachte ihm ein Stirnrunzeln von ihr ein. »Bitte«, fügte er hinzu. Eliza etwas befehlen zu wollen, konnte leicht nach hinten losgehen. »Bitte.«

Sie versuchte ein Lächeln. »Okay.«

Als sie sich in dieser Nacht liebten, ließ er keinen Quadratzentimeter ihrer Haut unberührt und unliebkost. Noch lange, nachdem sie in seinen Armen eingeschlafen war, lag er wach und dachte über ihre Worte, ihre Sorge nach. Er musste die Bedrohung aus der Welt schaffen. Dafür brauchte er vor allem Informationen über Ricardo Sanchez. Jedes noch so kleine Detail. Sobald er morgen wieder zu Hause war, musste er mit seinem Vater telefonieren. Am besten gemeinsam mit Blake.

$\mathcal{D}$u siehst aus wie ein zufriedenes Kätzchen«, sagte Gwen, als Eliza in Tarzana zur Tür hereinkam.

»Hawaii ist wunderschön.«

»Aber du strahlst nicht nur deshalb so.«

Zod schnüffelte zur Begrüßung an Elizas Hand. »Wie läuft's denn so? Schmecken dir die Stilettos noch?«

»Lass den Hund in Ruhe und rede mit mir. Bei mir ist schon eine ganze Weile Funkstille im Bett, also bin ich auf die Schilderungen meiner Freundinnen angewiesen. Los erzähl! Und lass bloß nichts aus.« Gwen zog Eliza am Arm zur Couch.

Die bildhübsche Blondine war der Widerspruch in Person. Aus der vornehmen, auf Etikette bedachten Herzogtochter konnte in Sekundenschnelle ein verruchtes kleines Biest werden. Das liebte Eliza an der britischen Lady.

Sie ließ die Handtasche fallen und streifte die Schuhe ab. Aber bevor sie sich in ihre Mädelsgespräche vertiefen konnten, fing Zod an zu bellen.

»Ich bin's«, sagte Samanthas tiefe Stimme hinter der Haustür.

»Komm rein«, antworteten Gwen und Eliza im Duett.

Zod absolvierte seine Schnüffelroutine, dann drehte er sich ein paar Mal im Kreis und ließ sich vor Elizas Füßen nieder.

»Ihr habt hoffentlich noch nicht angefangen!«

»Womit denn?«, fragte Eliza. »Und woher weißt du, dass ich wieder da bin?«

»Carter hat Blake angerufen und ihm gesagt, er käme zu uns. Er meinte, du wärest auf dem Weg hierher und wolltest deine Sachen zusammenpacken. Ich wollte dir helfen und … *O mein Gott,* wie du strahlst! Wie war's?«

Samantha und Gwen schauten Eliza erwartungsvoll an.

»Unsere kleine britische Miss Tugendhaft behauptet, sie hätte selbst schon ewig keinen Sex gehabt. Aber womit willst du deine Neugier begründen?«, fragte Eliza ihre Freundin.

Samantha klatschte in die Hände. »Ihr hattet also tollen Sex.«

Eliza dachte an die Überwachungskameras und die Mikrofone überall im Haus. »Ihr wisst schon, dass uns ein paar Leute zuhören, oder?«

Sam macht eine wegwerfende Handbewegung. »Und wenn schon. Die Details, bitte. Los! Carter war schon lange heiß auf dich.«

»Gar nicht wahr.«

»Darüber streiten wir uns später. Erzähl.« Sam schob sich eine widerspenstige rote Locke hinters Ohr und grinste wie ein Kind.

Eliza konnte den beiden nicht entkommen. Sie saugte an ihrer Unterlippe, dann überließ sie sich der warmen Welle ihrer Er-

innerungen. »Unvergleichlich. Er war großartig. Er war so lie-
bevoll, so sinnlich und hat sich unfassbar viel Zeit gelassen. Das
war unglaublich schön. Und unglaublich grausam.« Sie seufzte.
»Aber das Warten hat sich gelohnt.«

Gwen wollte Einzelheiten. Wann? Wo? Hatten sie schon im
Flugzeug angefangen? War am Strand etwas passiert?

Nicht ins Schwelgen zu kommen, war völlig unmöglich.
Auch wenn Eliza wusste, dass alles, was sie den beiden Frauen
sagte, nicht in diesen vier Wänden bleiben würde.

Warum grinst du denn so?« Carters Frage war an Neil gerichtet. Der massige Kerl guckte wie ein Sechzehnjähriger, der gerade den Scotchvorrat seines Vaters entdeckt hatte.

Er sah aus, als könnte er sich das Lachen kaum verkneifen.

»Ist Sam schon bei Eliza?«

»Ja«, sagte Neil.

Carter schaute ratlos zwischen Blake und Neil hin und her.
»Samantha ist in Tarzana und hilft Eliza packen, oder?«

»Das auch.«

»Du hast ihnen also zugeschaut? Ihnen zugehört?«

Neil hatte Zugang zum Überwachungssystem des Hauses in
Tarzana. Aber der Verdacht, dass er absichtlich lauschen könnte,
war Carter bislang nie gekommen.

»Lang genug, um zu wissen, dass Sam dort ist. Inzwischen
haben die drei auch mit dem Packen begonnen.« Neils Grinsen
verschwand. »Und jetzt?«

»Jetzt rufen wir Cash an und fragen ihn, was er herausgefunden hat.«

Mit ein paar Klicks war Carter mit seinem Vater verbunden.
Cash erschien auf dem großen Monitor.

»Hey Dad.«

Carters Vater winkte in die Webcam. »Unfassbar, diese Technik. So was hätten wir früher, als ich noch bei der Polizei war, gut gebrauchen können. Redet ihr jungen Leute jetzt immer so miteinander? Telefoniert ihr überhaupt noch?«

»Wir schreiben SMS, E-Mails und telefonieren. Wie war euer Heimflug?«

»Alles bestens. Du siehst erholt aus. Wie geht es Eliza?«

»Prima. Sie packt für den Umzug zu mir.«

»Wir finden sie sehr nett.«

Carter warf einen Blick zu Blake und Neil. »Das freut mich, Dad. Also: Was hast du rausgefunden?«

Cashs Lächeln war plötzlich wie weggewischt. »Bevor ich dir das sage, will ich wissen, was du mit einem Stück Dreck wie Sanchez zu tun hast.«

Das klang nicht gut.

»Ich selbst eigentlich ziemlich wenig. Es betrifft mehr Eliza. Ihre Eltern ...«

Cash schluckte und lehnte sich zurück. »Havens ist nicht Elizas richtiger Name, korrekt?«

»Korrekt.«

»Das habe ich befürchtet.«

»Was ist, Dad? Was weißt du?« Carter beugte sich vor und rieb die Hände aneinander. Sein Vater hatte als Polizist einiges erlebt. Dass er jetzt so blass geworden war, gefiel Carter gar nicht.

Cash schob ein paar Unterlagen auf seinem Schreibtisch zurecht und setzte sich eine Lesebrille auf. »Ricardo sitzt in San Quentin. Zweimal lebenslänglich. Ihm ist es gleich, wem er dort auf die Zehen tritt. Verbringt ziemlich viel Zeit in Einzelhaft, ist aber inzwischen ruhiger geworden. Die Aufseher meinen, für einen Knacki in den Fünfzigern wäre das normal.«

»Wofür sitzt er?« Carter wusste, dass Elizas Eltern ermordet worden waren. Aber hatte Ricardo ihr Leben persönlich beendet? Oder die Morde befohlen?

»Sanchez war ein dicker Fisch im Bordell- und Straßenstrichgeschäft. Und wo es käuflichen Sex gibt, gibt es auch Drogen.

Da hatte er die Finger ebenfalls mit drin. Er hat seine Geschäfte in einem Dutzend Bundesstaaten und drei Ländern betrieben. Offenbar war er eine Art Mafiaboss. Er hatte eine Familie, Kinder, sogar einen Hund. Falls man einen Pitbull, der hin und wieder kleine Kinder frisst, so nennen kann. Wie dem auch sei: Er war respektiert und gefürchtet. Lange Zeit konnte man ihm nichts nachweisen; er ist noch nicht mal groß aufgefallen, weil er seine kriminellen Machenschaften hinter legalen Geschäften versteckt hat. Und dann kam Kenneth Ashe. Sagt dir der Name was?«

Carter dachte nach. Er hatte das Gefühl, er müsste den Namen kennen. Aber er schüttelte den Kopf.

»Mr Ashe fuhr abends den Transporter mit Sanchez' Models.« Cash malte mit den Fingern Anführungszeichen um das letzte Wort. »Sanchez hat seine Zwangsprostituierten als Models für zweitklassige Modeschauen ausgegeben. Die Leute, die legal für ihn arbeiteten, hat er ständig ausgetauscht. Ahnungslose Fahrer haben Laufstege geliefert und aufgebaut. Später hat er dann andere Leute mit den meist minderjährigen Mädchen losgeschickt. Die Mädchen mussten exklusive Männerzirkel unterhalten. Kein Mitarbeiter wusste vom anderen, was er tat und wofür er zuständig war. Laut einer Zeugenaussage hat Ashe in der zweiten Woche als Fahrer bei der Arbeit etwas verloren und ist später noch mal zurückgefahren, um es zu holen.

Im Backstage-Bereich einer vermeintlichen Modeschau hat er dann Sanchez dabei beobachtet, wie er ein sehr junges Mädchen verprügelte und vergewaltigte. Ashe war ein Familienmensch. Er hatte ein Kind – eine Tochter. Er versteckte sich und konnte erst viel später verschwinden.«

»Er hat nicht eingegriffen?«, fragte Neil.

»Es waren noch mehr Frauen und Mädchen im Raum. Und Sanchez' Leute. Alle bewaffnet. Wenn sie Ashe entdeckt hätten, hätte er das nicht überlebt.«

Carter hatte einen bitteren Geschmack im Mund. Ashe musste Elizas Vater gewesen sein.

»Sanchez hat das Mädchen umgebracht. So demonstrierte er den anderen jungen Frauen, was passieren würde, wenn sie nicht mitmachten. Er prahlte damit, dass er sich aus jeder neuen Lieferung ein Mädchen als Opfer aussuchte.«

»Herr im Himmel.«

»Nein. Ich glaube, der war in dem Moment ganz weit weg. Ashe gelang die Flucht und er ging zur Polizei. Es gab Ermittlungen und einen Haftbefehl gegen Sanchez. Innerhalb einer Woche waren alle Mädchen tot. Vergewaltigt, ermordet, an den grauenhaftesten Orten entsorgt wie Abfall.«

»Was ist mit Ashe passiert?«

Cash nahm die Lesebrille ab und schaute in die Webcam. »Er wurde zusammen mit seiner Frau und seiner kleinen Tochter in Schutzgewahrsam genommen. Nach Sanchez' Verurteilung bekam die Ashe-Familie Zeugenschutz und tauchte unter.«

Carter stützte den Kopf in die Hände. Blake berührte ihn an der Schulter.

»Willst du den Rest hören?«

Carter nickte, ohne seinen Vater anzusehen.

»Kenneth Ashe und seine Frau Mary bemühten sich, unsichtbar zu bleiben. Aber wie ich schon sagte, Sanchez hatte Verbindungen. Nach etwa einem Jahr wurde Mary gefunden – so wie zuvor die jungen Mädchen. Vergewaltigt und ermordet. Ihren Mann hatte man gefesselt und gezwungen, alles mit anzusehen. Dann hatte man ihm die Kehle durchgeschnitten. An seiner Stirn war ein Zettel befestigt, auf dem stand, die Tochter der beiden sei als Nächstes dran. Zum Glück war das Mädchen an dem Tag gerade in der Schule.«

Carter merkte, wie ihm sein Mageninhalt in die Kehle stieg. Er dankte dem Himmel, dass Lisa damals nicht in der Nähe gewesen war. Kannte sie die grauenhaften Einzelheiten? Vermutlich nicht. Sonst wäre sie beim ersten Anzeichen einer Gefahr abgetaucht. Kein Wunder, dass Dean und Jim sie am liebsten in einen Bunker stecken wollten.

»Wo ist deine Frau, Sohn?«

»In Tarzana.«

Neil fing an, auf und ab zu gehen. »Sie wird rund um die Uhr von zwei Streifenpolizisten bewacht und ich habe einen Mann vor ihrem Haus.«

»Wissen wir, ob Sanchez seine Sauereien vom Knast aus weiter betreibt?«

»Das versuche ich gerade herauszufinden. Mit seiner Frau und den Kindern hat er jedenfalls noch Kontakt.«

»Ich fasse es nicht!«, presste Carter hervor. »Er zerstört Elizas Leben und seines geht einfach so weiter?«

Blake drückte seine Schulter. »Wir sorgen dafür, dass er ihr nichts antun kann.«

»Ich wusste, dass es schlimm ist. Aber das hier? Verdammt, Blake.«

»Ich weiß. Aber Eliza wird gut bewacht.«

Carters Haut stand in Flammen, sein Blut brodelte. Im Moment war Eliza sicher. Aber wie lange noch?

$\mathcal{L}$angsam gingen Eliza die Worte aus, um Gwen und Sam ihre Hochzeitsreise voller Carter auszumalen. Die vornehme Herzogtochter fächelte sich mit einer Zeitschrift Luft zu und Sam hatte das Kinn in die Handfläche gestützt.

»Du siehst glücklich aus«, sagte sie.

Eliza taten die Wangen weh vom Lächeln. »Bin ich auch.«

Gwen tätschelte ihr das Knie und stand auf. »Wir fangen besser an zu packen. Sonst macht Carter sich noch Sorgen.«

Eliza ließ den Blick durch das Wohnzimmer schweifen, das in den letzten Jahren ihr Zuhause gewesen war, und seufzte. Tief im Herzen wusste sie, dass sie nicht in das kleine Haus in Tarzana zurückkehren würde. Selbst wenn irgendwann der Tag kam, an dem sie und Carter sich trennten, würde sie wohl nicht mehr hier einziehen.

Zu dritt gingen sie in ihr Zimmer und machten sich an die Arbeit. »Das dauert nicht lange«, sagte sie zu den beiden anderen Frauen. »Möbel muss ich nicht mitnehmen und das meiste hier gehört sowieso Sam.«

Sam strich sich die widerspenstigen roten Locken aus dem Gesicht und bändigte sie mit einem Haarband. »Mir kommt es vor wie gestern, dass Blake und ich hier zusammen meine Kleider eingepackt haben. Vielleicht liegt auf dem Bett ein Zauber und alle, die darin schlafen, kommen kurz darauf unter die Haube.«

Gwen betrachtete interessiert die Matratze. »Vielleicht sollte ich hier reinziehen.« Sie setzte sich aufs Bett.

»Du willst heiraten?«

»Das will ich schon lange. Aber meine bisherigen Verehrer waren nichts für länger.«

Eliza lachte. »Vielleicht solltest du sie nicht immer schon nach einer Woche abservieren.« Dank einiger Mädelsabende wusste Eliza inzwischen über Gwens Liebesleben Bescheid. Als Tochter eines schwerreichen Herzogs erwartete ihre Familie von ihr vor allem Diskretion. Das Ergebnis waren langweilige Dates und wenig denkwürdige Liebesnächte. Ein großer Teil des alten Adels zog weitgehend unbeachtet seine Kreise. Bei den Harrisons war das anders. Die britische Regenbogenpresse war ihnen immer auf den Fersen.

»Dass ich bisher nur Langweiler kennengelernt habe, ist nicht meine Schuld. Ein Mann muss im Alltag mindestens so interessant sein wie im Bett. Findet ihr nicht?«

»Du sprichst mit zwei Frauen, die erst nach der Hochzeit mit ihren Männern geschlafen haben. Ich glaube nicht, dass wir dir da weiterhelfen können.«

Gwen riss die Augen auf und schüttelte den Kopf. »So was kann ich mir nicht vorstellen. Was, wenn Carter sich bloß auf dich gelegt hätte wie ein nasser Fisch?«

»Du hast einfach noch nicht den Richtigen gefunden, Gwen. Wenn dir bei einem Mann schon vor dem ersten Kuss heiß wird, kann der Kuss dich später kaum kaltlassen. Ich werde schon knallrot, wenn Carter mich nur auf eine bestimmte Art ansieht. Und nein – das darfst du ihm nicht verraten!« Eliza fand, Carter müsse nicht alle ihre Geheimnisse kennen. Jedenfalls noch nicht.

»Dass Blake ein fantastischer Liebhaber sein würde, war mir schon klar, als er zum ersten Mal meine Hand berührt hat.« Samantha leckte sich die Lippen.

»Im Ernst?«

»Du kannst es Chemie nennen, das gewisse Etwas oder magische Anziehungskraft … Ich wusste es einfach. Aber wenn du mir ein Jahr vor der Hochzeit gesagt hättest, dass ich erst nach dem Jawort mit meinem Mann schlafen würde, hätte ich genauso fassungslos geguckt wie du jetzt.«

Gwen hörte ihr auf den Arm gestützt zu. »Bei eurer Hochzeit kanntest du meinen Bruder ja erst ein paar Tage.«

»Ja, okay. Aber das ist nur ein Detail.«

»Ich kannte Carter schon lange.«

»Ja, und sicher lief auch schon vor dem Jawort etwas zwischen euch.«

Eliza dachte an die kurze Episode in der Küche und wurde knallrot. Gwen und Samantha fingen an zu lachen.

»Ertappt.«

»Wir haben nicht miteinander geschlafen. Es gab nur heiße Küsse und Fingerspiele.«

Gwen warf ein Kissen nach Eliza.

Sie lachten, bis ihnen der Bauch wehtat.

»Das wird mir fehlen. Freundinnen wie euch hatte ich noch nie«, sagte Gwen.

»Ich ziehe nur aus, nicht weg«, entgegnete Eliza.

»Wir sollten jeden Monat einen Frauenabend machen. Oder alle zwei Wochen.«

»Klingt gut.« Gwen stemmte sich vom Bett hoch und griff nach einer Kiste.

»Aber ohne Gespräche über die Arbeit. Erlaubt sind nur Mädelsthemen.«

»Sex.«

»Dann brauchst du einen Freund, damit du auch etwas beitragen kannst«, sagte Eliza zu Gwen.

»Vielleicht suche ich mir einen.«

Sam sah ihre Schwägerin an. »Ist schon jemand in der engeren Wahl?«

Gwen zögerte, dann schüttelte sie den Kopf. »Nein.«

»Lügnerin.«

Gwen schnappte nach Luft. »Ich muss doch sehr bitten.«

Eliza verschränkte die Arme. »Willst du behaupten, es gibt niemanden, bei dem dir abwechselnd heiß und kalt wird? Der dich ganz kribbelig macht, wenn du nur an ihn denkst?«

Wieder ließ Gwen ein bisschen zu viel Zeit verstreichen. »Ich kenne keinen.«

Sam schüttelte den Kopf. »Lügnerin.«

In Gwens Mundwinkel zuckte ein winziges Lächeln. Dann wandte sie sich ab. »Denkt doch, was ihr wollt.«

Sam warf Eliza einen fragenden Blick zu.

Sie sahen, wie Gwen durch die offene Tür in die Kamera draußen im Flur schaute.

Gwen wollte nicht, dass die Bewacher etwas erfuhren!

Wahrscheinlich ist es Neil.

Es kostete Eliza einige Beherrschung, Gwen das nicht auf den Kopf zuzusagen.

Ein Klingeln an der Haustür beendete die Unterhaltung. Eliza hob den Zeigefinger. »Das Thema ist noch nicht beendet, holde Herzogtochter!« Dann ging sie nach unten.

Zod kratzte bereits an der Haustür. Draußen stand Russell, einer der Bodyguards. »Tut mir leid, Mrs Billings. Ihr Mann hat mich gebeten, Sie immer in Sicht- oder Hörweite zu behalten.«

Die Realität ergoss sich über Eliza wie ein Kübel Eiswasser. Das Geflachse mit ihren Freundinnen, die unbeschwerten Momente – alles war plötzlich wie weggewischt. »Warum? Ist etwas passiert?«

»Nicht, dass ich wüsste, Ma'am. Aber er wollte, dass ich zu Ihnen ins Haus komme.«

Eliza fröstelte plötzlich. Sie ließ Russell herein.

Samantha kam zu ihr und legte ihr die Hand auf die Schulter. »Halb so schlimm, Eliza. Du gewöhnst dich daran.«

Darauf würde ich nicht wetten.

Das Packen war schnell erledigt. Als Eliza eine Kiste zum Wagen brachte, kam ihre Nachbarin Mrs Sweeney mit einer Kasserolle um die Hecke. »Eliza? Eliza, Liebes?«

Mrs Sweeneys Schürze roch nach Fisch. Zod knurrte die Frau an, aber Eliza rief ihn zu sich. Ihr Leibwächter behielt sie vom Haus aus im Auge.

»Da sind Sie ja. Ich wusste gar nicht, dass Sie mit unserem zukünftigen Gouverneur verlobt sind. Und dann sehe ich plötzlich in der Zeitung ein Foto von Ihnen im Hochzeitskleid. Neben Ihrem gut aussehenden Gatten.« Mrs Sweeny redete gerne und kam immer ohne Umschweife zur Sache.

»Wir haben es nicht an die große Glocke gehängt. Unsere Hochzeit hat nicht nur Sie überrascht.«

Mrs Sweeny nickte, dass ihr graues Haar nur so wippte. »Ich bin froh, dass Sie nicht so viele Fotografen angelockt haben wie Samantha damals.«

»Gern geschehen.«

Mrs Sweeny kämpfte mit dem Topf in ihren Armen. »Ein paar waren da, aber im Gebüsch haben sich diesmal nicht viele versteckt. Sie haben mir nur einen einzigen Rosenbusch zertrampelt.«

Bei Samanthas und Blakes Hochzeit hatten die Paparazzi tagelang das Haus belagert und die zukünftige Herzogin belauert. In der Hoffnung, sie würde etwas Ungehöriges tun. Mrs Sweenys Rosenbüschen war das nicht gut bekommen.

»Den Schaden bezahle ich natürlich.«

»Ich weiß, ich weiß. Ach, ich freue mich ja so für Sie. Hier.«

Mrs Sweeny hob den Topf ein wenig höher und Eliza griff nach dem streng riechenden Mitbringsel.

»Das sind meine berühmten Linguine in Muschelsoße. Ich weiß doch, wie sehr Sie die mögen. Als Jungvermählte verbringen Sie sicher nicht viel Zeit in der Küche.« Das verschwörerische Zwinkern der älteren Frau überraschte Eliza. So verruchte Gedanken hatte sie ihrer Nachbarin gar nicht zugetraut.

»Danke.« Eliza nahm Mrs Sweeny den Topf ab und versuchte, nicht auf den durchdringenden Fischgeruch zu achten. Die Geschmacksknospen der armen Frau mussten völlig verkümmert sein. Zu sämtlichen Anlässen – ob Hochzeit, Trauerfall oder Jubiläum – wurde die Nachbarschaft mit einer Kasserolle voller sandiger Muscheln beglückt. Sie schwammen in einer zwar weißen, aber nicht sahnigen Soße, die an pappigen Linguine klebte. Natürlich war das Geschenk gut gemeint. Deshalb brachte es keiner übers Herz, der Nachbarin zu sagen, dass die fischige Pampe immer sofort entsorgt wurde.

»Gern geschehen. Und noch mal herzlichen Glückwunsch, Liebes! Sagen Sie Ihrem Mann, meine Stimme hat er.«

Mrs Sweeny ging winkend davon.

Im Haus hielten Samantha und Gwen Eliza bereits sämtliche Türen bis zur Toilette auf.

Gwen hielt sich die Nase zu, Sam wandte sich beim Vorbeimarsch des Topfes angewidert ab. »Wir haben gesehen, dass sie mit dir gesprochen hat, und das Zeug bis hier drin gerochen.«

»Wie kann irgendwer so was essen?«

»Ob sie die Soße wohl selbst auch isst? Oder verschenkt sie ihre Kreation immer nur?«

»Am besten du zündest eine Duftkerze an, damit du den Geruch wieder loswirst«, sagte Eliza zu Gwen.

»Schon passiert. Im Wohnzimmer brennt eine.«

»Kluges Mädchen.«

Eliza wusch sich die Hände und hoffte, dass ihr der Fischgeruch nicht bereits in den Kleidern hing. »Ich glaube, wir sind so weit.«

Nachdem sie Gwen umarmt hatte, wandte Eliza sich an Samantha. »Danke fürs Helfen. Carter und ich müssen noch die Terminplanung machen, damit wir den Wahlkampf und Alliance irgendwie unter einen Hut bringen. Aber spätestens ab Montag bin ich wieder bei der Arbeit.«

»Nimm dir ein paar Tage frei. Gewöhn dich erst mal an dein neues Leben.«

»Nichtstun würde mich wahnsinnig machen. Ich bin am Montag wieder da.«

Samantha verzichtete auf weiteren Widerspruch und schob ihre Bedenken beiseite. Auf dem Weg zur Haustür fiel Eliza plötzlich Mrs Sweenys zertrampelter Rosenbusch ein.

»Gwen, hast du jemanden ums Haus schleichen sehen?«

»Nein. Warum?«

»Mrs Sweeny sagte etwas wegen kaputter Rosen. Vielleicht war es ja Zod.«

»Keine Sorge. Mit Medienheinis komme ich klar.«

»Pass gut auf dich auf. Und ruf an, wenn du etwas brauchst.« Gwen drückte Eliza noch einmal. »Ich bin ja schon groß.«

»Ja, sicher.«

»Ich bringe dich zum Wagen und dann muss ich auch nach Hause«, sagte Sam.

Eliza ließ den Blick noch einmal durchs Haus schweifen. »Wieder ein Kapitel abgeschlossen«, murmelte sie vor sich hin.

»Was haben Sie gesagt, Mrs Billings?«

Eliza wandte sich zu ihrem Leibwächter um und rief Zod zu sich. »Nichts.«

Zweiundzwanzig

»Hey Harry! Du hast Besuch!«

Harry sah den Aufseher ungläubig an. *Besuch? Wer ist es denn?,* wollte er fragen, hielt aber den Mund. Seit er im Knast saß, war es ruhig um ihn geworden. Seltsam, wie wenig die Leute sich für einen interessierten, der seine Freunde betrogen und seine Familie zerstört hatte. Harry legte seine Zeitung beiseite und folgte dem Aufseher in den Besucherraum.

Im Moment war nichts los. Auf der Häftlingsseite standen nur er und der Aufseher an der Glasscheibe. Etwa in der Mitte der Stuhlreihe auf der Besucherseite saß ein Mann in einem eleganten Anzug. Früher hatte Harry sich ähnlich gekleidet. Obwohl sie sich noch nie begegnet waren, erkannte er den Mann sofort. Plötzlich schlug Harry das Herz bis zum Hals und zum ersten Mal seit Jahren wurden seine Handflächen feucht. Er erstickte den Funken Hoffnung, der in ihm aufflackerte, denn er wusste, dass seine Wünsche sich nie erfüllen würden, und wollte sich die bittere Enttäuschung ersparen. Vielleicht hatte er solche Qualen verdient. Aber wenn er konnte, ging er ihnen aus dem Weg.

Harry setzte sich auf den unbequemen Stuhl und sah den Mann auf der anderen Seite der Glasscheibe an. Dann griff er zum Hörer der Sprechanlage und wartete geduldig, dass sein Gegenüber etwas sagte.

»Mr Elliot.«

Harry legte den Kopf schief. »Mr Harrison.«

»Sie wissen, wer ich bin?«

»Sie sind mit meiner Tochter verheiratet. Natürlich weiß ich, wer Sie sind.«

Blake Harrison, der Herzog von Albany, starrte ihn durch die Scheibe an.

»Sie sehen anders aus als auf den Fotos«, sagte Blake zu ihm.

»Der Knast zieht das Leben aus einem heraus. Wie geht es Samantha? Wie geht es Jordan?« Die Namen seiner Töchter aus seinem eigenen Mund zu hören, war ein Schock für ihn. Tiefes Bedauern schnürte ihm die Kehle zu.

»Den beiden geht es gut.«

»Und dem Kleinen?«

»Auch.«

Nachrichten über seine Kinder in der Zeitung zu lesen, war nicht dasselbe, wie mit jemandem sprechen zu können, der engen Kontakt mit ihnen hatte. Harry wurde ein wenig leichter ums Herz. »Weiß Samantha, dass Sie hier sind?«

»Nein. Noch nicht.«

»Und weshalb sind Sie gekommen?«

Blakes bohrender Blick ging Harry durch und durch. Auch in seinem Leben hatte es eine Zeit gegeben, in der er in der Lage gewesen war, einen anderen Mann allein mit Blicken in die Ecke zu drängen. Aber damals hatte er keine blaue Häftlingsuniform getragen. Er setzte sich etwas aufrechter hin und bemühte sich, den forschenden Augen standzuhalten.

»Warum haben Sie es getan?«, fragte Blake. »Sie konnten sich doch denken, dass man Sie früher oder später drankriegen würde.«

Harry blinzelte. Blake war sicher nicht gekommen, um sich mit ihm über seine kriminelle Vergangenheit zu unterhalten. Aber irgendetwas sagte ihm, dass es von seiner Antwort abhing, ob Harrison das Gespräch fortsetzen würde oder nicht. Wenn der Mann seiner Tochter ihm vertraute, hatte er vielleicht eine Chance, seinen Enkel und seine Kinder eines Tages wiederzusehen, und musste sich nicht mehr mit Zeitungsfotos begnügen.

»Sie sind Geschäftsmann. Sie kennen die Macht des Geldes.«

»Die Macht des Geldes kann ein Fluch sein.«

Harry nickte. »Ja.« Geld war für ihn wie eine Droge gewesen. Dabei hatte er mehr gehabt, als er ausgeben konnte. Der Berg war von Woche zu Woche gewachsen. Er hatte sich gekauft, was ein Mann sich nur wünschen konnte, und doch seine Familie und seine Freiheit verloren.

Einen Moment lang saßen sie sich schweigend gegenüber. Wieder spürte Harry Blakes bohrenden Blick und merkte, wie sein Herzschlag sich beschleunigte.

»Denken Sie manchmal an Ihre Töchter?«

Harry hatte sofort die wenigen Habseligkeiten in seiner Zelle im Kopf, für die er notfalls auch Einzelhaft in Kauf nehmen würde. »Jeden Tag. Mehrmals.«

»Wie kommt es, dass Sie sich nie bei Samantha gemeldet haben?«

Harry sah zu Boden. »Das steht mir nicht zu. Ich habe ihr genug Schmerz zugefügt.« Ihm wurde die Kehle eng. Er schluckte.

Blake schüttelte den Kopf. Er schien nach den richtigen Worten zu suchen. »Sie müssen etwas für mich tun, Mr Elliot.«

»Ich? Hier drin? Was denn?«

Ihre Blicke trafen sich. »Sie müssen jedes Foto, jeden Artikel, alles, was in Ihrer Zelle irgendwie auf uns hinweist, vernichten.«

Harry hielt den Hörer so fest, dass seine Handfläche schmerzte. »Warum?«

»Weil es hier jemanden gibt, der nichts über uns und unsere Freunde wissen soll.«

Harry musterte seinen Schwiegersohn mit zusammengekniffenen Augen. »Wollen Sie mir sagen, um wen es sich handelt?«

»Das kann ich nicht. Aber Ihren Töchtern und den Menschen, die den beiden wichtig sind, zuliebe, müssen Sie es tun.«

»Noch eine Minute, Harry«, sagte der Aufseher.

Harry dachte kurz über Blakes Bitte nach, dann nickte er. »Passen Sie gut auf sie auf.«

»Mache ich.«

Harry hängte den Hörer ein und ging nach einem letzten Blick auf Blake zur Tür.

$\mathcal{D}$ie Presse will euch sehen. Live und in Farbe.« Jay klopfte mit seinem Stift auf dem Notizblock auf seinem Schoß herum und starrte die beiden an. »Wenn es nicht bald eine Erklärung zu eurer Hochzeit gibt, wird man euch jagen, bis ihr nicht mehr wisst, wie es ist, an einem öffentlich zugänglichen Ort aufs Klo zu gehen, ohne von der Nachbarkabine aus gefilmt zu werden.«

Carter schloss die Augen und schüttelte den Kopf. Wann war sein Leben bloß so kompliziert geworden? Eliza strich mit dem Finger über seinen Unterarm und versuchte zu lächeln.

Er wusste jetzt, warum sie sich verstecken musste, und verstand, weshalb es wichtig war, sie aus dem Rampenlicht herauszuhalten. Dean hatte recht. Eliza hätte untertauchen sollen. Carter kam sich ziemlich egoistisch vor, denn sie war geblieben, weil er sie gebeten hatte, ihn zu heiraten. Die Bilder unschuldiger, von Sanchez ermordeter Frauen wollten sich in seinen Kopf drängen. Er schob sie energisch beiseite.

»Carter?«

Er blinzelte ein paar Mal, dann sah er Eliza in die Augen. »Ja?«

»Ich glaube, wir müssen Jay sagen, was los ist.«

»Was sollte Jay denn wissen?«, fragte Jay. Er trommelte noch immer mit dem Stift. Sein Blick ging zwischen Carter und Eliza hin und her.

Carter fuhr sich durchs bereits zerzauste Haar. Jay einzuweihen, war nicht ohne Risiko. Aber Eliza zu heiraten und sie der ganzen Welt zu präsentieren, war geradezu aberwitzig gewesen. Das war ihm jetzt klar.

Elizas Finger malten kleine Kreise auf seine, als wollte sie ihm damit zu einer Entscheidung verhelfen. Wenn ihr irgendetwas zustieß, war es seine Schuld. Hätte er auf Dean gehört und sie gedrängt, sich zu verstecken, dann wäre sie jetzt vielleicht sicher gewesen. Weit weg von ihm und ihren Freunden, aber außer Gefahr.

»Was sollte Jay wissen?«, wiederholte Jay etwas lauter.

In den Medien wurde bereits über Elizas Herkunft spekuliert. Carters Rivale um den Gouverneursposten verlangte Hintergrundrecherchen und Auskünfte über Eliza Havens Billings' Staatsbürgerschaft. Illegale Einwanderung war in Kalifornien immer ein heißes Wahlkampfthema. Und die Möglichkeit, eine Illegale zur First Lady des Staates zu bekommen, würde Carter bei der Wahl Platz zwei sichern.

Er überlegte, ob er das wirklich so schlimm fand.

Aber als Gouverneur würde er viel Einfluss haben und einen Personenschutz, von dem der Richter Carter Billings nur träumen konnte.

Er musste die Sache durchziehen.

Ein paar Leute schuldeten ihm noch einen Gefallen. Vielleicht ließ sich da etwas machen.

Carter drehte die Handfläche nach oben und verflocht seine Finger mit Elizas. »Eliza lebt seit Jahren in einem Zeugenschutzprogramm. Unter einer neuen Identität, einem neuen Namen.«

Jays Stift blieb in der Luft hängen. Sein Blick flog zu Eliza. »Im Ernst?«

Sie hob die Augenbrauen und nickte. »Ja.«

Jay stand auf und fing an, auf und ab zu gehen wie ein Mann, der schon vor der offiziellen Frühstückspause sechs Tassen Kaffee getrunken hatte. »Deshalb die strengen Sicherheitsmaßnahmen? Ist jemand hinter dir her?«

»Nicht auszuschließen.«

»Wer weiß sonst noch davon?«

»Unser engster Freundeskreis, unsere nächsten Verwandten … Warum?«

Jay rieb sich nachdenklich das Kinn. »Jetzt, wo ihr verheiratet seid, wird das ziemlich schnell bekannt werden. Das ist euch sicher klar, oder?«

Elizas bedächtiges Nicken sagte ihm, dass sie sich fragte, worauf er hinaus wollte.

»Was ist mit deinem Onkel, Carter?«

»Mit Max?«

»Ja.«

»Den betrachte ich nicht als nächsten Verwandten.«

»Aber er gehört zu deiner Familie. Die Wähler wissen das. Ich sage dir schon lange, du sollst dir seine Verbindungen zunutze machen, und jetzt sieht es so aus, als hättest du keine andere Wahl.«

»Auf Max ist kein Verlass.«

»Er stellt sich in zwei Jahren zur Wiederwahl und wird sich die Stimmen holen, wo er kann.«

»Was willst du damit sagen, Jay?« Carter beugte sich vor.

»Dass wir diese Bombe platzen lassen werden, bevor es jemand anderer tut. Und wir machen es zusammen mit deinem Onkel. Verdammt, er muss noch nicht mal wissen, warum wir ihn dabeihaben wollen. Wir sagen ihm einfach, die Medien verlangen nach Bildern von ihm und euch beiden.«

»Max ist eitel. Aber nicht so eitel, dass er wegen eines Fototermins extra herfliegen würde.«

»Was ist mit dem Spenden-Dinner am Samstag?«, schlug Eliza vor.

Carter zögerte. Ein Pakt mit dem Teufel wäre ihm lieber gewesen als einer mit seinem Onkel. »Und was genau soll Max für uns tun können?«

»Ob es dir passt oder nicht, Carter, der Senator ist in seinem Umfeld geachtet und sicher auch gefürchtet. Politiker sind sich zwar oft uneins, welche Gesetze wir brauchen und wie das Land regiert werden soll. Aber für den Schutz der Familie treten alle ein. Was du tust, hat immer Auswirkungen auf Max und umgekehrt. Sich hinter dich und Eliza zu stellen, wenn ihr der Öffentlichkeit mitteilt, was Sache ist, ist in seinem besten Interesse. Seinen Sitz im Senat hat er nicht durch Dummheit ergattert.«

Dumm war Max beileibe nicht. Max war gefährlich. Die Vorstellung, ihm einen Gefallen zu schulden, verursachte Carter Magengrimmen.

»Worüber grübelst du denn nach?«, fragte Eliza leise.

Carter drückte ihre Hand an seine Lippen und küsste ihre Fingerknöchel. »Ich weiß nicht, ob ich ihm vertrauen kann. Oder vielmehr – ich weiß, dass ich es nicht kann.«

»Könnte er uns das Leben noch schwerer machen?«

»Kurzfristig vermutlich nicht.« Aber irgendwann trieb der Teufel immer seine Schulden ein.

Jay spielte ungeduldig mit dem Stift.

»Warum reden wir nicht mit deiner Mutter? Sie kennt Max besser als wir alle.«

Carter lächelte grimmig. »Ja … okay.«

Eliza drückte seine Hand und wandte sich an Jay. »Sorg bitte dafür, dass bei dem Dinner an unserem Tisch genug Platz ist. Wir sagen dir bald, welche Namen noch mit auf die Gästeliste müssen.«

»In Ordnung.« Jay war schon auf dem Weg aus dem Zimmer, blieb aber noch einmal stehen. »Denk an die Weisheit aller Mafiosi, Carter: ›Halte deine Freunde nahe bei dir, aber deine Feinde noch näher …‹«

Eliza brauchte wieder einmal Gwens Rat als Modeexpertin. Sie musste die perfekte Politikergattin abgeben. Carter hatte ihr seine Kreditkarte gegeben. Als selbstständige, unabhängige Frau war es ihr eigentlich zuwider, das Geld eines Mannes auszugeben. Aber eine Einkaufstour mit Gwen hielt ihr eigenes Bankkonto nicht aus.

Wie wohlhabend Carter tatsächlich war, ging ihr erst auf, als er mit ihr über die Größe des geplanten Privatjets diskutierte.

»Ist das dein Ernst?«, fragte sie.

»Wie ich schon sagte – ich kann nicht andauernd mit Blakes Maschine fliegen. Er ist Geschäftsmann und muss flexibel sein.« Carter zeigte auf die Schlafkabine auf dem Monitor. »Hier ist Platz für zwei. Sogar die Sessel lassen sich komplett umlegen.«

»Das ist ein Flugzeug. Ein Jet.«

»Ja? Und?«

»Kannst du so was fliegen?«

»Dafür gibt es Piloten.«

»Du willst dir tatsächlich ein Flugzeug anschaffen?«

Er beugte sich vor und studierte die Abbildung auf dem Monitor, der ein Drittel seines Schreibtischs einnahm. »Bei der Innenausstattung bin ich mir noch nicht sicher. Dunklere Farben würden vielleicht moderner wirken.«

Eliza schloss die Augen und schüttelte den Kopf. »Hast du die Nullen hinter den ersten beiden Ziffern gezählt? Wie groß ist denn deine Portokasse?«

»Ich habe ein Sparschwein.« Er klickte weiter und grinste. »Schon besser. Was meinst du? In der Hauptkabine ist Platz für zwölf Passagiere.«

»Du bist verrückt.«

»Das dunkle Holz hat Klasse.«

»Du redest über etliche Millionen, Carter. Ist dir das klar?«

Beim nächsten Klick strahlten seine Augen. »So muss das aussehen. Reichweite fünftausend Meilen. Achtzehn Sitzplätze. Perfekt.«

Eliza packte ihn an den Schultern und zwang ihn, sie anzusehen. »Was machst du da eigentlich?«

»Wonach sieht es denn aus? Ich kaufe ein Flugzeug.«

»Aber warum?«

»Weil wir eines brauchen. Ich fliege fast jede Woche und werde dich verdammt noch mal nicht in eine Linienmaschine setzen. Blake drängt mich schon seit Jahren zu dieser Investition. Bislang sah ich dafür keine Notwendigkeit. Jetzt schon.«

»Blake ist ein Herzog. Wenn ihm danach ist, kann er sich mit Hundertern den Hintern abputzen. Du musst dich doch nicht mit deinem besten Freund messen.«

Carter legte den Kopf schief und lächelte keck. »Das tue ich auch nicht, Eliza. Über ein eigenes Flugzeug denke ich schon lange nach.«

»Und warum willst du dir gerade jetzt eines kaufen?«

Er zog sie auf seinen Schoß und schlang die Arme um sie. Sein männlicher Duft hüllte sie mit seiner vertrauten Wärme ein.

»Die Zeit ist reif dafür«, sagte er. »Ich muss nicht mehr so tun, als könnte ich mir das nicht leisten. Als könnte ich mir nicht leisten, dich zu beschützen.«

Eliza legte ihm die Hände auf die Schultern und massierte die Muskeln unter seinem Hemd. »Ich brauche keinen Privatjet.«

Er küsste sie auf die Nasenspitze. »Da bin ich anderer Meinung.«

»Du bist verrückt«, sagte sie noch einmal.

Lachend drehte er sich mit ihr so, dass sie beide auf den Monitor voller Luxusjets schauen konnten. »Welcher gefällt dir am besten?«

»Verrückt!«

»Dunkles Holz oder lieber ein helles Pinienfinish?«

Eliza schaute auf den Bildschirm. »Hell wirkt irgendwie bieder.«

Carters Finger drückten ihre Taille. »Dann also dunkel. Und wir wollen ohne Zwischenlandung von einer Küste zur anderen fliegen können. Deshalb brauchen wir einen der größeren Vögel.«

Es war schwer, diesem Einkaufsvergnügen zu widerstehen. Aber, Grundgütiger, sie schauten sich Flugzeuge an. »Wenn wir schon so viel Geld ausgeben, dann muss der Flieger eine Schlafkabine haben.« Sie dachte an den Flug nach Hawaii. Ihre Wangen wurden warm.

Carter zog sie noch fester an sich und klickte auf die beiden teuersten Maschinen auf dem Schirm. Eine raffinierte Ausleuchtung rückte die luxuriöse Innenausstattung und die ledernen Liegesessel ins richtige Licht. Es gab eine Bar und eine Kochnische. Das Badezimmer bot alles, was ein Reisender sich nur wünschen konnte.

»Das Bett ist nicht sehr breit.«

Carter vergrub die Nase an ihrem Hals. »Wir brauchen nicht viel Platz.«

Eliza drehte den Kopf und suchte nach seinen Lippen. Alle Gedanken an Flugzeuge und Schlafkabinen verflogen, während Carter ihr zeigte, mit wie wenig Platz sie klarkamen.

*A*bigail war derselben Meinung wie Jay. Sie traute ihrem Bruder zwar nicht hundertprozentig, wusste aber, dass ihm der gute Name der Familie über alles ging. Dafür würde er einiges tun.

Jay setzte Familienmitglieder und Pressevertreter mit auf die Gästeliste. Für die Sicherheit und für die Koordination des Personenschutzes waren Neil und sein Team verantwortlich.

Eliza würde zu dem festlichen Dinner ein bodenlanges Kleid tragen, das ihre Taille und ihr Dekolleté betonte. Eigentlich wollte sie gar kein so vornehmes Kleid, aber Gwen wies sie darauf hin, dass alles, was sie von nun an trug, genau registriert und kopiert werden würde. Der Inhalt ihres Kleiderschranks brauchte eine Generalüberholung. Die Rolle der Frau an Carters Seite hatte überraschend viele Facetten.

Selbst in einem Raum voller bewaffneter Bodyguards fühlte Eliza sich ohne Schusswaffe in Griffweite nackt. Aber unter diesem Kleid konnte sie unmöglich eine verstecken.

Eine Limousine brachte sie in das Hotel, in dem das Spenden-Dinner stattfand. Eliza saß mit Carter auf dem Rücksitz. Die Innenausstattung des Wagens war mindestens so opulent wie die eines Privatjets und sie war sicher, dass das für sie immer etwas Besonderes bleiben würde. Carter schrieb eine SMS an Jay. Er fragte nach, ob alles für ihre Ankunft bereit war. Hinter den getönten Scheiben flogen die Straßen von Los Angeles vorbei. Ringsum verdrehten Autofahrer die Hälse. Zu gerne hätten sie gesehen, wer in dem imposanten Wagen saß. Als kleines Mädchen hatte Eliza manchmal davon geträumt, in einer Limousine chauffiert zu werden. Zu ihrem Traum hatte damals auch ein schöner Prinz gehört, der ihr jeden Wunsch von den Augen ablas. Und jetzt saß sie hier neben dem vermutlich bestaussehenden Mann, der ihr je begegnet war, trug einen Ring am Finger, dessen Preis er ihr nicht nennen wollte, und nannte sich seine Ehefrau.

Ein Glücksfunke glühte in ihrem Herzen auf und wärmte ihre Seele. Carter hatte es geschafft, all ihre Barrieren einzureißen und so tief in ihr Inneres zu dringen, dass es ihr Angst machte. Vielleicht würde ihre Ehe ja halten. Aber das Thema war tabu. Wenn sie sich nachts ineinander verschlangen, raunten sie sich gegenseitig sexy Dinge ins Ohr. Aber das Wort Liebe fiel dabei nie. Manchmal fragte sich Eliza, ob der Wahlkampf vielleicht doch der einzige Grund war, aus dem Carter sie geheiratet hatte. Die Umfragen sagten jedenfalls deutlich, dass er eine Ehefrau brauchte. Scheidungen hatte es während einer Amtszeit schon gegeben. Aber noch nie war ein Junggeselle zum Gouverneur gewählt worden.

Dabei war Carter edel wie ein Ritter. Er gab sich die Schuld daran, dass ihre Vergangenheit ihr nun um die Ohren flog und ihre Deckung futsch war, und würde sie nie im Stich lassen. Jedenfalls nicht ohne Grund. Und so lange ihre Vergangenheit sie verfolgte, würde er da sein. So sehr sie sich auch bemühte, es gelang ihr nicht, Gewissensbisse zu empfinden, weil sie ihn mit dieser Ehe quasi zur Geisel nahm. Dafür war die Leidenschaft zwischen ihnen einfach zu groß. Eine Sorge nagte dennoch an ihr: *Was passiert, wenn die Flitterwochen vorbei sind?* Bei diesem Gedanken wurde ihr kalt.

Vielleicht gehen die Flitterwochen ja einfach immer weiter. Optimistisch war sie zum letzten Mal gewesen, als ihre Eltern noch gelebt hatten. *Alles im Leben nimmt mal ein Ende.* Eliza ärgerte sich, dass ihre Ängste die guten Gefühle wegdrängen wollten.

Carter hatte sein Handy weggesteckt und griff nach ihrer Hand. »Alles in Ordnung?«

»Alles klar«, antwortete sie ein wenig zu schnell.

»Sicher? Grade hast du noch gelächelt und jetzt guckst du plötzlich ganz ernst.«

Sie erwiderte den Druck seiner Finger. Der Wagen bog um die Ecke und die hellen Lichter des Hotels kamen in Sicht. »Ich frage mich nur, wie es weitergeht.«

»Heißt das, du bist nervös?«

»Ein bisschen.«

Die Limousine hielt an, der Fahrer sprang heraus und öffnete ihnen die Tür.

»Ich bin bei dir.«

Sie lächelte ihn an. Dann stieg Carter aus und half ihr aus dem Wagen.

Auf ihrem Weg in die Hotellobby verfolgte sie ein gutes Dutzend Kameras. Neil stand bereits an der Seite in der Hotelhalle, ein Bodyguard folgte ihnen auf den Fersen. Jeder Anzugträger, der irgendwo herumstand, schien zu einer Sicherheitsfirma zu gehören. Aber als die Moderatoren der Veranstaltung auf Carter und Eliza zusteuerten, waren die Leibwächter vergessen.

Das Hollywood-Power-Paar schüttelte Carter die Hand. Er stellte den beiden Eliza vor. Für ehrfürchtiges Staunen blieb Eliza keine Zeit. Die Frau begrüßte sie wie eine alte Freundin. Nachdem sie sie auf beide Wangen geküsst hatte, ließ sie ihr Millionen-Dollar-Lächeln aufblitzen. »Als bekannt wurde, dass ihr geheiratet habt, mussten wir noch vier weitere Tische aufstellen lassen. Tom und ich freuen uns sehr, dass ihr diesen Anlass für euren ersten gemeinsamen Auftritt gewählt habt.«

»Vielen Dank, dass ihr durch den Abend führt.«

In natura war Marilyn noch kleiner als im Fernsehen. Selbst auf ihren zehn Zentimeter hohen Absätzen reichte sie Eliza kaum bis zur Schulter. »Das macht uns einen Riesenspaß.«

Carter schüttelte Toms Hand. »Ich hoffe, die zusätzlichen Sicherheitsmaßnahmen waren kein Problem.«

»Überhaupt nicht. Schließlich ist dein Onkel auch hier. Da geht es wohl nicht anders.«

Eliza hätte gerne losgelacht.

Tom und Marilyn begleiteten sie in den Speisesaal, wo die Party bereits in vollem Gang war. Eliza sah sich nach bekannten Gesichtern um. Dass sie sich an Carters Arm festklammerte, merkte sie erst, als er ihre Hand tätschelte. Sofort hängte sie sich locker bei ihm ein. Seit wann war sie so anhänglich? In dieser Umgebung Unsicherheit zu zeigen, konnte tödlich sein. Im Vorbeigehen bemerkte sie in einem Spiegel die Zweifel in ihrem Blick.

Reiß dich zusammen, Lisa.

Carter nahm ein Glas Champagner vom Tablett eines Kellners. Er beugte sich zu ihr und flüsterte: »Du siehst aus, als könntest du den vertragen.«

Er hatte recht. Ein paar kleine Schlucke von dem flüssigen Mutmacher und sie spürte, wie ihre Anspannung nachließ.

»Mrs Billings?«

Eliza brauchte eine Sekunde, bis ihr klar wurde, dass sie gemeint war. »Ich bin Jade Lee und das ist Randal, mein Lebensgefährte.« Jade Lee war die angesagteste Modedesignerin Hollywoods und trug höchstens Größe 32. *Grundgütiger, isst hier eigentlich irgendwer gelegentlich irgendwas?*

»Schön, Sie kennenzulernen.«

Jade machte Eliza ein Kompliment für ihr Kleid und wollte wissen, von wem es war. Eliza hatte keinen Schimmer. Gwen hätte den Namen des Designers sicher parat gehabt. Jade lachte Elizas Fauxpas einfach weg und lud sie zu einer Privatanprobe in ihr Studio ein.

Eine Weile plauderten sie über Mode und sogar übers Wetter. Schon bald klebte Eliza nicht mehr unsicher an Carters Seite und machte sich ohne ihn auf den Weg. Jeder schien ihren Namen zu kennen und sie kannte zumindest die Namen der anwesenden Filmstars. Bald hatte sie die vielen Sicherheitsleute vergessen und warf sich in ihre Rolle als perfekte Politikergattin.

Hin und wieder fragte sie jemand nach dem Standpunkt ihres Mannes in wichtigen politischen Fragen. Aber Jay hatte sie instruiert. Anstatt auf Carters Ansichten im Einzelnen einzugehen, erklärte sie: »Carter wird sich für den Willen der Wähler einsetzen. Die Aufgabe eines Gouverneurs sollte es sein, die Bürger zu vertreten, und nicht, ihnen seine Meinung aufzudrängen.«

Viele Fragesteller waren mit dieser Aussage zufrieden. Manche hakten nach, allerdings ohne wirklich lästig zu werden. Ein Großteil der Gäste gab sich zuckersüß. Die bekannte Designerin wollte, dass Eliza ihre Kleider trug, denn eine bessere Werbung konnte es kaum geben. Die Filmproduzenten wollten ein ihnen wohlgesonnenes Paar an der Spitze des Staates, denn die Filmindustrie brauchte weniger Bürokratie und weniger Regeln. Jeder verfolgte seine eigenen Interessen.

Im Saal tummelten sich viele mächtige Leute. Eliza hielt nach Freunden Ausschau. Sie fixierte Carter und wartete, bis er ihren Blick spürte und sie ansah. Fragend legte er den Kopf schief.

Sie lächelte, um ihm zu sagen, es sei alles in Ordnung. Dann unterhielt sie sich wieder mit der Frau, die sich gerade zu ihr gesellt hatte. Aber erst als Samantha ankam und sich bis zu Eliza durchgeplaudert hatte, spürte sie, wie sie sich vollends entspannte.

Dreiundzwanzig

Carter spülte den letzten Happen Filet mit einem Schluck Wasser hinunter. Eliza saß neben ihm und bezauberte das Moderatorenpaar. Max und Sally saßen an einem Tisch in der Nähe, Blake und Samantha an einem weiteren. Über dreihundert Gäste beendeten das Dinner, das sie pro Gedeck zwischen fünftausend und fünfzehntausend Dollar gekostet hatte. Solche Preise konnte man nur in Hollywood verlangen. Die Gäste würden diese Ausgabe von der Steuer absetzen und einige hatten neue Kontakte geknüpft, die ihnen zu noch mehr Geld verhelfen würden. Dinner wie dieses brachten Wählerstimmen und füllten die Wahlkampfkasse. Den Moderatoren war das bewusst. Was sie nicht ahnten, war, wie Carter und Eliza den Abend nutzen wollten, um für Elizas Sicherheit zu sorgen.

Jay schob sich zwischen den Tischen hindurch und flüsterte Carter ins Ohr: »Bist du so weit?«

Carter sah Eliza an. Sie nickte und legte die Serviette beiseite.

Tom und Marilyn geleiteten sie auf eine kleine Bühne. Max und Sally, Blake und Samantha folgten ihnen.

Carter nickte Neil zu, der in ein kleines Mikrofon an seinem Headset sprach. Dean und Jim standen in unterschiedlichen Ecken auf der gegenüberliegenden Seite des Raumes.

Als Tom und Marilyn ans Mikrofon traten, um die Ehrengäste zu begrüßen, wurde es still.

Zu dem Dinner waren einige Reporter und zwei Filmteams geladen. Live-Streams gab es nicht. Trotzdem würde nichts von dem, was Carter sagte, ungehört bleiben. Hin und wieder ließ er sich von Jay beim Redenschreiben helfen. Diesmal hatte er darauf verzichtet.

»Wir danken Ihnen, dass Sie heute bei uns sind«, sagte Tom. »Mit Ihrem großzügigen Beitrag bringen Sie Mr Billings dem Wahlsieg ein gutes Stück näher.«

Das Publikum applaudierte und Carter spürte, wie auch Eliza die Hände heben wollte, um zu klatschen.

Doch er hielt ihre Hand fest, führte sie an die Lippen und küsste sie. Mindestens eine Kamera fing die Geste ein. Ihr Daumen rieb die Rückseite seiner Hand. Das war das einzige äußere Anzeichen ihrer Nervosität. Anscheinend kam sie mit dem Druck gut klar. Dabei hätte er ihr gegönnt, nicht immer so stark sein zu müssen.

Tom flocht die Namen einiger prominenter Persönlichkeiten in seine Begrüßungsrede ein und scherzte mit Marilyn über deren Vorlieben bei den einzelnen Gängen des Menüs. Dann überließ er Carter das Mikrofon.

Carter trat vor.

»Vielen Dank, Tom und Marilyn. Was für ein wunderbarer Abend.«

Wieder gab es Applaus.

»In den letzten Monaten hatte ich unzählige Termine und es ist schön, zur Abwechslung mal zu einer Veranstaltung fahren zu können, anstatt zu fliegen.«

»Die Fahrt von Sacramento hierher wird aber ziemlich lang«, rief jemand.

Carter nickte lachend. »Das ist richtig. Aber um in diesem Staat etwas bewegen zu können, nehme ich diesen Weg gerne auf mich. Viele unserer Jobs – *Ihrer Jobs* – verschwinden gerade von hier. Es wird Zeit, der Bürokratie den Kampf anzusagen und die Jobs wieder zurückzuholen.«

Er machte eine Pause für den Beifall.

»Hinter der Arbeit herzuziehen, damit wir unsere Familien ernähren können, ist keine Lösung. Damit würden wir dem zweitgrößten Wirtschaftszweig von Südkalifornien den Todesstoß versetzen. Wenn Sie als Hollywoods Elite Hollywood verlassen, bekommt das auch der größte Arbeitgeber, die Tourismusindustrie, zu spüren. Unsere Naturparks gehören zu den schönsten der Welt und wir schließen sie wegen Engpässen im Staatshaushalt. Diese Engpässe gibt es, weil Filme und Fernsehsendungen immer öfter andernorts produziert werden.«

Ein zustimmendes Raunen ging durch den Saal.

»Ich nehme dieses Problem sehr ernst und werde mich als Gouverneur dafür einsetzen, unsere Jobs hierher zurückzuholen. Denn hier gehören sie hin.«

Erneut gab es Applaus.

»Mein Wunsch, hier in Kalifornien ein Zuhause zu schaffen, ist inzwischen größer denn je.« Er warf einen Blick über die Schulter und Eliza wurde rot. »Wie viele von Ihnen wissen, habe ich letztes Wochenende eine ziemlich folgenschwere Unterschrift geleistet.« Unter dem Lachen des Publikums streckte er die Hand nach Eliza aus. »Ich würde Ihnen gerne meine bezaubernde Ehefrau vorstellen – Eliza Billings.«

Eliza trat vor und winkte.

»Sie würde eine hervorragende First Lady abgeben. Finden Sie nicht?«

An dieser Stelle wartete Carter auf die mit den Medienvertretern abgesprochenen Fragen. Jetzt konnte die eigentliche Show beginnen.

»Ihr Gegner hat mehrfach angedeutet, Ihre Frau könnte sich illegal in Kalifornien aufhalten.«

Einige Gäste japsten empört. Der Reporter wurde aufgefordert, still zu sein.

»Kein Grund zur Aufregung«, sagte Carter. »Eliza und ich haben mit Fragen zu ihrer Vergangenheit gerechnet.«

»Nach meinen Recherchen wurde Eliza Havens nicht hier geboren.«

Carter bat mit einer Geste um Ruhe. »Mein Vater war über dreißig Jahre lang Polizist und hatte in seinem Job ein simples Motto: ›Glaube nichts, was du hörst, und nur die Hälfte von dem, was du siehst.‹ So wie die Recherchen meines Gegners dürften auch Ihre im Sande verlaufen sein. Das verleitet Sie verständlicherweise zu der Annahme, meine Frau sei in unser Land eingewandert. Und wie wir alle wissen, eignet sich das Thema Einwanderung hier in Kalifornien immer bestens für Wahlkampfzwecke.« Carter ließ den Blick über die Menge schweifen.

»Aber es gibt schwerwiegende Gründe, warum Menschen manchmal ihren Namen ändern müssen. Elizas Geschichte könnte Kinosäle füllen, wenn sie nicht ganz so traurig wäre.«

Jetzt hatte Carter die volle Aufmerksamkeit der Zuhörer.

»Bis vor einem Monat hat meine Frau Auftritte in der Öffentlichkeit vermieden, weil sie den größten Teil ihres bisherigen Lebens in einem Zeugenschutzprogramm verbracht hat.«

Eliza spürte ein paar hundert Augenpaare auf sich. Ein wahres Blitzlichtgewitter brach über sie herein. Carter griff nach ihrer Hand und hielt sie fest.

»Ist das wahr, Mrs Billings?«

Eliza beugte sich vor und sprach ins Mikrofon. »Ja, das ist wahr.«

»Wie kam es dazu?«

»Vor wem verstecken Sie sich?«

»Warum haben Sie Ihre Identität jetzt preisgegeben?«

Die Fragen prasselten auf sie ein.

Der Raum verschwamm. Elizas Atem kam in kurzen, harten Stößen. Ihre Hand in Carters Hand wurde feucht. Sie wusste, dass sie nun gnadenlos im Rampenlicht stand. Jetzt oder nie. Sie musste um Unterstützung bitten.

Carter zog sie neben sich, damit sie mit dem Publikum sprechen konnte.

»Mein Vater war ein hart arbeitender, guter Bürger. Er und meine Mutter standen für die familiären Werte ein, die wir auch heute gerne an unsere Kinder weitergeben möchten. Dann wurde mein Vater durch Zufall Zeuge eines unfassbar grausamen Verbrechens und tat etwas, was viele andere an seiner Stelle nicht getan hätten. Er informierte die Behörden. Sonst hätte er nie wieder in den Spiegel schauen können.«

Sie dachte an ihren Vater, sein kehliges Lachen. »Wir wurden an einen anderen Ort gebracht, bekamen eine neue Identität. Aber das reichte nicht.« Ihre Kehle zog sich schmerzhaft zusammen. »Meine Eltern bezahlten für die Zeugenaussage meines Vaters mit ihrem Leben.«

Ihr Blick fand Dean auf der gegenüberliegenden Seite des Raumes. Jetzt sprach sie mit ihm. »Ich wurde in Sicherheit gebracht, bekam wieder eine neue Identität und lebe seit meiner Kindheit im Verborgenen.«

»Besteht immer noch ein Sicherheitsrisiko, Mrs Billings?«

Sie nickte. »Ja. Aber ich konnte mich nicht länger verstecken. Carter ist in mein Leben getreten und die Menschen, die mir etwas bedeuten, haben nicht zugelassen, dass ich weiterhin weglaufe.«

»Dann ist also immer noch jemand hinter Ihnen her?«

Sie zuckte die Schultern. »Es gibt leider keinen Grund zu der Annahme, dass der Mann, der am viel zu frühen Tod meiner Eltern schuld ist, seinen Rachefeldzug eingestellt hat.«

»Um wen handelt es sich?«

Eliza schüttelte den Kopf und Carter trat ans Mikrofon. »Dazu können wir im Augenblick nichts sagen.«

»Weshalb schützen Sie einen Verbrecher?«

»Das tun wir nicht. Aber der Mann hat eine Familie. Er hat Kinder«, hielt Eliza dem Fragesteller entgegen. »Wäre es gerecht, sie so zu bestrafen, wie ich bestraft worden bin? Glauben Sie mir, ich wünsche mir nichts sehnlicher, als die Vergangenheit hinter mir zu lassen, damit ich in eine Zukunft ohne Leibwächter an jeder Ecke durchstarten kann.«

Der Reporter schaute sich genau wie die meisten anderen Anwesenden im Saal um. Die ungewöhnlich große Zahl von Sicherheitsleuten war bislang kaum jemandem aufgefallen.

Samantha legte den Arm um Elizas Schulter. Max und Sally stellten sich neben Carter. »Ich werde alles tun, was in meiner

Macht steht, um meine Frau zu beschützen«, gelobte Carter. »Und ich bewundere sie für ihren Mut, hier vor Ihnen allen zu stehen und Ihnen ihre Geschichte zu erzählen. Ich hoffe, Sie helfen mir, für ihre Sicherheit zu sorgen.«

Ein paar Sekunden lang hätte man eine Stecknadel fallen hören können. Dann fing in einer Ecke jemand an zu klatschen. Eliza stiegen Tränen in die Augen, als sie sah, dass es Dean war. Die Gäste fielen in den Beifall mit ein und bald standen alle auf den Füßen.

$\mathcal{N}$ette Rede.«

Carter drehte sich zu seinem Onkel. »Das hat sie gut gemacht.«

Max musterte Eliza über den Rand seines Cocktailglases hinweg. »Sehr überzeugend. Sogar für mich.«

»Die Wahrheit ist manchmal einfach unschlagbar.« Carter nickte einem Paar zu, das gerade vorbeiging.

Max nahm einen Schluck von seinem Drink. »Aber es reicht nicht«, murmelte er dann.

»Was reicht nicht?«

»Die Märtyrerin zu spielen. Die Vergangenheit holt einen immer wieder ein. Das solltest du am besten wissen, Richter Billings.«

»Wie soll ich das verstehen?«

Max sprach so, dass nur Carter ihn hörte. »Leute wie wir begnügen sich nicht mit *Hoffen*. Wir nehmen die Dinge in die Hand.« Max tat, als wischte er einen Fussel von Carters Jackett. »Ich melde mich.« Er stellte sein leeres Glas auf ein Tablett und ging davon.

Carters Magen verwandelte sich in eine Bleikugel. Warum hatte er das Gefühl, dass hinter den Worten seines Onkels mehr steckte als ein verständlicher Aufruf zum Handeln?

Vielleicht, weil es so war. Jeder Gefallen, den Max ihm tat, würde ihn teuer zu stehen kommen. Aber seinen Onkel zu bitten, nichts zu tun, brachte Carter nicht fertig. Es ging um Elizas Sicherheit und die war einfach zu wichtig.

Die Rückfahrt vom Dinner verging wie im Flug. Eliza redete über die Schauspieler und Produzenten, die sie kennengelernt hatte. Darüber, dass sie der halben Welt ihr dunkelstes Geheimnis offenbart hatte, sprach sie nicht. Lange würden die Medien nicht brauchen, um den Namen des Mannes auszugraben, der Elizas Familie auf dem Gewissen hatte. Das wusste Carter. Als sie anfing, an ihren Fingernägeln zu knabbern, war ihm klar, dass ihr dasselbe durch den Kopf ging.

Sie machte sich Sorgen.

Carter wollte das Thema jetzt nicht ansprechen. Stattdessen bemühte er sich um einen leichten Ton.

Doch als sie vor der Haustür hielten, starrte er angestrengt in die Dunkelheit und lauschte nach verdächtigen Geräuschen. Er hörte nur Grillen zirpen und das Rascheln der Blätter über ihren Köpfen.

Einer der Bodyguards ging bereits auf der Suche nach etwaigen Eindringlingen durchs Haus. Als der Mann fertig war und sie alleine ließ, nahm Carter Elizas Hand und küsste ihre lädierten Fingernägel.

Sie lächelte so verlegen wie selten. »Alles wird gut«, versprach er.

Ihre Augen weiteten sich. Er sah die Tränen hinter ihren Wimpern. »Ich … ich habe Angst, Carter.«

Dieses Eingeständnis traf ihn mitten in die Seele. Er nahm ihr Gesicht zwischen die Hände und tat, was er konnte, um ihre Angst zu lindern. Carter legte die Lippen auf ihre, wollte alle schweren Gedanken wegküssen. Ihren Klagelaut erstickte er, indem er sie noch heftiger küsste. Mit der Zungenspitze bat er ihre Lippen um Einlass.

Sie hieß ihn willkommen und schmiegte sich an ihn. Ihre Hände legten sich auf seine Brust und brannten sich einen Pfad bis tief in sein Herz. Ob er selbst aufgestöhnt hatte oder sie, wusste er nicht. Er streichelte ihren Hals und wob die Finger in ihr seidiges Haar. Haarnadeln fielen zu Boden, ihre Körper verschmolzen miteinander von den Lippen bis zu den Zehen.

Elizas Zungenspitze spielte mit seiner, bis seine Küsse immer frecher wurden. Elizas Auflachen klang schon weniger angespannt. Lächelnd beschäftigte Carter sich weiter mit ihren Lippen. Es war ihm gelungen, sie abzulenken.

Schwungvoll hob er sie in seine Arme.

Jetzt klang ihr Lachen wie ein Gurren. Er vergrub die Nase an ihrem Hals und trug sie ins Schlafzimmer. »Du musst mich nicht tragen«, sagte sie.

»Mit Müssen hat das nichts zu tun.«

Eine Hand brauchte sie, um sich an ihm festzuhalten. Aber mit der anderen löste sie seine Krawatte und knöpfte sein Hemd auf. »Du riechst so gut. Würzig, männlich … verführerisch.«

Ihre Worte stachelten seine Erregung noch an. Carter warf die Schlafzimmertür hinter ihnen zu. »Wie riecht denn *verführerisch*?«

Eliza glitt an ihm hinab, bis sie auf den Füßen stand. Provokativ langsam zog sie ihm die Krawatte vom Hals und ließ sie zu Boden fallen. »Mmmm. Sexy. Ich glaube, ich weiß jetzt, was Pheromone sind.«

»Pheromone? Das Zeug, mit dem Tiere ihre Paarungsbereitschaft signalisieren?«

In ihren dunklen Augen brannte Leidenschaft. Ihre Finger öffneten die letzten Knöpfe seines Hemdes. Die kühle Luft im Zimmer ließ das Feuer in seinen Venen nur noch heißer brennen. »Genau. Anscheinend haben die Weibchen einen bestimmten Duft. Aber ich glaube, die Männchen locken die Weibchen auch mit ihrem an.« Sie strich an seinen Armen entlang und nestelte an den Manschetten, bis sie offen waren.

»Alle Männer?«

Weiche Lippen drückten sich an seine Brust. Sie streifte ihm das Hemd ab und hielt ihn mit ihren Worten fest. Er hatte sie verführen wollen, um sie auf andere Gedanken zu bringen. Aber inzwischen hatte sie den Spieß umgedreht und jetzt verführte sie ihn. »So wie bei dir habe ich noch bei keinem Mann das Verlangen gerochen.«

Ihre kleine Zunge huschte über seine Brustwarze.

Er erschauerte. »Vorsicht, Lisa. Mein Ego wächst.«

Kichernd schaute sie ihm in die Augen und ließ dabei die Hand nach unten gleiten. Sie griff zu. »Etwas anderes ist schon gewachsen.«

Er packte sie, vergrub die Lippen in ihren und schob sie Richtung Tür. Ihr Geschmack, seine Lust, all das erfüllte ihn wie der Feuerschweif eines Kometen. Wenn sie sein Verlangen vorher schon gerochen hatte, dann musste sie jetzt doch fast daran ersticken. Er drückte seine Härte gegen das weiche Fleisch unter ihrem Kleid. Die Schultern gegen die Tür gestützt wölbte sie sich ihm entgegen, presste sich an ihn und brachte ihn damit fast um den Verstand.

Er umfasste ihre schlanke Taille, wollte sie überall gleichzeitig berühren. Sie küssten einander, bis ihnen die Luft ausging. Erst als Elizas Atem stoßweise ging, glitt sein Mund zu ihrem Hals und ihrer Schulter. Seine Hände wühlten sich unter ihr Kleid, bis er die verlockende heiße Haut an ihrer Hüfte fand. Als seine Finger dort auf einen Stoffstreifen trafen, riss er die Augen auf. Er folgte dem Streifen mit den Fingerspitzen. Eliza beobachtete ihn mit halb geschlossenen Lidern.

»Ein Strapsgürtel?«

Sie saugte die Unterlippe zwischen die Zähne und lehnte den Kopf an die Tür.

Die Vorstellung, sie in Strapsen und Seide zu sehen, brachte ihn um den Verstand. Mit einer heftigen Bewegung drehte er Eliza mit dem Gesicht zur Tür, drückte sie dagegen und tastete nach dem langen Reißverschluss ihres Kleides. Provokativ langsam zog er ihn auf. Dabei küsste er ihren Nacken und die zarte Stelle zwischen ihren Schulterblättern. Als das Kleid zu Boden glitt, blieb ihm der Mund offen stehen.

Winzige elfenbeinfarbene Spitzendreiecke bedeckten nur die intimsten Stellen ihres perfekten Körpers. Die Strümpfe, die ihr bis zur Mitte der Oberschenkel reichten, wurden dort von zierlichen Schließen gehalten. Carter strich ihr Rückgrat entlang. Eliza schaute ihm nach Atem ringend über die Schulter hinweg dabei zu.

Von Carter aus konnte sie solche Unterwäsche jeden Tag tragen. Er würde nie genug davon bekommen. »Wunderschön«, flüsterte er.

»Darf ich mich umdrehen?«

Er hielt sie fest. »Noch nicht ... Ich bin noch nicht fertig.«

Eliza bekam eine Gänsehaut. Ihm gefiel, wie sie sich unter seinen Worten wand. Wieder glitten seine Finger über ihr Rückgrat und seine Lippen folgten ihnen mit Küssen. Sie schmeckte wie der Frühling, frisch und einladend. Er nährte sich an ihr wie ein Hungernder. Seine Zunge streichelte die Haut unter ihrem Spitzenslip. Als sie ihm die Hüften entgegenreckte, lächelte er. Er ging hinter ihr auf die Knie und fuhr mit den Händen über ihre wohlgeformten Schenkel. Selbst die Seide ihrer Strümpfe fühlte sich an wie reine Sünde. Er knabberte an ihren Hüften und zog ihr den Slip herunter, ohne den Strapsgürtel anzurühren. Dann half er ihr, aus dem winzigen Kleidungsstück zu steigen, und warf es beiseite.

»Du bringst mich um, Carter.«

Er streichelte die vollkommenen Rundungen ihrer Pobacken und die Haut zwischen ihren Schenkeln. Sie schmolz unter seinen Berührungen. Carter strebte zu ihren empfindlichsten Stellen. Als er sie nach Luft schnappen hörte, drückte er die Stirn in ihr Kreuz.

»Bitte«, drängte sie.

Er drehte sie zu sich und küsste und leckte sich bis zu ihrer Mitte vor. Ihre Knie gaben nach, während er sich an ihr betrank. Sie wand sich, drückte sich an ihn, bat ihn aufzuhören und weiterzumachen. Ihre Hände krallten sich an ihn, kneteten sein Fleisch. Ihre Fingernägel hinterließen Abdrücke in seiner Haut. Erst als ihr die Luft wegblieb, ließ er von ihr ab.

»Dafür wirst du bezahlen«, drohte sie.

Er konnte es kaum erwarten.

Er zog sie von der Tür weg und schob sie zum Bett. Noch immer in Strümpfen und Stilettos rekelte sie sich dort. Verdammt, sie war sexy. Die letzten Haarnadeln lösten sich, das Haar floss ihr wie ein Vorhang um die Schultern. Hastig streifte Carter die Schuhe ab und zog sich aus. Dann legte er sich zu ihr aufs Bett und zog sie in die Mitte der Matratze. Ihr Absatz strich über die Hinterseite seines Schenkels. Seine Erektion pulsierte.

Bald wurde ihr Spitzen-BH zum Hindernis. Er zog ihn ihr aus und kostete erst eine freche Brustwarze, dann die andere.

Weiche Hände gruben sich in seinen Rücken, zogen ihn zu ihr. Elizas Duft lockte ihn genauso wie die Hitze ihrer Mitte. Schlanke Finger fanden, was sie suchten, rieben ihn und nahmen ihm jede Möglichkeit, einen klaren Gedanken zu fassen.

Wann hatte er je eine Frau so sehr gewollt? Aber mit Eliza war es noch viel mehr als das. Sie zog ihn zwischen ihre Schenkel, öffnete sich, lud ihn ein, sie zu nehmen.

Als er in sie drang, seinen Körper mit ihrem umhüllte, öffnete sich sein Herz.

»O Carter.« Sie reckte ihm die Hüften entgegen und er begann, sich in ihr zu bewegen. Jeder Stoß, jedes Erbeben brachte ihn an den Rand seiner Beherrschung. Er nahm sie, ergriff auf ureigenste Weise Besitz von ihr und wusste, dass sein Herz verloren war. Jede einzelne Faser davon gehörte ihr.

Ihre Bewegungen wurden heftiger, seine Stöße waren hart. Gleichzeitig küsste er sie mit der ganzen Zärtlichkeit, die er in sich fand. Als sie aufstöhnte und ihr geschmeidiges Inneres sich im Höhepunkt um ihn zusammenzog, verlor auch er den letzten Rest Selbstbeherrschung.

Gemeinsam kamen sie wieder zu Atem. Ihre feuchten Körper tränkten die Laken mit einem einzigartigen, betörenden Aroma. »So könnte ich für alle Zeiten mit dir daliegen«, murmelte er an ihrem Hals.

Sie schlang die Beine um seine Hüfte und zog die Muskeln in ihrem Inneren zusammen. »Das liegt an den High Heels, oder? Das war mein erstes Mal mit Schuhen an.«

»Nein, die sind es nicht.«

»Dann ist es der Strapsgürtel. Ich habe mir gedacht, dass er dir gefällt … Aber ich hatte damit gerechnet, dass er irgendwann neben dem Bett liegt.«

»Es sind nicht deine sexy Dessous. Aber stimmt, sie gefallen mir.«

»Dann ist es wohl mein sonniges Gemüt«, frotzelte sie.

Carter stützte sich auf die Ellbogen und schaute in ihre großen, braunen Augen. »Der Grund bist du. Du mit deinem Mut, deiner Stärke … Wie du es schaffst, dass mir von innen heraus siedend heiß wird. Wenn wir so daliegen, frage ich mich, warum wir so lange gebraucht haben, um zueinander zu finden.«

Sie musterte ihn konzentriert. »Weil du mir dauernd widersprochen hast. Ob es nun um Football ging oder um die optimale Temperatur von Tee. Deshalb.«

Er dachte an einige ihrer zurückliegenden Kabbeleien und lachte. »Dabei waren wir in Wirklichkeit nur heiß aufeinander.«

Ihre Augen verengten sich. »Meinst du?«

»Ja.« Er legte sich neben sie und zog sie an sich. »Ich erinnere mich noch gut an unsere erste Begegnung. Samantha und Blake hatten grade geheiratet und uns zu ihrer Hochzeitsfeier nach England eingeladen. Ich glaube, du hast mit jedem Mann auf dem Fest geflirtet.«

»Ich?«

»Außer mit mir. Mich hast du gemieden wie die Beulenpest. Da wusste ich …«

»Was?«

Er küsste ihre Nasenspitze, hatte Angst, sie könnte ihn falsch verstehen. »Ich wusste, dass wir zusammenpassen würden. Wenn zwei Leute sich derart aneinander reiben, sind sie einander nicht egal.«

Ihr Lächeln fiel in sich zusammen. »Du redest Blech. Damals konntest du mich nicht ausstehen.«

»Dich nicht ausstehen? Im Gegenteil. Du hast mich neugierig gemacht, ich wollte … Mit ›nicht ausstehen können‹ hatte das überhaupt nichts zu tun.«

»Und warum hast du mir dann immer widersprochen?«

Er streichelte ihre Hüfte und zog die Bettdecke über sie. »Du solltest das Blitzen in deinen Augen sehen, wenn jemand dich reizt. Das Feuer, wenn du weißt, dass du recht hast, und jemand anderer Meinung ist. Du, mein kleiner Feuerbrand, bist wie frische Luft an einem schwülen Tag. Wer sich dir in den Weg stellt, wenn du dir etwas in den Kopf gesetzt hast, kann etwas erleben.«

Eliza legte das Knie auf seine Hüfte. »Heißt das, du hast dich mit mir gestritten, weil ich süß aussehe, wenn ich zornig bin?«

Er legte den Kopf schief und grinste sie an.

Sie boxte ihm gegen die Brust. »Du Scheusal.«

»Gib's zu, es hat dir gefallen.«

»Hat es nicht.«

»Hat es doch.«

Ihr Versuch, ihn mit einem strengen Blick zu strafen, scheiterte kläglich. Sie fing an zu kichern.

»Los, sag schon, dass es dir gefallen hat.«

»Ich schweige wie ein Grab«, entgegnete sie.

Das Wort ließ ein Bild von einer reglosen, leichenblassen Eliza vor ihm aufflackern. Er wusste, dass sein Grinsen gefror. Sie spürte sein Unbehagen, sagte aber nichts. Stattdessen vergrub sie den Kopf an seiner Brust.

»Was wir heute Abend gemacht haben, war doch richtig?«, fragte sie nach einer Weile.

Er strich ihr das Haar aus dem Gesicht. Er hoffte es von ganzem Herzen. »Ja, das war es.«

Doch als er ihr später beim Schlafen zusah, war er sich nicht wirklich sicher.

Vierundzwanzig

Nach dem Dinner in Hollywood verschanzte Eliza sich für volle zwei Tage im Haus. Die Story über ihre Vergangenheit wurde nicht nur in den Lokalnachrichten breitgetreten, sie erregte quer durch alle Staaten Interesse. Elizas Handy klingelte ununterbrochen. Die halbe Welt wollte Exklusivinterviews. Sie lehnte alle Anfragen ab.

Wie stark die Resonanz auf ihren Auftritt war, wurde ihr erst richtig klar, als Jay am frühen Dienstagmorgen mit einem Armvoll Post ankam. »Für dich.« Er ließ einen Stapel Briefe auf die Arbeitsplatte in der Küche fallen.

»Für mich?« Eliza sah ihn fragend an.

Jays einnehmendes Lächeln strahlte auf. »Die Öffentlichkeit ist tief gerührt und hat ihre Sympathie für dich entdeckt. Das sind nur die Briefe vom hiesigen Wahlkampfbüro. In den Zentralen in Sacramento und San Francisco liegen noch mehr.«

Eliza riss den erstbesten Umschlag auf. Eine Frau aus der Wüstensiedlung Lancaster lobte in einem handgeschriebenen Brief Elizas Mut und fragte, ob es ihr irgendwie möglich sei, einen Kontakt zu ihrem Sohn herzustellen, der ebenfalls seit Jahren unter Zeugenschutz stand. Sie wusste nicht einmal, ob er noch lebte, und litt unsäglich unter der Ungewissheit. Jetzt hoffte sie auf Elizas Hilfe.

»Was steht denn drin?« Carter las über ihre Schulter mit. »O Mann.«

»Genau.«

Der nächste Brief war von einem Vater, dessen Ehefrau wohl als Unbeteiligte in einen Schusswechsel zwischen zwei Gangs geraten war. Er schrieb, er wünschte, mehr Menschen wären so couragiert wie Elizas Vater. Dann würden vielleicht nicht so viele Kriminelle frei herumlaufen. Der Mörder seiner Frau war offenbar nie gefasst worden.

»Ich habe mir erlaubt, eine E-Mail-Adresse unter deinem Namen einzurichten. Carters Postfach quoll schon über«, sagte Jay zu Eliza.

»Und was soll ich jetzt mit den Briefen machen?«

Carter zuckte die Schultern. »Einfach gar nichts? Oder sie beantworten? Was *willst* du denn mit ihnen machen?«

Sie wusste es nicht.

»So lange ihr darüber nachdenkt, erzähle ich euch noch die guten Neuigkeiten.« Jay schenkte sich eine Tasse Kaffee ein. Anscheinend verbrachte er viel Zeit bei Carter und kannte sich in der Küche aus. »Carters Umfragewerte sind übers Wochenende in die Höhe geschossen. Der Aufwärtstrend hat sich schon nach eurer Hochzeit angekündigt. Aber Elizas Rede hat auch unentschlossene Wählerschichten erreicht. Wenn es je ein politisches Power-Paar gab, dann euch beide.«

»Ein politisches Power-Paar? Das wollte ich schon immer werden«, sagte Eliza trocken.

»Und wenn ich in der Politik noch etwas werden will, sollte ich mich wieder an die Arbeit machen.« Carter tätschelte Elizas Rücken.

Die Flitterwochen waren damit wohl beendet. »Und ich dachte schon, ich hätte eine Schlafmütze geheiratet«, frotzelte sie.

»Kommst du hier klar?«

Sie verdrehte die Augen. »Die Leibwächter sind bei mir und Zod. Eigentlich wollte ich zu Alliance, aber ich glaube, damit warte ich noch ein paar Tage. Heute schaue ich mir die Briefe an und überlege, was ich damit mache.«

»Alliance? Macht den Job jetzt nicht Gwen?«

»Gwen muss noch viel lernen.«

Carter runzelte die Stirn.

»Was ist?«

Er warf Jay einen Blick zu. »Kannst du uns bitte kurz allein lassen?«

Jay schnappte sich seine Kaffeetasse und verließ den Raum.

»Was ist los, Hollywood?«

»Es ist wegen Alliance. Sam hätte sicher Verständnis, wenn du dich dort eine Weile rarmachst.«

»Wie meinst du das?«

»Tritt ein bisschen kürzer. Nimm dir frei.«

»Ich habe schon fast zwei Wochen nicht mehr gearbeitet.« Worauf wollte er hinaus? Wollte er ein Heimchen am Herd zu Hause sitzen haben? Da war er bei ihr an der falschen Adresse.

Carter fuhr sich durchs rotblonde Haar und suchte nach Worten. »Dort draußen ist es einfach zu riskant für dich. Wir wissen nicht, ob Sanchez irgendetwas vorhat.«

»Und was soll ich deiner Meinung nach tun? Hier leben wie in einem Gefängnis?«

»Sei nicht albern.«

»Nicht albern? Wenn ich mich jetzt hier einschließen würde, hätte ich auch gleich abtauchen können.« Ihr war heiß, sie spürte, wie sie zornig wurde. »Ich werde mich nicht verstecken, Carter.«

»Du sollst dich ja nicht verstecken. Nur vorsichtig sein.«

»Das klang eben noch ganz anders. Du hast gesagt, ich soll mir freinehmen und zu Hause bleiben.«

Sie fing an, auf und ab zu gehen.

»Von zu Hause bleiben war nicht die Rede.«

»Aber es war so gemeint.«

Carter wollte sie an den Schultern festhalten, doch sie entwand sich seinem Griff. »Du bist eine intelligente Frau. Ich weiß, dass du verstehst, was ich sagen will.«

Die Hände in die Hüften gestemmt funkelte sie ihn an. »Sicher. Aber so läuft das nicht. Ich werde mein Leben leben. Und damit du es weißt: Mir Vorschriften zu machen, kannst du dir sparen. Das führt zu nichts.«

»Verdammt, Eliza, ich kann nicht zulassen, dass dir etwas passiert«, bellte er.

Sein Ton erschreckte sie. Er hatte Angst um sie. Zum ersten Mal sah sie so etwas wie Panik in seinen Augen und wusste nicht, ob sie das besänftigte oder ob es ihre eigene Angst noch verstärkte.

Er ging zu ihr und nahm ihr Gesicht zwischen die Hände. »Ich will doch nur, dass du sicher bist.« Seine Stimme klang rau.

»Eine Woche. Ich bestelle Gwen hierher. Aber ich werde nicht leben wie eine Gefangene, Carter.«

»Ich weiß. Uns fällt schon etwas ein.« Er küsste sie, als würde er ein Versprechen besiegeln.

Der Zwangsaufenthalt in Carters Haus entpuppte sich als recht erträglich. Gwen verbrachte fast so viel Zeit bei Eliza wie in Tarzana. Außerdem war Eliza mit den Briefen beschäftigt, die täglich von überallher aus den Staaten eintrafen. Unzählige Menschen suchten nach Angehörigen, die Zeugenaussagen gemacht hatten und hinterher abgetaucht waren. Die Ungewissheit belastete die Familien sehr. Viele wussten nicht einmal, ob die Gesuchten noch am Leben waren.

Jede einzelne Geschichte ging Eliza zu Herzen und verlangte nach einer Antwort.

»Dieses System funktioniert einfach nicht«, sagte Eliza eines Nachmittags zu Gwen. »Meine Eltern hatten niemanden mehr. Meine Großeltern sind kurz nach meiner Geburt gestorben. Aber die Leute in den Briefen haben Mütter, Väter und Geschwister, die sich schreckliche Sorgen machen.«

»Es gibt doch sicher irgendwelche Stellen, die sich um die Familien kümmern.«

»Wenn es sie gibt, dann weiß ich nichts davon.« Eliza sortierte die Briefe. Auf einen Stapel kamen alle Schreiben von Eltern, die nach Kindern in Zeugenschutzprogrammen suchten, auf einen zweiten die Anfragen von Leuten, die nicht wussten, warum und wohin jemand verschwunden war. Es gab sogar ein paar Zuschriften von Familienangehörigen von Straftätern, die meinten, bestimmte Zeugen müssten sich nicht mehr verstecken, weil der Täter gestorben sei oder aus anderen Gründen keine Bedrohung mehr darstellte.

»Was ist mit dem Cop, der auf dich aufpasst? Kann der etwas machen?«

»Du meinst Dean?«

»Ja.«

»Keine Ahnung. Für mich ist er immer da. Aber er kann sich ja nicht um alles kümmern.«

»Rede trotzdem mit ihm. Vielleicht kann er dir weiterhelfen.«

Eliza lehnte sich zurück. »Bloß wie? In diesen Briefen steckt genügend Stoff für mehrere gute Romane. Aber was ich für diese Leute tun kann, ist mir schleierhaft.«

»Dir fällt sicher etwas ein. Frauen, die viel Zeit und Geld haben, engagieren sich oft für soziale Belange.« Gwen warf lächelnd eine Haarsträhne über ihre Schulter.

»Zu dieser Personengruppe gehöre ich nicht. Ich muss mir meinen Lebensunterhalt immer noch verdienen.«

Gwen lachte auf. Dann schlug sie die Hand vor den Mund. »Entschuldige.«

»Was ist denn daran so lustig?«

»Du gehörst eindeutig zu dieser Sorte Frau, meine Liebe. Du hast den vermutlich einflussreichsten Mann des Bundesstaates geheiratet und musst dir übers Geldverdienen nicht mehr den Kopf zerbrechen.«

Eliza wollte nicht zugeben, dass Gwen recht hatte. »Du solltest eigentlich wissen, dass Liebe und romantische Für-immer-und-ewig-Träume nicht der eigentliche Grund für unsere Ehe sind. Es gibt keine Garantie, dass die Sache lange hält.«

»Du machst dir zu viele Gedanken.«

»Ich muss mich selbst über Wasser halten können. Nichts im Leben ist sicher. Das weiß ich aus Erfahrung.«

»Papperlapapp. Carter ist ganz vernarrt in dich. Du musst dir keine Sorgen machen.«

»Papperlapapp? Habe ich richtig gehört?«

Gwen verdrehte die Augen. »Mach dich nicht über meine Ausdrücke lustig. Du weißt, dass es so ist.«

Nein, das wusste sie nicht. Eliza hatte keine Ahnung, wie Carter sich die Zukunft vorstellte. Im Augenblick war alles gut. Aber was nächsten Monat oder nächstes Jahr sein würde, war mehr als ungewiss.

*W*arum sollte ich denn herkommen?« Carter saß, den Knöchel aufs Knie gelegt, Blake gegenüber in dessen Büro.

Blake hob einen Finger und griff zum Telefon. »Bitte jetzt keine Anrufe durchstellen«, sagte er zu seiner Sekretärin. Dann sah er Carter an. »Ich glaube, mein Büro ist der einzige Ort, an dem wir wirklich vertraulich reden können.«

»Okay.« Die Sache war anscheinend wichtig.

»Letzte Woche habe ich Sams Vater besucht … Noch vor dem Dinner.«

Carter hielt den Atem an. Sie hatten nie über Harris Elliot gesprochen, aber er wusste von der kriminellen Vergangenheit des Mannes und auch, dass Harris und Sanchez im selben Knast saßen. Carter hätte Blake nie gebeten, um seinetwillen Kontakt mit Sams Vater aufzunehmen. Aber offenbar hatte es keiner Bitte bedurft.

»Weiß Sam davon?«

Blake nickte kurz. »Ich habe es ihr gleich hinterher gesagt.«

»Und wie hat sie reagiert?«

»Sie fand es in Ordnung. Für Eliza würde sie alles tun.«

»Sogar zulassen, dass du mit ihrem Vater sprichst, obwohl er ihr Leben ruiniert hat?«

Blake lehnte sich zurück und flocht die Finger ineinander. »Es ist seltsam, aber wenn es wieder bergauf geht, wird man versöhnlicher. Es hilft auch, dass Harris das, was er seinen Töchtern angetan hat, anscheinend zutiefst bereut.«

»Aber du hast mich nicht herbestellt, um mir von einem Plausch mit deinem Schwiegervater zu erzählen.«

»Stimmt. Ich habe Harris gebeten, alle Fotos von Sam zu vernichten. Alles, was Sanchez irgendwie auf Eliza aufmerksam machen könnte.«

Carter hätte zu gerne geglaubt, dass das ausreichen würde. »Danke.«

»Vielleicht bringt das nicht viel.« Blake sprach Carters Zweifel laut aus.

»Aber vielleicht doch. Das ist schwer zu sagen.«

Einen Moment lang schauten sie einander schweigend an.

»Was kann ich sonst noch tun, Carter?«

»Mein Vater ist an Sanchez dran. Er versucht herauszufinden, ob er seine krummen Geschäfte vom Knast aus weiterführt. Dean meint, zu Anfang seiner Haftzeit hätte Sanchez das getan. Aber dass man ihm irgendwelche kriminellen Aktivitäten nachweisen konnte, ist Jahre her. Neue Erkenntnisse gibt es nicht, sonst hätte Dean etwas gesagt. Aber wenn jemand sich still verhält, bedeutet das nicht immer etwas Gutes.«

»Ich habe einen zweijährigen Sohn. Ich weiß, wovon du sprichst.«

Carter lachte und merkte, wie gut ihm das tat.

»Hast du nicht gesagt, Sanchez hätte Kontakte nach Mexiko?«, fragte Blake.

»Ja.«

»Ich kenne jemanden, der sich dort umhören kann.«

Blakes Transportunternehmen operierte international. Er hatte viele Verbindungen im Ausland. Die hatte zwar auch Carter, aber er war im Wahlkampf und seine Gegner warteten nur darauf, dass er irgendeinen Fehler machte.

»Sich mal umzuhören, schadet sicher nicht«, sagte er.

»Ist schon so gut wie erledigt. Und sonst? Wie läuft es? Samantha sagt, Eliza würde jeden Tag Briefe von Hilfesuchenden bekommen.«

»Jeden Tag? Eher stündlich. Sie hat eine Mission: Sie will Familien wieder zusammenbringen und die Mängel im Zeugenschutzprogramm beheben.«

»Wenn das jemand fertigbringt, dann am ehesten jemand, der selbst betroffen ist und die Probleme kennt.«

Der Meinung war Carter auch. »Die Briefe lenken sie davon ab, dass sie im Moment nicht viel rauskommt.«

»Wie meinst du das?«

»Ich habe sie gebeten, zu Hause zu bleiben. Dort ist sie am sichersten.«

Blake rieb sich stirnrunzelnd das Kinn. »Das klingt aber gar nicht nach Eliza.«

»Stimmt. Hoffentlich wissen wir bald mehr über Sanchez und können dafür sorgen, dass er kaltgestellt wird.«

»Glaubst du nicht, dass die Polizei das bereits getan hätte, wenn es möglich gewesen wäre? Hätten die Eliza sonst überhaupt in das Zeugenschutzprogramm aufgenommen?«

Carter spürte, wie sein Kiefer und seine Schultern sich verspannten. »Ich will einfach das Gefühl haben, dass ich nicht völlig machtlos bin, Blake. Eigentlich habe ich Eliza geheiratet, um sie zu schützen. Aber jetzt sieht es so aus, als hätte ich sie damit erst recht in Gefahr gebracht.«

Blake versuchte es mit einem aufmunternden Grinsen. Mit wenig Erfolg. Und Mitleid wollte Carter nicht. Er stand abrupt auf. »Ich werde in meinem Büro gebraucht«, sagte er.

Blake brachte ihn zur Tür. »Ich melde mich.«

Draußen im Wagen drosch Carter aufs Lenkrad. Was zum Teufel sollte er tun?

$\mathcal{D}$ean spürte, wie der tiefe Zug an der Zigarette seine Nerven beruhigte. Seiner Sucht konnte er nur noch draußen, an einen Streifenwagen gelehnt, frönen. Im Gebäude hatten die Nichtraucher die Macht an sich gerissen. Dabei waren graue Rauchschwaden früher das Markenzeichen der Polizeiwache gewesen. *Rauchen verboten! Rauchen im Dienstwagen verboten! Nicht direkt vor der Tür rauchen! Hör einfach auf!* Als ob die Aufdrucke auf den Zigarettenpackungen nicht schon bedrohlich genug waren. Heutzutage schlug Rauchern nur noch Verachtung entgegen. Er inhalierte noch einmal und stieß den Qualm mit spitzen Lippen aus.

Sollten sie ihn doch teeren und federn. All seine Versuche, sich das Rauchen abzugewöhnen, waren gescheitert. Und der Nikotinkaugummi schmeckte beschissen.

»Ich wusste, dass ich dich hier finden würde.«

Jim kam mit entschlossenen Schritten auf ihn zu. Er schlug mit einer Papierrolle an seinen Oberschenkel, fixierte den Glimmstängel, verzichtete aber auf einen Kommentar.

»Frühstückspause.«

Jim lehnte sich neben Dean an den Wagen. »Es ist sowieso besser, hier draußen zu reden.«

Das klang nicht gut. »Was gibt's?«

Jim klopfte mit der Papierrolle in seine Handfläche, dann gab er Dean die Unterlagen.

Nach einem letzten tiefen Zug warf Dean den Stummel zu den vielen anderen. Hier draußen rauchte nicht nur er. Er betrachtete den körnigen Computerausdruck eines Fotos.

»Carters Freund Blake hat seinen Schwiegervater besucht.«

»Wissen wir, worüber sie geredet haben?«

»Willst du raten?«

Dean blätterte die Überwachungsfotos aus dem Gefängnis durch. Anscheinend war Blake allein dort gewesen.

»Was sagen unsere Leute drinnen?«

Jim schüttelte den Kopf. »Alles ruhig. Zu ruhig.«

Dean traute dieser Art von Ruhe nicht. Sie dauerte nie lange und kündigte meist großen Ärger an.

»Hast du von Eliza gehört?«

»Du meinst abgesehen von den Schuhrechnungen, die sie mir andauernd schickt?«

Jim verschränkte lachend die Arme vor der Brust. »Könnte es sein, dass Sanchez das Interesse an ihr verloren hat? Vielleicht hat er die Sache abgehakt.«

Kriminelle hakten so etwas nicht einfach ab. Sie vergaßen und vergaben nicht. »Erinnerst du dich noch an das Foto von Elizas Mutter?« Dean musste Jim nicht erst sagen, welches Foto er meinte. Jims Lächeln verflog.

Die südkalifornische Sonne, die sonst so zuverlässig schien, verschwand hinter einer Wolke. Dean fröstelte. »Wir bleiben wachsam. Sanchez hat alle Zeit der Welt. Und Eliza wird nicht einfach von seinem Radar verschwinden.«

Der Stress wegen Eliza würde dafür sorgen, dass Dean bis auf Weiteres ein Nikotin-Junkie blieb. Er dachte daran, wie ähnlich sie seiner eigenen Tochter sah.

⁓✤⁓

$\mathcal{D}$anke, dass ihr hergekommen seid.« Samantha machte es sich auf der Couch bequem und zog die Beine unter ihr Hinterteil. Eliza, Gwen und Karen ließen sich ebenfalls im Wohnzimmer nieder. »Eddie findet einen Mittagsschlaf inzwischen überflüssig und abends bin ich fix und fertig.«

Eliza hatte auf dem Weg zum Wohnzimmer einen Umweg über Eddies Zimmer gemacht und sich leise hineingeschlichen. Momentan schlief er wie ein Engel. In Eliza regte sich der Verdacht, dass Samantha den Kleinen vielleicht nur vorschob, damit sie nicht nach Tarzana fuhr.

Gwen rührte geräuschvoll in ihrer Teetasse. »Eddie ist einfach hinreißend.«

»Danke.«

»Wie läuft es bei dir in Tarzana?« Elizas Frage war an Gwen gerichtet.

»Anfangs war es ziemlich hektisch. Das Telefon hat pausenlos geklingelt. Jeder wollte irgendetwas wissen. Aber langsam scheint sich die Lage zu beruhigen.«

Samantha und Eliza hatten sich Standardantworten ausgedacht, mit denen Gwen die Anrufer abfertigen konnte. Eliza erinnerte sich noch gut an die Tage nach Sams und Blakes Hochzeit. Die Medien hatten wie besessen nach Hinweisen gesucht, mit denen sie Alliance in eine Schmuddelecke rücken konnten.

Es war ihnen nicht gelungen.

»Haben wir Kunden verloren?«

»Candice möchte ihr Portfolio ruhen lassen. Sie hat im Urlaub jemanden kennengelernt und es läuft wohl ganz gut.«

»Schön für sie«, sagte Samantha.

»Gibt es sonst noch was Neues?« Eliza nahm sich einen Keks und brach ihn in der Mitte durch.

»Nein.«

Karen räusperte sich. »Vielleicht streicht ihr Sedgwick besser auch von eurer Liste.«

»Ach?«

»Er und meine Tante haben ein festes wöchentliches Date. Obwohl sie es nicht so nennen.«

Eliza konnte sich ein Grinsen nicht verkneifen. »Na super.«

»Finde ich auch. Ich dachte immer, meine Tante weiß gar nicht, was Rouge und Lippenstift sind. Aber als Stanly letztes Mal zu ihr kam, hatte sie sich geschminkt. Die beiden sind einfach nur süß.«

»Und du bist als Anstandsdame immer dabei?«

Karen nickte. »Manchmal holt er mich ab, manchmal ich ihn. Ihr solltet die Gesichter seiner Enkel sehen! Seine Kinder lassen sich weniger anmerken. Aber sie sind kreuzunglücklich.«

»Dann glauben sie immer noch, zwischen euch beiden läuft etwas?« Eliza knabberte an ihrem Keks und wünschte, sie könnte ein Video von Sedgwicks raffgierigen Enkeln sehen.

»Ja. Stanly hat eine diebische Freude daran, seine Erben an der Nase herumzuführen. Und meine Tante gibt ihm Tipps, was er sagen kann, damit sie richtig Fracksausen kriegen.« Karens Augen blitzten. Offensichtlich machte ihr die Sache mindestens ebenso viel Spaß wie den beiden älteren Herrschaften.

»Wie lange könnt ihr das noch durchhalten?«

Karen zuckte die Schultern. »Eine Weile. Aber ich lasse die beiden immer öfter allein. Irgendwann wird Stanly seine Kinder und Enkel sicher von ihren Befürchtungen erlösen. Die glauben vielleicht, eine junge Frau in Stanlys Leben wäre das Schlimmste, was ihnen passieren kann. Aber sie kennen Tante Edie noch nicht.«

»Ich will eine Einladung zur Hochzeit«, sagte Eliza.

»Dafür ist es vielleicht noch ein bisschen früh. Aber wenn es so weit ist, bist du dabei.«

Nach einer kurzen Diskussion übers Heiraten und darüber, wie eine Junggesellinnenparty für Tante Edie aussehen könnte, wechselte Karen das Thema.

»Gibt es außer dem Update über das glückliche Paar noch einen Grund, warum ihr mich eingeladen habt? Für mich sieht das hier nach einem Arbeitsessen aus.«

Eliza schaute zu Samantha und Gwen. »Sam und ich haben uns Gedanken gemacht. In meinem Leben hat sich einiges verändert und wir glauben, ich sollte mich aus dem Tagesgeschäft von Alliance erst mal raushalten.«

Gwen seufzte. »Seid ihr sicher?«

»Bei mir und Blake war das damals etwas anderes«, sagte Sam. »Wie ein wohlhabender Geschäftsmann hier in den Staaten zur passenden Frau kommt, ist der Öffentlichkeit egal. Aber Carter und Eliza stehen unter ständiger Beobachtung. Die Medien und Carters politische Rivalen werden sich auf alles stürzen, was irgendwie gegen ihn sprechen könnte. Nachlassen wird das erst, falls er aus irgendeinem unerklärlichen Grund nicht gewählt wird.«

Eliza sprach an Samanthas Stelle weiter. »Aber wenn er gewählt wird und herauskommt, dass ich Zweckehen stifte, sieht das nicht gut aus. Ehe und Familie sind sensible Wahlkampfthemen.«

»Ja, sicher«, sagte Karen. »Aber die Frage, warum ich hier bin, ist damit noch nicht geklärt.«

»Wir brauchen Unterstützung.« Eliza lächelte Karen an. »Gwen hält im Augenblick fast allein die Stellung und macht das sehr gut. Samantha greift ihr hin und wieder unter die Arme. Aber sie hat Eddie und ihre Verpflichtungen hier und in Europa. Für Alliance bleibt ihr wenig Zeit. Deshalb möchten wir dir einen Job anbieten.«

Karen spielte mit ihrer Halskette. »Ich bin nicht auf der Suche.«

»Aber bei Alliance wärst du flexibler. Du hättest mehr Zeit für deine Arbeit mit den Kindern.« Karen verbrachte ihre Freizeit als ehrenamtliche Mitarbeiterin bei Projekten für benachteiligte Kinder und Jugendliche. »Du kennst Alliance und wir kennen dich. Dein derzeitiges Gehalt könnten wir sicher weiterbezahlen und vielleicht noch etwas drauflegen.«

Samantha und Eliza warteten auf eine Reaktion.

»Ich höre.«

Eliza lehnte sich zurück und ließ Samantha erklären, was sie von Karen erwarteten. Schließlich nickte Karen und versuchte, dabei nicht zu lächeln.

»Und? Was sagst du?«

Karen seufzte. »Ich muss aber die Kündigungsfrist im Heim einhalten.«

Gwen klatschte in die Hände. »Wunderbar! Die Arbeit bei Alliance wird dir einen Riesenspaß machen.«

Ein Teil von Eliza bedauerte, dass sie ihren Job aufgeben musste. Sie konnte helfen und beraten, aber es durfte keine offizielle Verbindung mehr geben.

Die nächste Stunde verbrachten sie damit, Karen aufs Laufende zu bringen. Welche Kunden standen in der Kartei? Für wen mussten sie das passende Gegenstück finden? Auch Karen gehörte noch zum Kundenkreis und bestand darauf, als erste zum Zug zu kommen, falls ein perfekter Kandidat auftauchte.

Fünfundzwanzig

Carter war vor Eliza zu Hause. Er hatte vom »Villa«, einem kleinen toskanischen Restaurant, etwas zu essen mitgebracht. Kurz nach der Hochzeit hatte er Eliza dorthin ausgeführt und sie war begeistert gewesen. Ohne Restaurants mit Abholservice wäre Carter bereits vor Jahren verhungert.

Er schob sich an Zod vorbei, der an der duftenden Tüte schnüffelte und zur Begrüßung kurz bellte. »Warum bellst du? Das, was da drin ist, frisst du sowieso nicht.« *Dummer Köter.* Egal, womit er ihn verführen wollte, der vierbeinige Polizist war nicht bestechlich.

Carter schaltete das Küchenlicht an und legte die Tüte auf die Arbeitsplatte. Er wollte Eliza einen besonderen Abend bescheren. Sie hatte heute ihren Job bei Alliance aufgegeben und er wusste, dass sie darüber nicht glücklich war.

Carter schaltete das Radio im Familienwohnzimmer an. Auf dem Weg zurück in die Küche entdeckte er neben der Couch einen zerkauten Damenschuh. »Zod!«

Zod kam fröhlich bellend angerannt.

Carter fuchtelte schimpfend mit dem Schuh. »Am liebsten würde ich ihn dir über den Schädel ziehen. Böser Hund!«

Zod bellte noch einmal.

»Wie soll ich Eliza davon überzeugen, dich zu behalten, wenn du ihre Schuhe schredderst?«

Zod machte Sitz und ließ die Zunge aus dem Maul hängen. Carter hätte schwören können, dass das Tier ihn angrinste.

»Böser Hund!«, sagte er noch einmal.

Carter trug den Schuh hinters Haus und vergrub ihn in der Mülltonne. Eliza sollte ihn nicht finden. Vielleicht vergaß sie ihn und würde glauben, Zod hätte sich seinen Schuhtick abgewöhnt. Meistens dachte Eliza daran, sämtliche Stilettos ins oberste Regalfach zu stellen. Aber den hier musste sie vergessen haben. Oder sie hatte es eilig gehabt. Was immer passiert war, Carter hatte nicht vor, ihr zu sagen, dass Zod wieder einmal rückfällig geworden war.

Er schaffte es noch, den Tisch zu decken und eine Kerze anzuzünden. Dann hörte er das Klingelsignal, das anzeigte, dass ein Wagen die Einfahrt zum Haus entlangfuhr. Auf dem Überwachungsmonitor in der Küche erschien Elizas Auto.

Direkt hinter ihr fuhr ein Bodyguard. Dann ging die Haustür auf und Carter hörte Stimmen.

Russell, der Leibwächter, der Eliza meistens begleitete, wünschte ihr in der Diele eine gute Nacht. Als sie in die Küche kam, war der Mann bereits außer Sichtweite. Carter vergaß nie, dass die Aufpasser da waren. Aber sie gaben sich alle Mühe, sich im Hintergrund zu halten.

»Was riecht denn hier so gut?«, fragte Eliza.

»Pasta mit Hühnchen. Pikant und mit wenig Soße.«

Während Eliza ihre Handtasche abstellte, schenkte Carter ihnen Sekt ein. »Was feiern wir denn?«, fragte sie. Er reichte ihr die Sektflöte und stieß mit ihr an.

»Brauchen wir einen Anlass?« Er hauchte ihr einen Kuss auf die Lippen. Ihm gefiel das häusliche Zusammenleben mit ihr. Er küsste sie, wenn er wegging und wenn er wiederkam, ein paar Mal täglich schickten sie einander SMS und diese kleinen Dinge fühlten sich gut und richtig an. Eliza war keine Frau, die klammerte oder nervte. Sie hatte sich besser an ihr neues Leben gewöhnt, als er geglaubt hatte.

Auch deshalb lächelte er jetzt.

»Der Sekt, die Musik, das Essen …? Wenn ich es nicht besser wüsste, würde ich glauben, du willst flachgelegt werden.«

Carter schlug sich auf die Brust. »Ich bin zutiefst getroffen.«

Eliza nahm einen Schluck Sekt. »Ja, klar. Okay, was ist los?«

Er schob ihr einen Stuhl zurecht und forderte sie mit einer Geste auf, sich zu setzen. »Du warst bei Sam, oder?«

»Hmhm.«

»Was sagt Karen zu dem Jobangebot?«

»Sie will es machen. Ach, daher weht der Wind.« Eliza stellte das Glas ab und griff über den Tisch hinweg nach seiner Hand. »Du machst dir Gedanken, weil ich meine Arbeit aufgebe.«

»Ich weiß, dass du das nicht wolltest.«

»O Mann, Carter. Das ist ja richtig süß von dir. Wo hast du denn deinen Charme so lange versteckt?«

»Im Garderobenschrank ...« *Bei deinen zerkauten Stilettos.* »Lass mich ein bisschen von meinem Charme versprühen und dir helfen, dich zu entspannen.« Er zog ihr die Schuhe aus, warf Zod einen strengen Blick zu und brachte sie in die Waschküche an der Hintertür. Dort stellte er sie ganz oben ins Regal.

Als er zurückkam, grinste Eliza ihn an. »Sie sind außer Reichweite, oder?«

»Sowieso.«

Während Carter das Essen auf die Teller legte, unterhielten sie sich über Elizas Tag. Eliza träufelte Dressing auf den Salat, dann ließen sie es sich schmecken.

»Ich muss lernen, wie man so was macht«, sagte sie zwischen zwei Bissen.

»Weißt du, wie es noch besser wäre?«

»Es geht noch besser?«

»Pilze.« Carter ließ ein Stück Hühnchenfleisch in weißer Knoblauchsoße auf seiner Zunge zergehen.

»Klingt köstlich. Nicht zu viele Pilze, nur ein paar. Vielleicht sollten wir dem Koch empfehlen, sie in Zukunft dazuzugeben.«

»Köche können zickiger sein als Basketballspieler nach einem Foul. Wenn wir uns dieses Gericht wieder mal holen, geben wir die Pilze selbst dazu.«

Eliza zeigte mit der Gabel auf ihn. »Gute Idee.«

»Okay ... und wie geht es dir wirklich?« Sehr traurig sah sie nicht aus, aber er musste sie einfach fragen.

»Ganz gut. Ich hätte gedacht, es würde mir schwerer fallen, den Job an den Nagel zu hängen.«

Entweder sie war eine oscarverdächtige Schauspielerin oder sie hatte tatsächlich kein Problem damit. Vielleicht erleichterte ihr die tägliche Briefeflut den Abschied von Alliance.

Carter wollte ihr sagen, sie bräuchte sich um Geld keine Gedanken zu machen, er würde für sie sorgen. Aber vermutlich sah sie das anders als er.

»Entschuldigung.« Russell kam in die Küche. Das machte er sonst nie. »Es tut mir leid, dass ich störe.«

Ohne Zod aus den Augen zu lassen, trat er näher. »Aber ich weiß, Sie möchten informiert werden, wenn wir auf den Monitoren etwas Ungewöhnliches sehen.«

Eliza hörte auf zu kauen und legte bedächtig die Gabel auf ihren Teller.

»Was war?«

»Wahrscheinlich halb so wild. Kurz nachdem wir heute hier weggefahren sind, ist Zod bellend nach draußen gerannt. Aber auf der Aufzeichnung ist niemand zu sehen. Vielleicht war es ein Tier. Der Zentrale reichte das nicht, um einen Wagen herzuschicken. Aber ich dachte, ich sage Ihnen besser Bescheid.«

Eliza verzog den Mund. So viel zum Thema ›gemütlicher Abend‹.

»Pete und ich haben den Garten abgesucht, aber nichts gefunden.«

»Wie lange hat Zod gebellt?«, fragte Eliza.

»Nicht lange. Auf dem Überwachungsfilm sieht man, wie er in den Büschen seitlich im Garten etwas sucht. Dann bellt er noch ein paar Mal und läuft danach zurück ins Haus.«

Carter dankte Russell und der Leibwächter ließ sie wieder allein.

»Polizeihunde bellen nicht einfach zum Spaß die Nachbarskatzen an«, sagte Eliza.

Das klang nicht gut.

Eine Weile schob sie ihr Essen auf dem Teller noch hin und her, dann gab sie auf. »Ich muss mir das Video ansehen.« Sie war schon unterwegs nach oben. Carter folgte ihr.

Sie drängten sich in den kleinen Überwachungsraum mit den Bildschirmen. Russell saß bereits dort und Pete gesellte sich ebenfalls zu ihnen.

Mit ein paar Mausklicks zeigte Russell ihnen die Sequenz, in der Zod durch die Hundetür nach draußen rannte. Zod trug einen Chip am Halsband. Nur mit dessen Hilfe ließ sich die Lederklappe öffnen. Wer sich unbefugt Zutritt verschaffen wollte, musste erst einmal dem zähnefletschenden Hund das Halsband abnehmen. Dass jemand das versuchte, war eher unwahrscheinlich.

Zods wütendes Gebell auf den Aufnahmen nährte Carters Angst um Eliza.

»Die stationäre Kamera hat ihn hier eingefangen und die Kamera mit dem Bewegungsmelder an der Seite des Gartens.« Russell zeigte auf die Bildschirme.

Zod tauchte in die Büsche ab und hörte auf zu bellen. Als er wieder zum Vorschein kam, hatte er etwas zwischen den Zähnen.

»Was ist das?«

Russell lächelte schief. »Ein Schuh von Mrs Billings, glaube ich.«

Carter schaute genauer hin. Tatsächlich. Der Schuh, den er im Müll vergraben hatte, klemmte zwischen den Zähnen des stolzen Schäferhundes.

»Gewöhnliche Hunde vergraben Knochen«, murmelte Eliza.

»Vielleicht dachte er, jemand hätte sein Versteck gefunden.«

Eliza ging kopfschüttelnd zur Tür. »Ich wusste, dass er sich nicht wegen einer Katze aufgeregt hat. Es sei denn, die Katze hätte den Schuh gefunden. Verdammter Köter.«

Carter klopfte Russell auf die Schulter und folgte Eliza zurück in die Küche.

Zod wartete an der Tür auf sie, legte den Kopf schief und bellte freundlich.

»Böser Hund.«

Zods Augenbrauen schossen in die Höhe. Der böse Hund schaute zwischen den beiden Menschen hin und her, als würde er eine Belohnung erwarten.

$\mathcal{H}$arry war nicht aus Dummheit im Knast gelandet. Im Gegenteil: Seine Schläue hatte seinen Weg in diese Anstalt mit dem Geld anderer Leute gepflastert. Und noch etwas konnte man Harry nicht nachsagen: einen Hang zur Gewalt. Am Anfang seiner Haftzeit hatte er ein paar Mal Prügel bezogen. Aber das war Jahre her und die Schmerzen waren vergessen.

Auf Blakes Bitte hin hatte er in einem unbeobachteten Augenblick die Zeitungsartikel und Fotos zerrissen und in der Toilette weggespült. Nur ein einziges Foto hatte er behalten – einen Schnappschuss aus seinem Leben, bevor es aus den Fugen geraten war. Seine Frau und seine Töchter saßen neben ihm auf der Jacht, die ihm einmal gehört hatte. Sie lächelten für die Kamera, er lächelte aus reiner Selbstgefälligkeit.

Jeder Mithäftling war jetzt verdächtig. Vor wem hatte Blake ihn gewarnt? Den Namen des Mannes erfuhr Harry erst durch einen Anruf. Der Anrufer stellte sich nicht vor und seine Stimme war Harry fremd. Aber als alter Zocker hätte er darauf gewettet, dass der Kerl seine Stimme verstellte. Trotzdem war er klar und deutlich zu verstehen.

»Ricardo Sanchez«, sagte der Anrufer. Und dann hastig: »Einzelhaft.«

Harry wusste nicht, ob das eine Aufforderung oder eine Warnung sein sollte. Zwei Tage lang beobachtete er sein Umfeld genau. Bald stellte er fest, dass stets etliche Augenpaare seinen bulligen Zellengenossen genau im Blick behielten.

»Wie läuft's denn so, Harry?«, fragte einer der Aufseher ihn im Vorbeigehen.

»Bestens.« Harrys Augen wanderten zu der Ecke des Aufenthaltsraums, in der Sanchez mit seinen »Freunden« stand.

»Sag Bescheid, falls es Schwierigkeiten gibt.«

Träum weiter. Der Verhaltenskodex im Knast verlangte, dass man seine Probleme selber löste. Sich den Aufsehern anzuvertrauen, führte nur zu ausgedehnten Besuchen auf der Krankenstation, wenn nicht zu Schlimmerem. Und auch die Einzelhaft der Knastbrüder, die einen dort hingebracht hatten, endete irgendwann.

Harry schluckte. Dass er Sanchez angestarrt hatte, merkte er erst, als der Mann sich umdrehte und ihm einen düsteren Blick zuwarf.

Plötzlich sah Harry eine ganze Serie von Bildern vor sich. Auf jedem einzelnen lag er blutüberströmt und mit gebrochenen Knochen auf dem Boden.

❧

»Komm doch mit.«

Eigentlich hatten sie das Thema bereits ausdiskutiert. »Ich muss arbeiten. Und außerdem treffe ich mich morgen mit Agent Anderson.« Agent Anderson vom FBI arbeitete mit Marshals und Detectives wie Dean und Jim zusammen, die mit dem kalifornischen Zeugenschutzprogramm zu tun hatten. Immer weniger Leute waren bereit, gegen Schwerverbrecher auszusagen, weil viele Kriminelle noch vom Gefängnis aus gefährlich werden konnten. Eliza sah den Kampf für die Verbesserung des Systems als wichtige Aufgabe und diese Arbeit tat ihr gut. Zeugen zu schützen und ihnen ihr Leben zurückzugeben, war jetzt ihre Mission.

Seit Zods merkwürdigem Auftritt im Garten war Carter jeden Abend bei ihr zu Hause geblieben. Offenbar war ihm immer noch nicht wohl dabei, sie alleine zu lassen, denn er drängte sie, mit ihm nach Nordkalifornien zu kommen. Anfangs hatte Eliza die viele Aufmerksamkeit genossen. Aber langsam litt sein Wahlkampf.

»Verschieb das Treffen.«

Eliza legte den Kopf schief. »Bitte, Carter. Das muss aufhören.«

»Was muss aufhören?« Er gab sich unschuldig. Mit den traurigen Dackelaugen und dem zerzausten Haar sah er fast drollig aus. Aber sie ließ sich nicht erweichen.

»Bitte. Du weißt, wovon ich rede. Du vernachlässigst deinen Wahlkampf. Es gibt so viele Leute, die auf dich zählen. Du kannst sie nicht im Stich lassen, nur weil du glaubst, mich ständig bewachen zu müssen.«

»Aber …«

»Kein Aber. Wir haben geheiratet, damit ich professionellen Schutz bekomme. Du hast getan, was du konntest. Wenn ich auch nur geahnt hätte, dass deine Ziele darunter leiden, hätte ich niemals Ja gesagt.«

Es stimmte, dass es in erster Linie um ihren Schutz gegangen war. Was sie nicht sagte, war, wie gut ihr das Leben mit Carter inzwischen gefiel. Wie sehr sie ihn liebte. Trotz all seiner Besorgnis und seines übersteigerten Beschützerinstinkts hätte sie ihr Zusammenleben um keinen Preis anders haben wollen. Aber ihm jetzt ihre Gefühle zu offenbaren, konnte nur dazu führen, dass er sie noch gründlicher bewachte. Eliza wollte auf keinen Fall schuld sein, wenn Carters Karriere in die Binsen ging. Einen besseren Gouverneur als ihn konnte sie sich kaum vorstellen und sie wollte, dass er seine Ziele erreichte – auch wenn sie dafür einige ihrer tieferen Gefühle für sich behalten musste. Zumindest für den Augenblick. Abgesehen davon warf Carter auch nicht gerade mit Worten wie ›Liebe‹ oder ›für immer‹ um sich. Vielleicht hätte sie sonst anders gedacht.

»Willst du damit sagen, dass du mich nur geheiratet hast, weil ich dir Schutz bieten kann?«

Ach, verdammt. Er wirkte verletzt.

»Als Liebhaber bist du auch ganz passabel«, frotzelte sie, um ihn zum Lächeln zu bringen.

»Von meinen Qualitäten im Bett hast du beim Jawort noch nichts gewusst.«

»Ich habe schon bei deinen Küssen weiche Knie bekommen. Ich wusste Bescheid, Hollywood.«

Endlich lächelte er. Er schnappte sie und zog sie an sich. Eliza schmiegte sich an ihn. »Tatsächlich? Weiche Knie?«

Eliza verdrehte theatralisch die Augen. »Ich wusste, dass du nach diesem Köder schnappen würdest.«

Er küsste sie, bis ihr Herz raste und ihre Knie tatsächlich nachgaben.

Irgendwann mussten sie Luft holen. »Ehrlich wahr?«, fragte er bei dieser Gelegenheit.

»Ehrlich wahr.«

Später in derselben Nacht dachte Eliza daran, wie schwer es ihr fallen würde, allein in diesem großen Bett zu schlafen. Nur offen zugeben wollte sie das nicht. Anscheinend war ihr Mann nicht der Einzige, der sich nach Nähe sehnte.

Agent Anderson war eine zierliche Mittvierzigerin. Sie redete wie ein Maschinengewehr, aber wenn sie zuhörte, sah man ihr an, dass alles registriert und zur späteren Verwendung abgespeichert wurde.

Dass die Frau sich aufrichtig für ihren Fall interessierte, hatte Eliza bereits beim ersten Telefongespräch gemerkt. Als sie sich nun gegenübersaßen, verstärkte sich dieses Gefühl. Eine Weile redeten sie über ihren Fall und die Briefe, aber Eliza drängte auf Lösungen. »Wir sind uns doch einig, dass sich einiges ändern muss.«

»Absolut. Aber mit dem bisschen Geld, das wir vom Finanzministerium kriegen, sind uns enge Grenzen gesetzt.«

»Manchmal liegt die Lösung näher, als man denkt. Wenn ein Schwerverbrecher vom Knast aus Zeugen bedrohen kann, wäre es doch am einfachsten, ihm keinerlei Kontaktmöglichkeiten mit der Außenwelt zu geben. Warum schränkt man das Leben der gesetzestreuen Bürger so stark ein und lässt den übelsten Gestalten ihre Rechte?«

Anderson schüttelte den Kopf. »Es gibt jede Menge Gruppen, die sich für Strafgefangene einsetzen, aber kaum welche, die sich für bedrohte Zeugen stark machen.«

»Vielleicht ist das ja ein Teil des Problems. Zeugen über lange Zeiträume zu schützen, kostet den Staat jedenfalls eine Unmenge Geld.«

»Eigentlich fließt das meiste in kurzfristige Maßnahmen. Wenn Ihre Eltern weitergelebt hätten, wären die Schutzvorkehrungen für sie nach ein paar Jahren ausgelaufen. Sie selbst sind nur wegen des Verbrechens an Ihren Eltern noch im Programm. Und vielleicht auch, weil Sie Dean besonders am Herzen liegen. Dabei stimme ich Ihnen zu. Die Straftäter haben in diesen Fällen zu viele Rechte. Ändern wird sich aber nur etwas, wenn die Zeugen und ihre Angehörigen sich zusammentun. Und selbst dann mahlen die Mühlen der Gesetzesänderungen langsam.«

»Aber die Sache ist es wert.«

»Bei mir rennen Sie offene Türen ein, Mrs Billings. Und in Washington liegt das Thema ebenfalls auf dem Tisch. Das ist immerhin ein Anfang. Wie praktisch, dass Sie einen Senator in der Familie haben.«

Eliza hob die Augenbrauen. »Ich weiß nicht, ob der uns eine große Hilfe sein wird.«

Agent Anderson machte eine wegwerfende Geste. »Häufig ist die bessere Hälfte die treibende Kraft. Die meisten Politikerfrauen sind nicht berufstätig und haben die Zeit, sich für wichtige gesellschaftliche Belange stark zu machen.«

Wo hatte sie das schon einmal gehört? Vielleicht war es Zeit, Sally, Max' Ehefrau, anzurufen. Sally hatte sicher jede Menge Beziehungen. Nach all den Jahren.

»Wo würden Sie an meiner Stelle anfangen, Agent Anderson?«

»Sie haben einen Riesenstapel Briefe. Diese Leute sind Ihre Armee. Filtern Sie die Führungspersönlichkeiten unter ihnen heraus und überlegen Sie sich Aufgaben für diese Personengruppe. Wir möchten Zeugen ermutigen, sich zu melden. Aber Samariter wollen nicht mit einer Zielscheibe auf dem Rücken herumlaufen und Märtyrer werden. Wir müssen dafür sorgen, dass sie sicher sind.«

»Die Straftäter gehören isoliert. Sie dürfen keinerlei Kontakt nach draußen haben.«

Anderson zuckte die Schultern. »Das durchzusetzen, wird schwer sein. Aber vielleicht finden Sie ja irgendwo Gehör. Ein Erfolgsrezept habe ich allerdings nicht für Sie. Manchmal werden Sie zwei Schritte vor machen und drei zurück. Darauf müssen Sie gefasst sein.«

Eliza betrachtete den Berg Briefe, den sie mitgebracht hatte. Sie brauchte tatsächlich eine ganze Armee für ihr Projekt. Aber sie war auf dem richtigen Weg. Wie hatte ihr Vater oft gesagt? *Tu das, was gut und richtig ist, Kürbiskind. Dann kannst du immer ruhig schlafen.*

Sie stand auf und drückte der anderen Frau die Hand. »Sieht aus, als hätte ich viel zu tun.« Und dafür brauchte sie die Hilfe ihres Mannes und seiner Familie.

Bevor Eliza sich in ein Projekt stürzte, in das sie hunderte, wenn nicht tausende andere Menschen einbinden wollte, musste sie erst einmal sicher sein können, dass ihr eigenes Leben nicht mehr in Gefahr war. Sie drehte den funkelnden Diamanten an ihrem Finger und lächelte.

Bitte mach, dass ich mich in Carters Absichten nicht getäuscht habe.

$\mathcal{W}$as ist das für ein Geräusch?«, fragte Carter Eliza am Telefon. Noch eine Nacht ohne sie, dann würde er zurückfliegen. Er konnte es kaum erwarten, wieder mit ihr in seinem Bett zu liegen.

»Ich stehe an der Hintertür und schaue, wo der Hund bleibt. Was du hörst, ist der Wind.«

»Der Pilot sagte etwas von Santa-Ana-Winden.« Die heißen Winde aus der Wüste erreichten manchmal Sturmstärke und fachten in ganz Südkalifornien verheerende Feuer an. Kleinere Flugzeuge bekamen oft Schwierigkeiten beim Starten oder Landen.

»Die Wetterfritzen hatten ausnahmsweise mal recht.« Das Windrauschen hörte plötzlich auf. »Da bist du ja, du fusseliges Ungeheuer«, sagte Eliza.

»Bitte sag mir, dass du den Hund meinst.«

»Tue ich. Also: Wann kommst du morgen?«

Carter lümmelte sich auf das Hotelzimmersofa und legte die Füße auf den Couchtisch. »Nach dem Mittagessen bin ich hier weg.«

»Dann sehe ich dich zum Abendessen?«

Carter lächelte ins Telefon. »Klingt, als ob du dich freuen würdest.«

»Brauchst du Futter für dein Ego?«

Sein Grinsen wurde breiter. »Ich vermisse dich auch.«

Am anderen Ende der Leitung war es so still, dass er einen Moment lang glaubte, die Verbindung wäre abgebrochen.

»Ruf mich nach der Landung an«, sagte sie schließlich. »Dann bestelle ich unsere Pasta und stelle den Wein kalt.«

Unsere Pasta aus unserem Restaurant.

Gott, wie er diese Frau liebte.

»Ach, verdammt.«

»Was ist los?«

»Der Strom ist weg.« Ihr Handy klickte. »Und mein Akku ist fast leer.«

In Südkalifornien waren Stromausfälle immer mal möglich. Hin und wieder krachte ein Baum auf eine Leitung oder es gab ein Erdbeben. Dafür gab es keine Probleme mit Wintereinbrüchen. »Sicher ist er gleich wieder da. Russell hat ein Notfalltelefon und die Alarmanlage läuft ein paar Stunden lang im Batteriebetrieb. Auf dem Regal in der Speisekammer steht eine Taschenlampe und auf dem Nachtkästchen ist noch eine.«

Er hörte Zod ein paar Mal bellen.

»Wie hast du Heulsuse bloß die Prüfungen bei der Polizei bestanden?«, hörte er Eliza sagen. »Wo sind denn die Kerzen?«

»Ich habe nur die langen, die wir beim Abendessen anzünden. Bist du sicher, dass du klarkommst?« Bei der Vorstellung, dass sie durch die Dunkelheit stolperte, war ihm nicht wohl. »Ich kann Blake anrufen. Vielleicht fährst du besser zu ihm.«

»Es ist nur ein Stromausfall. Mach dir keine Sorgen. Hey Russell.«

Carter hörte Eliza und Russell über Kerzen reden und beruhigte sich mit dem Gedanken, dass der Leibwächter bei ihr war. Dann piepte ihr Handy.

»Ich muss Schluss machen. Der Akku ist am Ende. Bis morgen«, sagte sie.

Er freute sich darauf. »Schlaf gut.«

»Träum von mir.«

Aber sicher.

Sechsundzwanzig

Laut dem batteriebetriebenen Scanner auf Russells Schreibtisch war ein defekter Transformator ein paar Straßenecken weiter für den Stromausfall verantwortlich. Die Batterien wurden bereits schwächer und eine Weile würden sie wohl im Dunkeln verbringen müssen. Pete, der zweite Wachmann, sagte: »Wir brauchen dringend eine weitere Notversorgung. Wenn die Batterien leer sind, sind wir blind und können unsere Arbeit hier vergessen. Ich fahre zur Zentrale und hole frische Akkus oder ein Notstromaggregat.«

Zods spezielle Hundetür funktionierte nur, so lange Strom da war. Deshalb war Eliza nun gefragt, falls der Hund ein Bedürfnis hatte. Das Windgeheul und die trockene Luft machten sie rastlos. Sie überlegte, ob sie die Briefe durchgehen und die wortgewandtesten Schreiber heraussuchen sollte. Sie brauchte Leute für ihr Projekt. Aber sich in dem stillen Haus auf die Arbeit zu konzentrieren, war schwer. Seltsam, wie schnell sie sich an das Summen des Kühlschranks und die Geräusche des Funkgeräts oben im Überwachungsraum gewöhnt hatte.

Die flackernde Kerze ließ Schatten an den Wänden tanzen und tauchte den Raum in ein warmes Licht.

Sie vermisste ihren Mann. Mit ihm zusammen wären ein Stromausfall und das Kerzenlicht romantischer gewesen als mit ihrem vierbeinigen Kameraden. Sie ließ die Schlafzimmertür einen Spalt offen, damit Zod sich frei bewegen konnte. Dann machte sie es sich mit dem zweiten Band einer Buchserie, auf den sie monatelang ungeduldig gewartet hatte, auf dem Bett bequem. Sie hoffte, dass die Autorin nicht gerade auf den ersten paar Seiten eine leidenschaftliche Liebesszene untergebracht hatte. In dieser einsamen, dunklen Nacht wäre das nicht wirklich prickelnd gewesen.

Fünf Minuten vor dem letzten Glockenzeichen, mit dem die Insassen in die Zellen zurückgerufen wurden, saß Harry mit dem Rücken zur Wand und tat, als würde er ein Buch lesen. Ein Mithäftling – Michael? Oder Mitchell? – zögerte im Vorbeigehen. Er wartete, bis Harry Blickkontakt mit ihm aufnahm, ließ einen Zettel fallen und marschierte weiter.

Harry hob den Zettel auf und versteckte ihn zwischen den Buchseiten. Als er sicher war, dass ihn niemand beobachtete, faltete er ihn auf.

Auf dem zerknitterten Stück Papier stand: ER HAT EINEN MORD-AUFTRAG GEGEBEN. HOFFE, DEINE KLEINE BEKOMMT DABEI NICHTS AB.

Harry merkte, wie ihm das Blut stockte.

Er hatte sich zu viel Zeit gelassen.

Das monotone Brummen der Klimaanlage füllte Carters Kopf. Er musste irgendwann eingedöst sein, denn das schrille Klingeln des Hoteltelefons ließ ihn hochschnellen wie vom Blitz getroffen. Trotzdem wusste er erst beim dritten Klingeln, wo er sich befand.

»Hallo?«

»Carter?« Es war sein Vater.

»Hey.« Er setzte sich auf und knipste die Nachttischlampe an. »Ist was passiert?«

»Hast du schon geschlafen?«

Carter warf einen Blick auf sein Handy. 23:23 Uhr. Jepp, hatte er. »Hat sich erledigt. Was gibt's?«

Cash zögerte.

In Carters Kopf schrillten die Alarmglocken.

»Dad?«

»Gerade hat sich ein alter Bekannter aus San Quentin bei mir gemeldet.«

Eliza!

»Was ist passiert?«

»Es gab heute Abend einen Zwischenfall. Ein paar Details sind nach draußen durchgesickert.«

»Was für Details, Dad?« Carter war jetzt hellwach.

»Meine Quelle hat einen Zettel gefunden. Auf dem steht, Sanchez hätte einen Killer angeheuert. Kein Name. Aber möglicherweise geht es um Eliza.«

Carter blieb die Luft weg. Ihm wurde schwindelig. Er hatte gewusst, dass Sanchez zu so etwas in der Lage war. Aber die Gewissheit war wie eine erstickende Decke aus Angst und bösen Vorahnungen. »Wie lange ist das her?«

»Eine Stunde. Vielleicht etwas länger.«

Carter zerrte das Telefonkabel hinter sich her, angelte nach seiner Hose und schlüpfte hinein. »Hast du Eliza angerufen?«

»Ich komme nicht durch. Die halbe Stadt hat keinen Strom.«

»Augenblick.« Carter wählte auf seinem Handy Elizas Mobiltelefonnummer, landete aber sofort auf der Mailbox.

»Ich muss Schluss machen.«

»Ich nehme die erste Maschine zu euch«, sagte Cash.

»Ja … Okay.«

Weitere Worte waren unnötig. Carter legte auf.

Er wählte Blakes Festnetznummer und hörte das Besetztzeichen. Der nächste Anruf galt seinem Piloten.

Ein Glück, dass er das verdammte Flugzeug gekauft hatte.

*D*ie Schlafzimmertür knallte zu. Eliza schreckte hoch.

Zod sprang auf und winselte.

Der Wind rüttelte am Haus, was bei einem so soliden, großen Gebäude ziemlich beeindruckend war. *Irgendwo muss ein Fenster offenstehen.*

Eliza schlug die Bettdecke zurück und tappte barfuß ins Badezimmer. Sie drückte den Lichtschalter. Immer noch kein Strom. Zum Glück warf der fast volle Mond sein fahles Licht durchs Fenster.

Tatsächlich, das Badezimmerfenster stand einen Spaltbreit offen. Das reichte, um die Schlafzimmertür knallen zu lassen.

Eliza drehte sich um und stolperte dabei fast über Zod, der ihr lautlos gefolgt war.

Sie ging zum Ostfenster und sah nach, ob es geschlossen war. Dann überprüfte sie auch das Nordfenster.

Im Garten hinten bewegte sich etwas. Eines der Glastischchen war bis zum Rand des Pools gerutscht und drohte umzustürzen.

»O Mann«, flüsterte Eliza. Glasscherben im Pool. Die dort rauszuholen, war kein Spaß.

Eliza warf sich einen Bademantel über, schnappte sich die Taschenlampe und rief Zod zu sich. Im Vorbeigehen nahm sie die Pistole aus ihrer Handtasche auf der Kommode und klemmte sie in den Gürtel des Bademantels.

»Wenn ich schon da raus muss, kannst du auch gleich pinkeln gehen«, murmelte sie dem Hund zu. Sie ging den Flur entlang und steckte den Kopf in den Überwachungsraum. »Ich lasse Zod kurz raus.«

»Soll ich das machen?«

»Nein, schon gut.«

Russell stand auf, um sie zu begleiten.

»Ich kann alleine gehen«, sagte sie.

»Der Strom ist weg, die Batterien sind seit zwanzig Minuten tot und Pete ist nicht auf seinem Posten im Garten. Bei allem Respekt, Mrs Billings ich komme mit raus.«

»Okay, wenn das so ist.« Sie lachte. »Am besten krempeln Sie gleich die Ärmel hoch. Die Gartenmöbel sind auf dem Weg in den Pool.«

Russell musste sich gegen die Hintertür stemmen, damit sie aufging. Normalerweise ertönte beim Öffnen der Tür ein Klingelzeichen. Es blieb stumm. Eliza hoffte, dass der Strom bald wieder da war. Sie hatte sich an die Sicherheitsvorkehrungen gewöhnt. Jetzt, wo sie plötzlich ausgefallen waren, fühlte sie sich seltsam nackt. Dass ihr Mann ein paar hundert Meilen weit weg war, machte die Sache nicht besser. Erstaunlich, wie schnell Carter einen Weg in ihr Leben und unter ihre Haut gefunden hatte.

Zod stakste hinaus in den Wind und Eliza stellte sicher, dass die Hintertür nicht ins Schloss fallen konnte, so lange sie draußen waren.

Der warme Santa-Ana-Wind riss an ihrem Haar, während sie die Taschenlampe auf die Gartenmöbel richtete. Der Glastisch war tatsächlich bis zum Rand des Pools gerutscht. Eliza legte die Taschenlampe auf den Boden. »Fassen Sie mal mit an«, sagte sie. »Wir tragen das Ding zur Hauswand.« Als sie den Tisch in Sicherheit gebracht hatten, holte sie einen der Stühle und Russell kümmerte sich um die anderen. *Besser als morgens alles aus dem Wasser fischen zu müssen.*

Hinter ihnen bellte Zod. Der Wind riss sein Knurren weg. Als das Bellen plötzlich völlig anders klang, stellten sich die Härchen in Elizas Nacken auf.

O Gott.

Zod tobte wie ein Höllenhund.

»Hör schon auf!« Russell setzte den Stuhl ab, den er gerade wegschleppte.

Bevor Eliza dem Hund ein Kommando zurufen konnte, zerrissen ein Lichtblitz und der Knall eines Schusses die Nacht.

Fahr bitte sofort zu Eliza. Hol sie zu dir. Mach irgendwas.« Carter stieß die Worte hektisch hervor. Sein Magen rumorte.

»Was ist denn los?«

»Mein Vater hat angerufen. Sanchez hat einen Killer auf Eliza angesetzt.« Erst in der Luft hatte Carter Blake auf dessen Handy erwischt. »Im Haus ist der Strom weg und ich erreiche dort niemanden. Dean habe ich schon angerufen. Er ist auf dem Weg.«

»Verdammt. Wir sind nicht zu Hause, Carter. Sam und ich fahren grade Richtung Norden.«

»Ihr tut was?«

»Wir fahren zu Harris. Es gab eine Auseinandersetzung. Er wird im San Francisco General operiert.«

Carter ballte frustriert die Fäuste.

»Was ist mit Neil?«

»Der passt auf Eddie auf. Gwen ist auf dem Weg zu unserem Haus. Ich sage Neil, er soll Eliza holen.«

»Bitte.« Carter hätte ihn notfalls auch auf Knien angefleht. »Herrje, Blake. Es geht alles den Bach runter.«

»Atme erst mal tief durch. Du weißt ja nicht, ob überhaupt etwas passiert ist.«

Er wusste es. Tief in seinem Inneren spürte er, dass etwas nicht stimmte.

Zod preschte in die Schatten der Büsche, Eliza packte ihren linken Arm und fiel zu Boden. Klebriges Blut triefte ihr zwischen die Finger, gefolgt von einem Gefühl von Hitze und rasenden Schmerzen.

Der Wind trug den Schrei einer Frau zu ihr. Zod hatte aufgehört zu bellen. Jetzt knurrte er.

Russell stürzte mit gezogener Waffe an ihre Seite. Er zog sie hoch und schob sie ins schützende Haus. Dabei schirmte er sie mit seinem Körper ab. Er drängte sie bis in die Küche.

Draußen kreischte eine verzweifelte Frau, der Hund solle loslassen.

Eliza war schwindelig, aber sie schaffte es, die Pistole aus dem Gürtel zu ziehen und zu entsichern.

»Schnell«, sagte sie zu Russell. »Die dürfen nicht entkommen.«

Russell fluchte. Er ließ sie nicht gerne so zurück.

»Ich schieße auf jeden, der durch diese Tür kommt.«

Russell nickte und glitt hinaus in die Dunkelheit.

Eliza kauerte sich hinter der Kochinsel zusammen und wartete auf seine Rückkehr.

Als ihr bewusst wurde, dass sie angeschossen war, fing ihr Herz an zu rasen.

Sie begann zu zittern. Der panischen Angst, die sie packte, war sie wehrlos ausgeliefert. »Carter.«

Der Wind legte sich gerade so lange, dass das Flugzeug landen konnte.

Ohne sich um irgendwelche Geschwindigkeitsbegrenzungen zu scheren, raste Carter nach Hause, und als er in seine Straße einbog, lagen seine schlimmsten Albträume plötzlich greifbar vor ihm.

Die rotierenden Lichter von Streifenwagen erhellten die Nacht. Einsatzfahrzeuge und Krankenwagen drängten sich in seiner Einfahrt und draußen auf der Straße. Das Einzige, was fehlte, war ein Leichenwagen. *Eliza!*

Er sprang bei laufendem Motor aus dem Auto und pflügte sich durch eine Traube uniformierter Polizisten. »Eliza!«

»Sie können jetzt nicht da rein.«

Carter stieß den Cop beiseite. »Das ist mein Haus. Meine Frau.« Jemand packte ihn an den Armen und zerrte an ihm herum.

»Lass ihn los.«

Der Polizist ließ die Hände sinken und Carter rannte zu Dean. »Wo ist sie?«

Dean deutete auf die Pritsche, die gerade aus dem Haus geschoben wurde. »O Gott.«

Carter stolperte auf die Sanitäter zu und hörte seinen Namen.

»Carter?«

Eliza? Sie kann sprechen?

»Carter, keine Sorge. Alles halb so schlimm.«

Selbst im grellen Licht all der Scheinwerfer konnte er erkennen, wie blass sie war. Sie wirkte so zerbrechlich. In ihrer Hand steckte eine Infusionskanüle.

»Bist du verletzt? Wie schlimm ist es?«

Eine weitere Pritsche folgte der ersten. Carter hatte die Frau darauf noch nie gesehen. *Verdammt, was ist los?* »Was ist passiert?«

»Sir, wir müssen sie ins Krankenhaus bringen.« Der junge Sanitäter schob Eliza eilig auf den Krankenwagen zu.

»Ich bin ihr Mann. Ich komme mit.«

Der Notarzt nickte. »Sie können hinten mitfahren. Aber lassen Sie mich meine Arbeit machen.«

Eliza wurde eingeladen. Bevor der Sanitäter die Tür schließen konnte, kam Russell angehetzt. »Die Polizei hat Fragen«, sagte er zu Carter. »Ich komme nach, sobald ich kann.«

Carter starrte den Mann an, der seine Frau eigentlich beschützen sollte. Weil er im Augenblick für nichts garantieren konnte, sagte er lieber nichts und beschränkte sich auf ein kurzes Nicken. Dann hatte er nur noch Augen für seine Frau.

Unter dem Licht im Krankenwagen hatte sie wieder etwas mehr Farbe im Gesicht. Sie lächelte tapfer, aber als sich das Fahrzeug in Bewegung setzte, zuckte sie zusammen und verzog das Gesicht.

»Passen Sie auf, Mann!«, herrsche Carter den Fahrer an.

Der Notarzt runzelte die Stirn und wandte sich an Eliza. »Es ist ziemlich holprig hier hinten. Aber wir sind in zehn Minuten im Krankenhaus.«

»Es ist bloß eine Fleischwunde, Carter. Nichts Ernstes.«

»Eine Fleischwunde?« Seine Augen suchten ihren Oberkörper ab, dann entdeckte er die blutige Bandage an ihrem linken Arm.

»Ein glatter Durchschuss. Kein Grund zur Besorgnis, oder?«, fragte Eliza den Notarzt.

»Durchschuss?«

»Die Kugel ging durch ihren Arm, Mr Billings. Wir machen ein paar Röntgenaufnahmen, säubern die Wunde … Wahrscheinlich kann sie heute Nacht noch nach Hause.« Der Arzt stellte die Infusion neu ein.

Carter empfand so etwas wie Erleichterung. Aber wirklich aufatmen würde er erst, wenn Eliza gründlich untersucht worden war.

»Was ist passiert?«

»Der Wind hat die Gartenmöbel Richtung Pool geweht. Wir haben sie an die Hauswand getragen und plötzlich fing Zod an zu bellen wie verrückt. Eine Sekunde später lag ich schon am Boden und mein Arm hat geblutet. Russell hat noch versucht, sich zwischen mich und die Kugel zu werfen, aber es ging alles viel zu schnell.«

»War es die Frau? Hat sie auf dich geschossen?«

»Sieht ganz so aus. Augenblick! Wie kommt es, dass du schon hier bist?«

»Man hat mir gesagt, du wärst in Gefahr. Ich habe versucht, dich anzurufen …«

»Der Strom war weg.«

Er küsste die Spitzen ihrer kalten Finger. Er wollte so viel sagen, so viele Fragen stellen. Er versuchte, das Zittern seiner eigenen Hand zu verbergen, aber sie spürte es genau. Jemand hatte auf sie geschossen. Sie war seine Frau, er hatte geschworen, sie zu beschützen. Und jetzt lag sie verletzt in einem Krankenwagen und er hatte es nicht verhindern können.

Am Eingang zur Notaufnahme kamen ihnen ein Pfleger und ein Arzt entgegen. Carter wurde an den Empfang geschickt, wo er Formulare ausfüllen und unterschreiben musste. Nach kaum zehn Minuten war er wieder an Elizas Seite. Der Arzt untersuchte gerade die Verletzung an ihrem Arm.

Carter gehörte nicht zu den Leuten, die beim ersten Blutstropfen umkippten. Aber als der Arzt die Wunde sondierte, wurde ihm schwummerig.

»Das Röntgenbild wird zeigen, ob die Kugel den Knochen erwischt hat. Wie schlimm sind die Schmerzen?«, fragte Dr. Solomon.

»Es ging mir schon mal besser.«

»Ich sage der Schwester, sie soll Ihnen etwas bringen. Haben Sie irgendwelche Arzneimittelallergien?«

»Nein.«

Carter setzte sich auf den Rand der Pritsche und hielt Elizas unverletzte Hand.

»Wie schlimm ist es denn?«, fragte er den Arzt.

»Ihre Frau ist bald wieder fit.« Dr. Solomon verließ mit einem Klemmbrett in der Hand den Raum. Draußen redeten einige Polizisten mit den Krankenhausangestellten. Carter hatte nicht vergessen, dass die Schützin ebenfalls auf einer Pritsche aus dem Haus gefahren worden war.

»Nicht so fest«, sagte Eliza.

Erschrocken ließ Carter ihre Hand los. »Entschuldige bitte.« Er lächelte gequält. »Ich sehe mal nach, wo die Schwester mit den Schmerzmitteln bleibt.«

»Der Arzt ist doch grade erst rausgegangen«, sagte Eliza.

»Ich bin gleich wieder da.«

Draußen vor der Tür winkte er einen der Cops zu sich. Der Polizist unterbrach sein Gespräch und kam zu ihm.

»Wissen Sie, wer ich bin?«

»Billings, richtig?«

»Richtig.« Carter schaute den Korridor entlang. Er hätte gerne gewusst, wo die Frau lag, die versucht hatte, Eliza umzubringen. Er ballte die Fäuste und atmete tief ein. »Die Person, die auf meine Frau geschossen hat ... Wo ist die?«

Der Polizist baute sich vor Carter auf und verstellte ihm die Sicht. »Die Ermittlungen laufen. Lassen Sie uns bitte unsere Arbeit machen.«

Carter ließ sich nicht beirren. »Auf meine Frau wurde eine Killerin angesetzt. Ich hoffe, das ist Ihnen klar. Ich will eine Wache vor ihrer Tür.«

Der Cop schaute über die Schulter hinweg einen Kollegen an. Der zweite Cop bat eine der Schwestern um einen Stuhl.

Als der Mann vor der Tür saß, fragte Carter: »Wo ist Detective Brown?«

»Auf dem Weg hierher.«

Carter nickte und folgte der Schwester zurück an Elizas Seite.

Eliza lächelte tapfer. Sie hoffte, dass die Schwester ihr einen kleinen Glücklichmacher brachte. Die Schmerzen in ihrem Arm wurden immer schlimmer.

»Ich gebe Ihnen ein starkes Schmerzmittel und etwas gegen die Übelkeit. Gleich fühlen Sie sich besser.« Die Schwester verabreichte Eliza die Medikamente über die Infusion. Sie wirkten schnell und gründlich. Elizas Glieder wurden schwer, der Schmerz verebbte.

»Besser so?«, fragte die Schwester.

»Viel besser.«

»Die Röntgenaufnahme muss gleich kommen.« Die Schwester ließ Eliza und Carter allein.

Eliza wollte jetzt nicht daran denken, dass man versucht hatte, sie zu ermorden. »Erklär mir doch noch mal genau, warum du früher heimgekommen bist.«

»Das ist jetzt nicht der passende Moment.«

»Komm, Carter. Keine Geheimnisse.«

Er legte den Kopf schief und knipste sein Hollywoodlächeln an. »Wirken die Medikamente?«

»Tun sie. Und du weichst aus.«

Carter streichelte ihr Gesicht und schob ihr eine Haarsträhne hinters Ohr. Sie versuchte, sich ein wenig aufzurichten, um den Nebel loszuwerden, den das Schmerzmittel über ihr Gehirn legte.

»Nicht jetzt.«

»Carter … Auf mich ist heute Nacht geschossen worden. Wenn du mir jetzt etwas verheimlichst, bin ich stinksauer.«

Sein Gesichtsausdruck sagte ihr, dass er es nicht schätzte, in die Ecke gedrängt zu werden. »Mein Vater hat mich angerufen. Jemand hat ihm gesagt, dass es einen Mordanschlag geben wird. Als ich dich nicht erreicht habe, bekam ich wahnsinnige Angst.«

Die Medikamente ließen Carters Worte nur langsam zu ihr durchsickern. Trotzdem blieb ein seltsam schales Gefühl. »Die Frau hat aus nächster Nähe auf mich geschossen. Wenn sie ein Profi gewesen sein soll, war sie wohl ziemlich aus der Übung.«

Carter lachte nervös auf. »Du machst Witze. Du wurdest gerade angeschossen und machst Witze.«

Eliza drehte den verletzten Arm und wunderte sich, dass das nicht wehtat. »Fleischwunde.« Ein warmes Rinnsal lief ihr über die Haut.

»Du darfst den Arm nicht bewegen. Sonst fängt er wieder an zu bluten.« Carter ging um die Pritsche herum und legte frische Gaze auf den Arm.

»Mein Held.« Er sah viel besser aus als die Ärzte und Sanitäter, die ihr zu Hilfe geeilt waren.

»Ein Held hätte niemanden so nahe an dich rangelassen, dass er dir so etwas antun kann.«

Eliza öffnete die Augen. Sie hatte gar nicht gemerkt, dass sie ihr zugefallen waren. »Du konntest ja nicht ahnen, was passieren würde. Mach dir keine Vorwürfe.«

Die Tür ging auf und Dean marschierte ins Behandlungszimmer. Eliza erinnerte sich daran, dass sie ihn noch vor Carters Eintreffen kurz im Haus gesehen hatte. »Hey.«

Dean zwinkerte ihr zu. »Wie geht es unserer Patientin?«

»Die haben hier prima Betäubungsmittel. Ich weiß gar nicht, warum manche Leute sich das Zeug auf der Straße besorgen.«

»Es geht ihr schon besser«, antwortete Carter an ihrer Stelle.

»Stimmt.«

»Ihr Bodyguard ist draußen. Russell. Ich habe dem Kollegen gesagt, er kann gehen.«

»Ich will jetzt hören, dass die Schützin tot ist«, sagte Carter.

Eliza hörte das Gift in seiner Stimme.

»Setzen Sie sich, Richter.«

Carter gehorchte, beruhigte sich aber nicht. »Wissen wir, wer sie ist? War sie für Sanchez unterwegs?«

Die Medikamente waren wohl ziemlich stark. Eliza konnte dem Gespräch kaum folgen.

»Hä?«

»Ein paar Fakten haben wir schon: Die Frau heißt Michelle Sedgwick. Kommt Ihnen der Name bekannt vor, Eliza?«

Sie schüttelte den Kopf. »Moment. Sedgwick?«

»Ja. Sedgwick ist ein stinkreicher alter Knochen, den Sie mit einer Ihrer Kundinnen verkuppelt haben.« Dean malte mit den Fingern Anführungszeichen um das Wort Kundin. »Und Miss Sedgwick ist ein fehlgeleitetes verwöhntes Mädchen, aber keine professionelle Killerin. Sie sagt, sie hätte in Ihrem Garten nach ihrem Handy gesucht.«

»Warum soll ihr Telefon bei uns gewesen sein?«, fragte Carter.

»Weil sie es letzte Woche dort verloren hat. Anscheinend wollten Miss Sedgwick und ihre Geschwister Eliza ausspionieren. Ihnen passt nicht, dass sie eine Beziehung zwischen Opa Sedgwick und einer jüngeren Frau eingefädelt hat. Also wollten sie Eliza erpressen: Sie sollte ihren Großvater davon abhalten, seine junge Freundin zu heiraten.«

»Mich erpressen? Womit denn?«

»So weit hatten die jungen Leute noch nicht gedacht. Anscheinend haben sie am College mehr gefeiert als studiert. Sonst wären sie vielleicht schlauer. Michelle kennt Sie nur durch Alliance.«

»Das ist doch fadenscheiniges Gelaber. Wozu hatte sie denn die Waffe dabei?«

»Wegen Zod. Miss Sedgwick hat das Handy wohl fallenlassen, als Zod sie in den Büschen gestellt hat. Sie hat ihren Schuh auf ihn geworfen und ist abgehauen.«

Eliza dachte an die Videoaufnahmen, auf denen Zod bellend durch den Garten gerannt war. Der zerkaute Schuh war ihr damals nicht verdächtig erschienen. Carter hatte ihn weggeworfen und sie hatte gedacht, er hätte beide Schuhe im Müll verschwinden lassen.

»Sie behauptet, sie wollte mit der Pistole den Hund in Schach halten, ihr Handy holen und verschwinden. Ich habe sie selbst befragt und ich glaube, sie sagt die Wahrheit.«

»Warum hat sie riskiert, trotz des bissigen Wachhundes noch mal zurückzukommen? Das ist doch plemplem.«

»Sie sagte etwas von ihrem Großvater. Er wollte demnächst seine Verlobung bekannt geben und hat gedroht, jeden aus seinem Testament streichen zu lassen, der irgendetwas auch nur ansatzweise Skandalöses tun würde. Wenn das Telefon in Ihrem Garten gefunden worden wäre …«

Carter knurrte: »Trotzdem hat sie auf meine Frau geschossen. Sie hätte Eliza töten können.«

»Wohl wahr. Und sie hat zugegeben, dass sie abgedrückt hat. Aber sie behauptet, sie hätte auf den Hund gezielt. Das entschuldigt natürlich gar nichts.«

»Als Sedgwick sagte, seine Enkel seien nutzlose, verwöhnte Bälger, dachte ich, sie wären viel jünger.«

»Das College haben sie anscheinend grade hinter sich.«

Traurig. »Wie schwer ist sie verletzt?«

»Zod hat ihr ein paar Mal in die Beine gebissen. Sneakers halten ihn offenbar nicht von einem Angriff ab.«

Eliza merkte, wie ihre Mundwinkel sich zu einem Lächeln kräuselten. »Ist Zod in Ordnung? Er hat doch nichts abbekommen, oder?«

»Nein. Zod geht es gut.«

»Wenn das Mädchen kein bezahlter Killer ist, dann ist da draußen noch jemand unterwegs«, sagte Carter düster.

Eliza wollte gar nicht daran denken.

»Wie kommen Sie darauf?«, fragte Dean.

Carter erzählte ihm vom Anruf seines Vaters.

»Seltsam.«

»Warum sagen Sie das?«

»Heute Abend hat mich Mrs Sanchez angerufen. Von einer Polizeiwache in San Francisco aus. Anscheinend hat ihr Mann verlangt, dass sie für ihn einen Mord in Auftrag gibt. Aber sie ist zu den Cops gegangen, hat ausgepackt und um Schutz gebeten.«

»Was? Warum?«

»Sie hat aus den Medien von Elizas kleiner Rede beim Spenden-Dinner erfahren. Und dass Eliza, nach allem, was sie durchgemacht hat, noch an Sanchez' Kinder denkt, hat die Frau wohl beeindruckt. Mithilfe von Mrs Sanchez' Aussage und nach der Auseinandersetzung heute Abend wird Sanchez ziemlich lange in einem ziemlich dunklen Loch sitzen. Er wird nicht mal furzen, ohne dass ich es erfahre. Und mit der Welt draußen wird er keinen Kontakt mehr haben.«

»Hat seine Frau sonst noch mit jemandem über den Mordauftrag gesprochen?«

Dean schüttelte den Kopf. »Nicht, dass ich wüsste.«

»Im Knast hat irgendwer etwas aufgeschnappt und es an meinen Vater weitergegeben«, sagte Carter.

»Vielleicht hat ein Aufseher etwas gehört oder zwischen den Zeilen gelesen.« Dean schaute Carter und Eliza an. »Sanchez hatte nur Kontakt mit seiner Frau. Aber Sie können darauf wetten, dass ich jede einzelne Person finden werde, mit der er in den letzten sechs Monaten gesprochen hat. James ist schon auf dem Weg in den Norden. Wir werden bald wissen, ob der Mörder auf Eliza angesetzt werden sollte.«

Vielleicht waren es die Medikamente, vielleicht fühlte sich so auch Hoffnung an. Konnte es sein, dass sie sich nicht mehr verstecken und ständig auf der Hut sein musste?

»Heißt das, es ist vorbei?«

»Warten wir ab, bis wir alle Teile des Puzzles zusammengesetzt haben. Aber im Moment sieht es ganz so aus, Lisa.«

Dean ihren richtigen Namen aussprechen zu hören, war seltsam und schön.

Bitte lass es vorbei sein.

Zwei Stunden später fuhr Carter sie im Schneckentempo nach Hause.

Als er sie ins Schlafzimmer trug, wurde es bereits hell. Er half ihr in einen Pyjama und deckte sie zu. »Liegst du bequem?«

»Ja, danke, Schwester Carter«, frotzelte sie.

Er grinste, dann biss er sich plötzlich auf die Unterlippe. Völlig unerwartet überwältigten ihn seine Gefühle. Tränen stiegen ihm in die Augen.

»Hey.« Ihr Herz schlug einen Purzelbaum und sie merkte, wie auch ihre Augen feucht wurden.

»Ich dachte, ich hätte dich verloren. Ich fuhr um die Ecke, sah die Polizei …« Er vergrub den Kopf in ihrem Schoß und sie hörte ihn schniefen. Sie hatte ihn noch nie weinen sehen.

Zärtlich strich sie ihm übers Haar. »Ich bin nicht tot, ich bin sehr lebendig.«

»Ich liebe dich. Ich dachte, du wärst gestorben, ohne dass ich dir je gesagt habe, wie sehr ich dich liebe.«

Jetzt liefen ihr die Tränen über die Wangen.

Als er den Kopf hob und sie ansah, nahm sie sein Gesicht zwischen die Hände. »Ich liebe dich auch.«

Er küsste ihre Handfläche und sie wischte ihm die Träne weg, die gerade von seinem Kinn tropfen wollte.

»Lass mich nie, nie allein«, flehte er.

Das Herz dehnte sich in ihrer Brust, als sie ihn sagen hörte, was sie sich so sehr gewünscht hatte. »Mann und Frau für immer?«

»Für immer ist vielleicht nicht lang genug.« Hoffnung tanzte in seinen blauen Augen.

»Für immer ist alles, was ich dir geben kann, Hollywood.«

Ohne ihren Arm zu berühren, küsste er sie. Sie seufzte und wusste, dass alles gut werden würde. »Für immer. Abgemacht.«

Samantha nickte am Bett ihres Vaters ein. Der fade, kalte Kaffee zeigte keine Wirkung und das monotone Piepen der Monitore lullte sie ein. Blake war hinausgegangen, um zu Hause anzurufen, und vor der Tür hielt ein Polizist Wache.

Seit seiner Verurteilung hatte sie ihren Vater nicht mehr gesehen. Und das war Jahre her. Ihre Gefühle fuhren Achterbahn. Liebe und Hass stritten sich in ihrem Herzen, wenn sie daran dachte, was er der Familie angetan hatte. Aber ihn dem Tod nahe zu sehen, bewirkte etwas, was das Leben nie vermocht hatte: Es ermöglichte ihr zu verzeihen.

Wenn er lange genug aufwachte, dass sie ihm das sagen konnte, würde er vielleicht Frieden finden. Die diensthabenden Aufseher hatten von einer Prügelei zwischen ihrem Vater und Sanchez berichtet. Dabei war ihr Vater nie jemand gewesen, der die Fäuste sprechen ließ.

Sanchez hatte ein Messer gehabt. Ein selbst gemachtes, wie man es gelegentlich bei Häftlingen fand.

Er hatte es ihrem Vater ein Dutzend Mal in den Oberkörper gerammt und dabei auch ein großes Blutgefäß unterhalb des Herzens getroffen. Während der Notoperation hatte Harris zweimal einen Herzstillstand erlitten und doch überlebt. Die Ärzte meinten, wenn er die nächsten vierundzwanzig Stunden überstehen würde, hätte er Chancen, wieder auf die Beine zu kommen. Von den vierundzwanzig waren noch achtzehn übrig.

Finger umschlossen ihre Hand; Sam schreckte hoch. »Dad?«

Seine Finger zuckten noch einmal. Sie biss sich auf die Lippen und kämpfte gegen die Tränen.

»Dad?«

Harris blinzelte. Das Piepen der Geräte beschleunigte sich.

»Samantha?«, presste er mühsam hervor.

»Sag jetzt nichts. Du bist operiert worden. Du bist im Krankenhaus.« Nicht im Knast. Und sie hatten sich jahrelang nicht gesehen. Sie hätte so viel sagen können.

Sein Blick fand ihren. Einen Moment lang sah er sie ungläubig an. »Sammy.«

Samantha wischte ihre Tränen weg und lächelte. »Ich bin bei dir, Dad.«

»Es tut mir leid. Es tut mir s… so leid.«

»Ich weiß.«

Seine Augen fielen wieder zu. »Ich liebe dich«, flüsterte er.

Jetzt konnte sie das Schluchzen nicht mehr zurückhalten und betete aus tiefstem Herzen, dass er wieder gesund werden würde. »Ich liebe dich auch, Daddy.«

$\mathcal{D}$ean drückte das Telefon ans Ohr. Was er hörte, bestätigte alle seine Annahmen.

»Ich kann es nicht beweisen und ich werde an dieser Stelle auch nicht allzu tief graben«, sagte Cash.

»Familienbande?«, fragte Dean.

»Meinem Schwager fühle ich mich nicht zu Loyalität verpflichtet. Und falls er hinter den Gerüchten steckt, wird man es ihm sowieso nicht nachweisen können. Er ist nicht schlampig. Außerdem ist es, so weit ich weiß, nicht illegal, einem brutalen Verbrecher ausrichten zu lassen, es sei jemand hinter ihm her.«

Dean hatte erfahren, wie es zu der Gefängnisprügelei gekommen war. Harris war eine Notiz zugespielt worden, in der stand, Sanchez wolle die Freundin seiner Tochter ermorden lassen und Samanthas Leben sei ebenfalls in Gefahr. Anscheinend fehlten Harris doch nicht sämtliche Vatergene. Jedenfalls war er auf Sanchez losgegangen. Mit dem absehbaren Ergebnis, dass Harry auf der Intensivstation und Sanchez in Isolationshaft gelandet war. Harry hatte erreicht, was er wollte. Wenn es keinen anderen Ausweg gab, waren die meisten Eltern bereit, für ihr Kind zu sterben.

»Wessen Arm ist lang genug, um bis in ein Gefängnis zu reichen?« Dean war sicher, dass Max hinter der Sache steckte. Er fragte sich, was Max als Gegenleistung von Eliza und Carter verlangen würde.

»Sanchez ist in Einzelhaft. Der wird jahrelang kein Tageslicht sehen. Und Eliza ist vor ihm sicher. Es ist vorbei, Detective.«

Womöglich hatte Max tatsächlich nur seine Familie schützen wollen. Es kam vor, dass Menschen sich änderten. Harris Elliot war das beste Beispiel dafür.

Dean dachte an seine eigene Tochter. Vielleicht konnte er noch etwas retten. Es war höchste Zeit, dass er sich einmal um seine eigenen Familienbeziehungen kümmerte.

Epilog

Sechs Monate später

Worauf sollen wir anstoßen?«

Eliza stand umringt von Familienmitgliedern und Freunden neben Carter im Wohnzimmer. Alle wollten ihm so kurz vor der Entscheidung noch einmal die Daumen halten. »Auf den neuen Gouverneur?«

»Ich habe noch nicht gewonnen.« Er küsste Elizas Nasenspitze.

Die Wahlergebnisse würden innerhalb der nächsten vierundzwanzig Stunden bekannt gegeben werden. Die Umfragen sahen Carter deutlich vorn. Er hatte fünfzehn Prozent mehr Stimmen erhalten als sein Rivale.

»Das ist doch nur noch Formsache.«

»Wie wär's mit einem Toast auf sechs Monate Eheglück?«

»Ooooch, wie süß, Carter«, gurrte Gwen.

Eliza zwinkerte Dean zu, der neben seiner Tochter stand. Die beiden hatten lange keinen Kontakt miteinander gehabt. Aber Eliza hatte Dean keine Ruhe gelassen, bis er versprochen hatte, sie anzurufen und an der Beziehung zu arbeiten. Das Leben war kurz und Dinge, die man bereute, machten es noch kürzer.

»Wie wäre es mit einem Hoch auf die Familie?«

Cash und Abigail hoben gemeinsam die Gläser.

Max stand neben seiner Frau. Die Gelegenheit, sich in Carters Glanz zu sonnen, wollte er sich um keinen Preis entgehen lassen.

Samanthas Vater hatte trotz schwerster Verletzungen überlebt und war in eine Vollzugsanstalt in der Nähe von L. A. verlegt worden. Samantha und Jordan hatten ihn dort schon ein paar Mal besucht. Es war nicht leicht, aber sie stellten sich ihren Problemen.

Sanchez war wegen des versuchten Mordes an Harris und wegen des Mordauftrags, der tatsächlich Eliza gegolten hatte, in Isolationshaft. Seine Kontakte mit der Außenwelt beschränkten sich auf die wenigen Sekunden, wenn die Aufseher ihm Essen durch die Stahltür schoben. Mrs Sanchez war in einen entfernten Winkel Mexikos umgesiedelt. Ihre Aussage war ein weiterer Nagel in Sanchez' Sarg.

Michelle Sedgwicks Angriff mit einer tödlichen Waffe würde vor einer Jury verhandelt werden. Dass sie vorgehabt hatte, kaltblütig zu morden, glaubte keiner. Aber sie würde trotzdem einige Zeit hinter Gittern verbringen. Stanly hatte sie wie erwartet aus seinem Testament gestrichen und so weit man hörte, hatte Tante Edie bislang gut die Hälfte der Familienmitglieder vergrault. Einige hatten sogar angefangen zu arbeiten.

Zwei Fragen waren noch offen: Wie hatte Cash von dem geplanten Auftragsmord erfahren und wie war die Information, dass Sanchez seiner Frau entsprechende Anweisungen gegeben hatte, zu Harris durchgesickert?

Eliza hatte Max im Verdacht. Er hatte sich über die Ereignisse kaum überrascht gezeigt und wirkte nicht sehr betroffen. Es war, als hätte er schon im Voraus gewusst, was Sanchez tun würde.

»Auf die Familie.« Eliza hob ihr Glas und stieß mit Carter an. »Auf die Familie.«

Sie nahm einen Schluck Sekt, dann küsste sie ihren Mann. »Ich liebe dich.«

»Ich liebe dich auch.«

Worte drückten ihre Gefühle nur unzureichend aus. Es gab Tage, da wollte Eliza sich kneifen, weil sie glaubte zu träumen. Carters Fürsorge und Liebe waren ein Geschenk.

»Ach übrigens«, sagte Samantha, nachdem alle miteinander angestoßen hatten. »Blake und ich haben beschlossen, dass wir diesmal zum Heiraten außer Landes gehen. Nach Aruba.«

Eliza wollte aufstöhnen. Ihr Blick flog zu Gwen, die gerade wieder mal Neil anstarrte. »Aber für Aruba suche ich die Brautjungfernkleider aus.«

Carter lachte so heftig auf, dass er fast seinen Sekt verschüttete.

Neil drohte Gwen mit erhobenem Zeigefinger: »Und diesmal keine Cowboykneipen.«

Gwen warf ihm einen entrüsteten Blick zu. »Ich muss doch sehr bitten. So etwas gibt es auf Aruba doch gar nicht.«

Blake beobachtete den Wortwechsel zwischen seiner Schwester und Neil mit gerunzelter Stirn.

Eliza schüttelte den Kopf. Gwen und Neil kabbelten sich fast so heftig und anhaltend, wie sie und Carter es noch bis vor Kurzem getan hatten. »Hmmmm.«

»Was?«, raunte Carter ihr ins Ohr.

»Ich höre Hochzeitsglocken.«

»Sam und Blake heiraten doch andauernd.« Er stellt sein Glas ab und legte ihr den Arm um die Schultern.

Eliza schaute Neil über ihr Glas hinweg an. »Von Sam und Blake habe ich nicht gesprochen.«

Carter folgte ihrem Blick.

»Im Ernst?«

Im Ernst. Wie Liebe aussah, wusste sie genau. Das konnte sie jeden Tag in den Augen ihres Ehemanns sehen.

Danksagungen

Wie immer geht mein Dank an meine Kritikpartnerin Sandra, meine Lektorin Maureen und meine großartige Cover-Gestalterin Crystal. Ohne euch Ladys wäre mein Job um so vieles schwieriger.

An Duane für die Informationen über Polizeihunde und deren merkwürdiges Verhalten.

An meine Facebook-, Goodreads- und Twitter-Fans und -Freunde – ihr seid großartig! Ihr habt mich angespornt und mir Mut gemacht, wenn Selbstzweifel an mir nagten.

Weitere englischsprachige Titel von Catherine Bybee

Zeitgenössische Liebesromane

Weekday-Brides-Serie

Married by Monday
Fiancé by Friday
Single by Saturday

Not-Quite-Serie

Not Quite Dating
Not Quite Enough
Not Quite Mine

Fantasy-Liebesromane

MacCoinnich Time Travels

Binding Vows
Silent Vows
Redeeming Vows
Highland Shifter

Ritter-Werewolves-Serie

Before the Moon Rises
Embracing the Wolf

Kurzgeschichten

Soul Mate
Possessive
Kilt Worthy
Kilt-A-Licious

FSC
www.fsc.org

MIX

Papier | Fördert
gute Waldnutzung

FSC® C083411

Zeitfracht Medien GmbH
Ferdinand-Jühlke-Straße 7
99095 Erfurt, Deutschland
produktsicherheit@kolibri360.de

Druck:
CPI Druckdienstleistungen GmbH
im Auftrag der
Zeitfracht Medien GmbH
Ein Unternehmen der Zeitfracht - Gruppe
Ferdinand-Jühlke-Str. 7
99095 Erfurt